III

OS ÚLTIMOS DIAS DA HUMANIDADE

KARL KRAUS

VERSÃO PARA O PALCO DO AUTOR

Tradução
Mariana Ribeiro de Souza

balão
editorial

1ª reimpressão

EQUIPE BALÃO EDITORIAL
Flávia Cristina Yacubian
Guilherme Kroll Domingues
Natália Carrança Tudrey
Victor Borges Malta
Giulia Molina e Érika Namie Tamashiro (estagiárias)

CAPA de Mateus Acioli e Heitor Yida
PARTITURAS de André Nobre Mendes

CATALOGAÇÃO NA PUBLICAÇÃO
BIBLIOTECÁRIA: ELIANE LEMOS – CRB: 5866

K91u

Kraus, Karl, 1874-1936.

Os últimos dias da humanidade/Karl Kraus; tradução Mariana Ribeiro de Souza. 1. ed. - São José do Rio Preto, SP: Balão Editorial, 2017.

352 p. ; 16 cm.

Tradução de: Die letzten Tage der Menschheit:Bühnenfassung des Autors.

ISBN 978-85- 63223-51- 7

1. Guerra Mundial, 1914-1918 - Teatro (Literatura). 2. Teatro austríaco. I. Souza, Mariana Ribeiro. II. Título.

CDD: 832
CDU: 821.112-2(436)

ACOMPANHE-NOS NA WEB!
www.balaoeditorial.com.br
Twitter: @balaoeditorial
Facebook: www.facebook.com/balaoeditorial

PARA FALAR COM A GENTE:
balaoeditorial@balaoeditorial.com.br

A tradução deste livro teve o apoio do Goethe-Institut, que é financiado pelo Ministério das Relações Exteriores da Alemanha

INTRODUÇÃO

KARL KRAUS (1874-1936) é um dos escritores mais inclassificáveis do cânon da literatura austríaca. Foi poeta, ensaísta, aforista, dramaturgo, jornalista e editor solitário da revista *Die Fackel* [A Centelha], cuja leitura pública das suas quase 23 mil páginas escritas desde 1899 lotava teatros em Viena no início do século XX. Sua tragédia *Os últimos dias da humanidade* é o ápice deste trabalho profícuo.

Judeu, nascido em Gitschin (Jičin) na Boêmia, região à época pertencente ao Império Austro-húngaro, acompanhou de perto seus estertores. A peça, escrita ao longo da Primeira Guerra Mundial, retrata, em cinco atos, um prólogo e um epílogo, a miséria humana diante da barbárie e a decadência de um mundo. O protagonista é a humanidade do título. Apareceu pela primeira vez na sua revista em 1918-1919, tendo saído em livro em 1922. Recebeu a alcunha do próprio autor de "teatro de Marte", pois apenas lá uma peça com quase oitocentas páginas poderia ser encenada. Na realidade, era extremamente rigoroso com a apresentação da obra, por isso não conseguiu vê-la no palco em vida. Fez várias leituras públicas de trechos da peça, a qual ganhou algumas montagens memoráveis em Basel em 1974, em Viena em 1980, e em Bremen em 1999, esta no espaço de um antigo bunker para submarinos.

Como a publicação de 1922 se tratava, sobretudo, de um texto para o leitor e não para o palco propriamente dito, no final de 1929 Kraus decidiu preparar uma versão radicalmente reduzida, a qual chamou de "versão para o palco". Nesta, cortou inúmeras cenas e rearranjou as remanescentes de outra maneira. A peça permanece com cinco atos e um prólogo, mas o epílogo, por exemplo, foi retirado. Tampouco Kraus chegou a ver esta versão de quase 250 páginas encenada, a qual recebeu sua primeira montagem em 2014 no Festival de Salzburg.

A presente tradução trabalha com o texto de 1929, ou seja, a versão para o palco do próprio autor, publicada pela Balão Editorial com fomento do Instituto Goethe. Trata-se da primeira edição no Brasil da presente obra.

PREFÁCIO

PETULANTE E SUPÉRFLUA INTRODUÇÃO

Maria Aparecida Barbosa
Professora/pesquisadora de literatura na Universidade Federal de Santa Catarina; tradutora de literatura de expressão alemã.

Dificilmente alguém se atreveria a querer fazer uma introdução a Os últimos dias da humanidade. *Seria tão petulante quanto supérflua. Cada um dos que nasceram neste século e foram condenados a nele viver carrega dentro de si tal introdução. O monstruoso pós-parto da Primeira Guerra – justamente aquele movimento que levou à Segunda e a seu desenlace – paira ainda diante de nossos olhos e da ameaça com que se encerrou temos todos plena consciência* [...]
Elias Canetti, *A consciência das palavras*, p. 256.

Se, desde 2007, se conhece em tradução brasileira Karl Kraus (1874-1936) pelos *Aforismos*, a literatura de Elias Canetti o apresenta por via indireta há mais tempo. Os depoimentos a seu respeito estão disseminados, por exemplo em *Massa e Poder*, nos ensaios "Karl Kraus, Escola da Resistência" (*um dos meus ídolos, que se tornou um deus que, apesar disso, após cinco anos de reinado solitário, foi desalojado*) e "O Novo Karl Kraus" (donde a epígrafe), de *A consciência das palavras*. É no título do segundo volume da trilogia autobiográfica que Canetti sela, com mais evidência, seu parentesco – na tradução brasileira *Uma luz em meu ouvido*, do alemão *Die Fackel im Ohr/Uma tocha no ouvido*. *Die Fackel* [A Tocha] era o jornal que Kraus escrevia e publicava sozinho na cidade de Viena. Ademais, nesse livro, o capítulo "Karl Kraus e Veza" empreende uma apresentação com o foco na presença, na voz literal e figurada dessa personalidade, a partir de uma análise descritiva da primeira das mais de cem leituras públicas de Kraus que viria a presenciar.

À maneira do seu autor Kraus, também a peça *Os últimos dias da humanidade – Tragédia em cinco atos com prólogo e epílogo* faz jus a designações superlativas. Publicada pela primeira vez em 1922 num volume de 792 páginas e apelidada pelo próprio dramaturgo de "teatro de Marte", considerando que somente naquele planeta poderia ser encenada, ressurge numa versão adaptada para o palco no ano de 1929. É esse texto mais sintético que serve de base para a hodierna publicação da Balão Editorial, tradução ao português brasileiro por Mariana Ribeiro de Souza.

Ainda sobre o autor, uma imagem. Walter Benjamin inicia seu artigo "Karl Kraus" com uma evocação: *Velhas gravuras mostram o mensageiro apressado que anuncia com os cabelos arrepiados, erguendo com as mãos e vibrando ao alto um jornal cheio de guerra e pestilência, assassinatos e sofrimentos, catástrofes de fogo e água, toda a sorte de "Últimas Notícias"*. Quanto à restrição relativa à linguagem informativa em seu caráter público e coletivo, ambos os pensadores, contemporâneos, estavam de acordo. Benjamin deplorava os efeitos maléficos da imprensa à faculdade de elaboração da própria experiência pelo público leitor, e a responsabiliza pela crise da forma épica, da narrativa e do gênero romance. Por sua vez, Kraus profetizava que "o jornalismo serve apenas aparentemente ao tempo atual. Na verdade, ele destrói a sensibilidade intelectual da posteridade".

Kraus via com desprezo o domínio das opiniões e das inferências das notícias jornalísticas nas circunstâncias mais corriqueiras da vida cotidiana; seu ódio e sua luta contra essas arbitrariedades mantiveram-se inabaláveis. Vários trechos da peça testemunham essa discussão que exaustivamente desenvolvia em artigos de seu jornal. Por um lado, o papel dos jornalistas: "[...] devemos despertar o apetite do público pela guerra e pelo jornal, as duas coisas caminham juntas. Por isso, os pormenores e os detalhes são muito importantes". Outra passagem zomba do poeta que escrevinha versos medíocres na redação do jornal. Por outro lado, dois diálogos entre pai e filho denunciam a vã tentativa de recepção e processamento das ambíguas estatísticas dos noticiários.

A frase submetida à técnica, três ou mais edições diárias levam consequentemente à famigerada linguagem. Além disso, o jornalismo se pauta pela exigência de abarcar diversos âmbitos e rubricas. A submissão ao vínculo técnico redunda no jornalismo que é expressão de uma função modificada da linguagem no mundo capitalista. Na interpretação diacrônica, o ensaio "Karl Kraus" não renunciou à indicação dessas mesmas fórmulas de composição no jornal *Die Fackel*. "Aglutinando em equilíbrio os tons de lamentação, discórdia e euforia dessas vozes correntes, a obra efêmera de Kraus as reproduz."

As críticas de Kraus vão se somando subliminar ou explicitamente na longa peça *Os últimos dias da humanidade* para constituir finalmente um mordaz balanço de sua época. Condensadas no drama satírico – e, em seu conjunto, se contrapondo ao misto de ignorância e crueldade que o autor detecta nas relações humanas durante as primeiras décadas do século XX, cujo caráter de humanidade paulatinamente se atrofia como sinaliza o título da obra –, essas críticas se apresentam em forma de 87 *sketches* dramáticos. Os diálogos são protagonizados por epítetos, quase nunca são atribuídos nomes próprios a esses personagens em interlocução: o soldado, o cavalheiro, a prostituta, o psiquiatra, a moça da esquerda, a moça da direita, o professor, um cliente, um garçom, o assinante, o patriota e assim por diante. A condição de anonimato lhes outorga uma categoria abstrata e atemporal que possibilita remissões e um diálogo evidente com figuras atuantes nos dias atuais.

SUMÁRIO

PRÓLOGO 23

PRIMEIRO ATO 25

CENA 1: ESQUINA DA SIRK 25

Soldados. Jornaleiros. Um manifestante. Um intelectual. Um malandro. Uma prostituta. Transeuntes. A multidão. Vozes e gritos. Dois repórteres. Quatro oficiais. Quatro garotos e garotas de braços dados. Um vienense. Um mendigo. Uma moça com um leve traço de bigode. Um homem prudente. Um guarda. Um bando de crianças com gorros e espadas de madeira. Um grupo. Um soldado alemão. Hans Müller. Dois admiradores do Reichspost. *Canto de soldados alistados. O Fresco e seu acompanhante. Uma voz de cocheiro. Dois agentes comerciais.*

CENA 2: GABINETE DO CHEFE DO ESTADO-MAIOR 37

Conrad v. Hötzendorf. Um major. Skolik, fotógrafo.

CENA 3: KOHLMARKT 41

Cinco velhos assinantes, dentre eles o velho Biach.

CENA 4: SEDE DO QUARTEL-GENERAL 43

Quatro generais: Auffenberg, Brudermann, Dankl, Pflanzer-Baltin.

CENA 5: NA RETAGUARDA 45

Dois personagens que foram dispensados do serviço militar. O Assinante. O Patriota.

CENA 6: UM REGIMENTO DE INFANTARIA A TREZENTOS PASSOS DO INIMIGO 49

Primeiro-tenente Gatuno. Um oficial de infantaria. O capelão militar Anton Allmer. Gritos.

CENA 7: JUNTO A UMA BATERIA 50

Um oficial de artilharia. O capelão militar Anton Allmer. Gritos. Alice Schalek.

CENA 8: PRATER 52

O empresário da trincheira no Prater. Um representante da Agência de Notícias Wilhelm. Seu colega. A voz do arquiduque Carlos Francisco José. O público. A esposa do conselheiro áulico Nero-Ouro. O Patriota. O Assinante.

CENA 9: EM JENA 54

Dois estudantes de filosofia.

CENA 10: NA BANCA DE ALIMENTOS DE VINZENZ CHRAMOSTA 55

Vinzenz Chramosta. Clientes. O fiscal do mercado.

CENA 11: UMA IGREJA PROTESTANTE 58

Pastor Peito Cheio de Ar.

CENA 12: UMA ESCOLA PRIMÁRIA 60

O professor Zehetbauer. A turma. Os alunos Anderle, Braunshör, Czeczowiczka, Fleischanderl, Gasselseder, Kotzlik, Merores, Sukfüll, Süssmandl, Karl e Rudolf Wunderer, Zitterer.

CENA 13: NO SANTUÁRIO 66

O sacristão. Um estrangeiro.

CENA 14: À NOITE NO GRABEN 67

Dois atravessadores e suas mulheres. Um jornaleiro.

SEGUNDO ATO 69

CENA 1: ESQUINA DA SIRK 69

Um judeu polonês. Um agiota. Um agente comercial. Um ferido grave. Um jornaleiro. Quatro oficiais. Canto de soldados alistados. Um especulador. Um proprietário. A voz de um cocheiro.

CENA 2: DOIS CONSELHEIROS COMERCIAIS SAINDO DO HOTEL BRISTOL 73

Dois conselheiros comerciais. Um inválido. Uma mendiga com uma perna de pau e um toco de braço. Três granadeiros alemães. Três vereadores vienenses. Dois repórteres. Um contrabandista berlinense. Um rapaz de recados. Gritos vindos da multidão. Um jornaleiro.

CENA 3: NA RETAGUARDA 78

O Assinante. O Patriota.

CENA 4: DIANTE DO MINISTÉRIO DA GUERRA 81

Quatro jovens. Cinquenta malandros.

CENA 5: MINISTÉRIO DA DEFESA 82

Um capitão. Um civil.

CENA 6: GABINETE EM UM POSTO DE COMANDO 84

Hirsch. Roda Roda.

CENA 7: OUTRO GABINETE 89

Um oficial do Estado-Maior ao telefone.

CENA 8: RESTAURANTE DE ANTÔNIO CUMPRIMENTO 91

Antônio Cumprimento, o dono. Quatro garçons. Dois jovens garçons. O maître. Um cavalheiro e uma dama. Um jornaleiro anão. Duas moças e duas mulheres com cartões-postais. O florista. A florista. Uma camelô. Três clientes. Um cliente fixo. Bambula Cabeça de Vento. O Resmungão.

CENA 9: NA RETAGUARDA 100

O Assinante. O Patriota.

CENA 10: UM LUGAR PERTO DO PASSO DE UZSOK 102

Um general austríaco. Oficiais. Um tenente prussiano.

CENA 11: QUARTEL-GENERAL. CINEMA 104

Comandante-chefe do exército — Arquiduque Frederico. Rei Fernando da Bulgária. Uma voz que grita: bum!

CENA 12: SILENCIOSO RETIRO DE UM POETA NOS BOSQUES DA ESTÍRIA 105

Kernstock. Dois admiradores seus.

CENA 13: EM ALGUM LUGAR DO ADRIÁTICO. NO HANGAR DE UM ESQUADRÃO DE HIDROAVIÕES 106

Alice Schalek. O tenente de fragata.

CENA 14: EM UM SUBMARINO QUE ACABA DE EMERGIR 109

Um sargento da Marinha. Um oficial. Membros do Quartel da Imprensa de Guerra. Alice Schalek.

CENA 15: REUNIÃO DA LIGA DOS QUERUSCOS EM KREMS 110

Pogatschnigg, denominado Teut. Uma voz. Senhora Pogatschnigg. Winfried Hromatka. Kasmader. Übelhör. Homolatsch.

CENA 16: QUARTO NA CASA DO CONSELHEIRO ÁULICO NERO-OURO 115

Conselheiro áulico Nero-Ouro e esposa.

TERCEIRO ATO 127

CENA 1: ESQUINA DA SIRK 127

Jornaleiros. Quatro oficiais. Uma mocinha. Uma moça. Uma mulher. Dois admiradores do Reichspost. *Um velho assinante da* Neue Freie Presse. *O assinante mais antigo. Um aleijado. Canto de soldados alistados. A voz de um cocheiro.*

CENA 2: DIANTE DAS NOSSAS POSIÇÕES DE ARTILHARIA 130

Alice Schalek. O canhoneiro.

CENA 3: REDAÇÃO EM BERLIM 131

Alfred Kerr.

CENA 4: QUARTEL-GENERAL 133

Arquiduque Frederico. Dois Buquoy. O ajudante.

CENA 5: PRAÇA DO MERCADO EM GRODNO 134

Um funcionário do comando militar da cidade. Moças que fazem reverências. Personalidades locais. Funcionários alemães. Oficiais alemães.

CENA 6: NA RETAGUARDA 135

O Assinante. O Patriota.

CENA 7: NO COMPARTIMENTO DE UM TREM 137

Dois caixeiros-viajantes.

CENA 8: BALNEÁRIO ALEMÃO DE GROSS-SALZE 140

Conselheiro comercial Ottomar Wilhelm Wahnschaffe. Sua esposa Auguste Wahnschaffe. Seus filhos Guilherminho e Mariazinha. Um coro invisível que representa as risadas do estrangeiro. Dois inválidos. Duas criadas. As crianças: Fritze, Hans Albert e Anne Marie, Jochen e Suse, Mieze, Elsbeth. Uma mãe. Um cavalheiro. Dois pais. Dois filhos.

CENA 9: DURANTE A BATALHA DO SOMME. PORTÃO DE ENTRADA DO PARQUE DE UMA VILA 154

O príncipe herdeiro alemão. Um pelotão de soldados que passa marchando.

CENA 10: INVERNO NOS CÁRPATOS 154

Comandante Hiller. Fuzileiro Helmhaké. Dois soldados.

CENA 11: NO MESMO LUGAR. NO ABRIGO DE HILLER 156

O suboficial médico Müller. Comandante Hiller.

CENA 12: MINISTÉRIO DA GUERRA 157

Um capitão. Um civil.

CENA 13: UMA FÁBRICA SUBMETIDA À PRODUÇÃO DE GUERRA 159

O diretor militar. O industrial.

CENA 14: UM LOCAL NOTURNO VIENENSE 162

Rolf Rolf, o improvisador. Gritos. Dois oficiais. Frieda Morelli, a cantora. Uma voz. Um pecuarista húngaro. O dono do local. Os empregados do guarda-roupa e a empregada do lavabo. Um comerciante de cereais. Todos. Um cliente fixo. Um funcionário bêbado da Cruz Vermelha. Seu colega. Um médico militar. Seu colega. Um cliente bêbado. A orquestra de salão e a orquestra cigana.

CENA 15: NOITE. GRABEN 169

O Resmungão. Um bêbado fazendo suas necessidades no meio da rua.

QUARTO ATO 171

CENA 1: ESQUINA DA SIRK 171

Jornaleiros. Quatro oficiais. Um intelectual. Seu acompanhante. Canto de soldados alistados. Um contrabandista berlinense com um charuto importado na boca. Seu acompanhante. Um transeunte com as mãos levantadas. Outro transeunte. A esposa de um oficial. Sua acompanhante. Um tipo esquisito. Seu acompanhante. A voz de um cocheiro. Sr. Lento von Lenzbruck. Sra. Back von Brünnerherz. Uma florista. Dois senhores.

CENA 2: DOIS CONSELHEIROS COMERCIAIS SAINDO DO HOTEL BRISTOL 177

Dois conselheiros comerciais. Uma mendiga com uma perna de madeira e um toco de braço. Um inválido.

CENA 3: CONGRESSO MÉDICO EM BERLIM 178

Um psiquiatra. Um louco. Professor Boas. Professor Zuntz. Professor Rosenfeld-Breslau. O presidente do Congresso Médico da Grande Berlim. O guarda Buddicke. Vozes e gritos.

CENA 4: QUARTEL DA IMPRENSA MILITAR 188

Um capitão. Um jornalista.

CENA 5: GRUPO DE INSTRUÇÃO MILITAR EM WLADIMIR-WOLINSKY 189

Um capitão. Um secretário.

CENA 6: UM HOSPITAL MILITAR 190

Um médico do Estado-Maior. O tenente-coronel Vicente Arame Farpado. Um médico militar. Um sargento. Um capelão militar. Convalescentes. Feridos de vários tipos. Moribundos.

CENA 7: FRONT DE ISONZO. NUM COMANDO BRIGADA 196

Alice Schalek. Coro dos oficiais.

CENA 8: COMANDO DE UMA DIVISÃO 202

Um comandante. O Imperial Caçador da Morte.

CENA 9: NUMA DIVISÃO DE RESERVA ALEMÃ 204

Um coronel.

CENA 10: TRÊS ELEGANTES MOÇAS ALEMÃS 204

CENA 11: NA RETAGUARDA 205

O Assinante. O Patriota.

CENA 12: ESTAÇÃO DE MERCADORIAS DE DEBRECZIN 207

Um guarda. Primeiro-tenente Passa Perna. Tenente Irritante.

CENA 13: REPARTIÇÃO PÚBLICA EM VIENA 208

Um funcionário. Um cidadão.

CENA 14: CINEMA 210

O diretor de cinema. Uma voz feminina. Emil.

CENA 15: NA RETAGUARDA 211

O Assinante. O Patriota.

CENA 16: NUM COMANDO MILITAR 214

Um capitão. Um secretário.

CENA 17: MINISTÉRIO DA GUERRA 216

Um capitão. Um secretário. Um alferes.

CENA 18: GOVERNO DA PROVÍNCIA DE BRÜNN 220

O governador. Um secretário.

CENA 19: KRAGUJEVAC. TRIBUNAL MILITAR 221

O juiz militar. O secretário.

CENA 20: DELEGACIA DE POLÍCIA 222

O delegado. Um guarda. Uma moça de dezessete anos.

CENA 21: UM LOCAL NOTURNO EM BERLIM 223

Uma voz que berra. Frieda Boazuda. Felinowisky. Krotoschiner II.

CENA 22: ASSEMBLEIA GERAL DE GUERRA DA UNIÃO SOCIAL-DEMOCRATA DA GIGANTESCA ZONA ELEITORAL DE TELTOW-BESKOW-STORKOW-CHARLOTTENBURG NA GRANDE BERLIM 225

O companheiro Schliefke (Teltow). Alguém que o interrompe.

CENA 23: EM UMA ALDEIA DE POSTABITZ 226

Uma mulher.

CENA 24: UMA RUELA 227

Um soldado cego e sua filha. Um inválido com realejo. Um tenente.

CENA 25: ALTO COMANDO DO EXÉRCITO 228

Dois oficiais.

CENA 26: APÓS A OFENSIVA DE INVERNO NAS SETE COMUNAS 230

Dois correspondentes de guerra. Dois soldados. Um capitão. Figuras rechonchudas descem dos carros. Uma mais franzina envolta em um grosso casaco de pele.

CENA 27: PALÁCIO IMPERIAL. SERVIÇO DE IMPRENSA 233

O capitão Werkmann. Um secretário.

CENA 28: SEDE DO ALTO COMANDO DO EXÉRCITO. LOCAL DE DIVERSÃO 234

Marionetes: um oficial bêbado do Estado-Maior. Coro dos garçons. A moça da direita. Kohn. Uma cantora. O dono. A empregada do lavabo e os empregados do guarda-roupa. Um gordo miserável. A moça da esquerda. Um oficial do Estado-Maior. Coro dos oficiais do Estado-Maior.

CENA 29: BAD GASTEIN 240

O Assinante. O Patriota.

CENA 30: CAMPO DE BATALHA PERTO DE SAARBURG 241

Capitão Carne de Pescoço. Major Carniceiro. Um ferido francês. Um soldado alemão.

CENA 31: PERTO DE VERDUN 243

Prisioneiros alemães. Suboficiais franceses. General Glória Seja Feita. Capitão Máquina de Massacre. Coronel Açougueiro.

QUINTO ATO 246

CENA 1: ESQUINA DA SIRK 246

Jornaleiro. Quatro oficiais. O Fresco e seu acompanhante. Canto de soldados alistados. A voz de um cocheiro. Turi e Ludi. Gatuno. Uma florista. Dois homens com uma das pernas amputada metidos em uniformes esfarrapados. Uma voz sussurrante. Um grito como um trovão.

CENA 2: PERTO DE UDINE 249

Dois generais. Cada um em um carro cheio até o teto. Um infante austríaco carregando uma cesta de milho.

CENA 3: CIRCO BUSCH 251

Pastor Peito Cheio de Ar.

CENA 4: EM UMA ESCOLA PRIMÁRIA 252

O professor Zehetbauer. Os alunos Anderle, Gasselseder, Kotzlik, Sukfüll e Zitterer.

CENA 5: NO ESCRITÓRIO REGIONAL DE TURISMO 255

Um redator. Um funcionário.

CENA 6: CAFÉ NA RING 256

Gritaria. Mamute. Um garçom. Esquilo. Morsa. Marmota. Rinoceronte. Anta. Chacal. Iguana. Crocodilo. Babuíno. Condor. Leão. Cervo. Lobo. Passamaneiro. Barrigudo. Maldade. Vozes de pessoas entrando precipitadamente. Virtuoso. Colcheiro. Mastodonte. Ladrão. Excelente. Benévolo. Sincero. Constante. Útil. A empregada do lavabo. Polaquinho. Divertido. Um inválido trêmulo. Bernhard Moldauer, um velho contrabandista. Dois amigos seus. Sua esposa. Sua filha. O tio. Um jovem agiota. O gerente.

CENA 7: TREM NA SUÍÇA 262

Gog & Magog. Elzinha.

CENA 8: A TRÊS MIL METROS DE ALTITUDE 268

Um alferes. Alice Schalek.

CENA 9: UMA RUA DESERTA 269
Figuras.
CENA 10: RESMUNGÃO À ESCRIVANINHA 269
CENA 11: FESTIM EM UM POSTO DE COMANDO DE UM CORPO DO EXÉRCITO 272
O general. O coronel prussiano. Um ordenança. No Estado-Maior: Géza von Lakkati de Némesfalva et Kutjafelegfaluszég, Romuald Kurzbauer, Stanislaus v. Zakychiewicz, Petričič, Iwaschko, Koudjela, Felix Bellak (encarregado do transporte em trem), Wowes, capelão militar, rabino militar, intendente, médico-chefe, oficial de cavalaria, oficial de comunicações, oficial de dia do Estado-Maior, tenentes, oficial de artilharia, tenente-coronel, coronel, general de divisão, major, procurador-geral militar. Um tenente prussiano. Um capitão prussiano. Um oficial do Estado-Maior alemão. Dois correspondentes de guerra. Enfermeiras Paula e Ludmilla. A orquestra. Gritos. Visões.
Visões: O garoto Slobodan Ljubinkovits † 1915. Um correspondente de guerra. O capitão Prasch. As máscaras de gás. Os soldados que morreram de frio. O velho camponês sérvio. As chamas. Os mil e duzentos cavalos. Leonardo da Vinci. As crianças do Lusitania. *Os cães de guerra. A floresta morta. A mãe. O semblante austríaco. Os corvos. As mulheres do exército. O filho que não nasceu.*
ÍNDICE DE NOMES, LUGARES, PUBLICAÇÕES E ACONTECIMENTOS HISTÓRICOS 313

PRÓLOGO

Os feitos mais inverossímeis aqui narrados realmente ocorreram. Pintei-os simplesmente do modo como aconteceram. Os diálogos mais inacreditáveis aqui travados foram literalmente pronunciados. As fantasias mais aberrantes são citações. Sentenças, cujo absurdo se inscreveu no ouvido de maneira indelével, se tornam a música da vida. O documento é personagem; relatos surgem como figuras humanas, e estas morrem como editoriais; o suplemento cultural ganha uma boca que o recita em monólogos; os clichês andam sobre duas pernas — alguns humanos mantiveram uma única. A entonação esbraveja em estrondo pelo tempo afora, intensificando-se até virar coro de ritos profanos. Gente, que viveu ou sobreviveu abaixo da linha da humanidade, aparece como agente e porta-voz de um presente sem carne, com sangue, sem sangue, com tinta — reduzida a sombras e marionetes e apresentada sob a fórmula da sua efetiva inexistência. Carrancas e lêmures — máscaras do carnaval trágico — têm nomes reais, porque assim deve ser e, aliás, nada é fortuito nesta temporalidade infligida pelo acaso. Ninguém tem o direito de considerar o que se passa como assunto local. E mesmo os fatos ocorridos ali na esquina da Sirk*[1] são regidos a partir de um ponto cósmico. Quem for muito sensível, por forte que seja para suportar nossa época, afaste-se deste espetáculo.

1 | As palavras e expressões destacadas com asterisco são explicadas no índice ao final desta edição. [N. T.]

PRIMEIRO ATO

CENA 1

Viena. Esquina da Sirk. Bandeiras nas casas. Soldados em marcha são saudados. Excitação geral. Formam-se grupos.

UM JORNALEIRO: Extra, extra!

SEGUNDO JORNALEIRO: Edição extra! Cheia de notícias!

UM MANIFESTANTE (*que cantava a "Marcha do Príncipe Eugen"* junto a um grupo se afasta e grita incessantemente com o rosto vermelho e já quase rouco*): Abaixo a Sérvia! Abaixo! Viva os Habsburgo! Viva! Viva a Sérvia!

UM INTELECTUAL (*percebendo o erro, dá-lhe um encontrão*): Mas o que é isso?...

O MANIFESTANTE (*no início perplexo, depois caindo em si*): Abaixo a Sérvia! Abaixo! Viva! Abaixo os Habsburgo! Sérvia!

(*No aperto de um segundo grupo, onde havia uma prostituta, um malandro, bem atrás dela, tenta roubar-lhe a carteira.*)

O MALANDRO (*também gritando incessantemente*): Viva! Viva!

A PROSTITUTA: Larga! Seu malandro descarado! Larga, ou eu...

O MALANDRO (*desistindo da intenção*): E por que você não tá gritando viva? Isso é ser patriota? É uma puta mesmo, isso sim!

A PROSTITUTA: E você um ladrão safado!

O MALANDRO: Olha só a sem-vergonha! É guerra, entendeu, puta?

UM TRANSEUNTE: Trégua, por favor! Façam trégua!

A MULTIDÃO (*prestando atenção*): É uma puta. O que foi que disse?

UM SEGUNDO TRANSEUNTE: Se entendi direito, disse alguma coisa contra o governo.

A MULTIDÃO: Fora! Bate nela! (*A moça consegue desaparecer por uma passagem.*) Deixa pra lá. A gente não é assim! Viva os Habsburgo!

UM REPÓRTER (*conversando com seu colega*): Parece que alguma coisa tá acontecendo aqui.

O SEGUNDO REPÓRTER: O que tão fazendo?

UM OFICIAL (*dirigindo-se a três outros*): Oi, Nowotny. Oi, Pokorny. Oi, Powolny. Então, e você que manja de política, o que acha disso?

O SEGUNDO OFICIAL (*de bengala*): Acho que é tudo por causa do cerco.

O TERCEIRO: Pois é... acho que sim.

O QUARTO: Sou desta opinião também... Ontem fui pra farra...!

O TERCEIRO: Viram que o jornal disse que era inevitável. Ei, o que deu em você?

O QUARTO: Parece que tenho chance de ir para o Ministério da Guerra.

O PRIMEIRO: Mas não passa de um bonachão, hein?! Venha, junte-se a nós. Sabe, ontem fui ao Apollo... e o Nowak do cinquenta e nove comentou que ouviu dizer que estou na lista da medalha de prata.

UM JORNALEIRO: Edição da tarde! Grande vitória em Schaabaaz*!

O QUARTO: Parabéns!... Viu só aquela que passou? Que belezura, vou dizer uma coisa... (*Saindo de cena.*)

QUATRO RAPAZES E QUATRO MOÇAS DE BRAÇOS DADOS: Uma ponte por onde se chega a Belgrado foi derrubada...

UM VIENENSE (*discursa em cima de um banco*): ... porque tínhamos de obedecer sem mais rodeios ao espírito do príncipe herdeiro assassinado... por isso, compatriotas, digo também... é como um homem só que, nesta grande época, vamos nos unir à pátria com bandeiras ao vento! Ah, estamos cercados de inimigos por todos os lados! O que travamos é uma guerra sagrada de recursos, isso, sim, é o que travamos! Então, por favor, olhem bem para os nossos bravos, que agora fazem frente ao inimigo, pois a pátria os conclama. E por isso digo também... a obrigação de qualquer um que pretenda ser um compatriota é de imediato, ombro a ombro, contribuir com seu óbolo. Aqui estamos tal qual uma fênix, que eles não serão capazes de destruir, isso, sim, afirmo-lhes! A causa é justa, e, sem nada mais, digo-lhes: a Sérvia deve morrer!

VOZES VINDAS DA MULTIDÃO: Bravo! Apoiado!... Morte à Sérvia!... Por bem ou por mal! ... Viva!... Tem que morrer!

UMA VOZ NA MULTIDÃO: E cada russo...

UMA OUTRA: ... um gozo!

UMA TERCEIRA: Um furdunço!

(*Risos.*)

UMA QUARTA: Um cartucho!

TODOS: Isso! Um cartucho! Bravo!

UMA SEGUNDA: E cada francês?

UMA TERCEIRA: Um pangaré!

(*Risos.*)

UMA QUARTA: Um pontapé!

TODOS: Bravo! Um pontapé! Isso mesmo!

UMA TERCEIRA: E cada inglês?

UMA QUARTA: Um chute no rabo!

TODOS: Muito bom! Um chute no rabo de cada inglês! Bravo!

UM MENDIGO: Deus castigue a Inglaterra!*

VOZES: Sim, Ele vai castigar!

UMA QUINTA: Ei, ei, ei, o que é que tão fazendo, não leram o jornal? Lá está escrito assim (*Pega uma página do jornal.*): "Tais excessos de patriotismo não serão tolerados de forma alguma, pois podem causar prejuízo ao turismo". Como o turismo vai se desenvolver depois, porra!?

UMA SEXTA: Claro! Ele tem razão! Se queremos incentivar o turismo, vai ser difícil, não é uma coisa assim...

UMA SÉTIMA: Feche a matraca!

UMA OITAVA: Agora é guerra e não tem nada disso, não!

(*Uma dama com um leve traço de bigode entra em cena.*)

A MULTIDÃO: Ah, olha ali! Conheço bem essazinha: um verdadeiro espião disfarçado! Pega! Já para a cadeia!

ALGUÉM MAIS PRUDENTE: Meus senhores, reflitam, por favor! A essa altura, estaria sem o bigode!

ALGUÉM NA MULTIDÃO: Quem?

O MAIS PRUDENTE: Ora, se fosse um espião.

UMA SEGUNDA NO MEIO DA MULTIDÃO: Ah, mas esqueceu! Por isso, foi apanhado!

GRITOS: Quem? Ele? Não, ela!

UMA TERCEIRA: É um truque dos espiões!

UMA QUARTA: Isso é para que ninguém note que são espiões. Por isso, deixam seus bigodes!

UMA QUINTA: Parem de falar besteira. É uma espiã, e para que a gente não note nada, colou um bigode na cara!

UMA SEXTA: É uma espiã que se faz passar por homem!

UMA SÉTIMA: Não, é um homem que se faz passar por uma espiã!

A MULTIDÃO: Não importa, é um suspeito que deve ser preso! Pega!

(*A dama é levada por um policial. Ouve-se cantar a "Guarda do Reno"**.)

O PRIMEIRO REPÓRTER (*com um bloco de notas nas mãos*): Isso não foi nenhum fogo de palha de um ébrio entusiasmo passageiro, nem uma explosão ruidosa de uma enferma histeria das massas. Com autêntica virilidade, Viena toma uma decisão de consequências imprevisíveis. Sabe como é que eu sintetizaria esta atmosfera? Pode ser resumida nas seguintes palavras: longe da soberba e da fraqueza. Longe da soberba e da fraqueza — esta última palavra, que marca a atmosfera essencial de Viena, não pode ser repetida com frequência. Longe da soberba e da fraqueza! O que me diz disso?

O SEGUNDO REPÓRTER: Que posso dizer? Brilhante!

O PRIMEIRO: Longe da soberba e da fraqueza. Milhares e milhares de pessoas saíram às ruas hoje de braços dados: ricos e pobres, velhos e jovens, nobres e plebeus. A atitude de cada um mostra que todos estão conscientes da gravidade da situação e também orgulhosos de sentir pulsar em seu próprio corpo o turbilhão desta grande época que agora irrompe.

UMA VOZ NA MULTIDÃO: Vai tomar no cu!

O REPÓRTER: Escutem como soam e ressoam a "Marcha do Príncipe Eugen" e o hino nacional, e a "Guarda do Reno" se junta a eles como sinal da confiança entre os aliados. Depois a multidão deu milhares de vivas...

O SEGUNDO: Milhares e milhares de vivas...

O PRIMEIRO: ... para a Áustria, a Alemanha e a *Neue Freie Presse**.

O SEGUNDO: O mais importante agora são as cenas de rua. Ele quer uma cena de rua de qualquer jeito. Pode até ser de uma esquina onde um cachorro esteja se manifestando. Ontem me chamou e disse que devo ficar atento a cenas pitorescas. Mas me sinto desconfortável fazendo isso. Não gosto de estar no meio da multidão. Ontem tive de cantar junto com ela a "Guarda do Reno"... Vamos lá, ali está acontecendo alguma coisa, olhe só estas pessoas, conheço bem esta atmosfera, daqui a pouco estaremos lá no meio cantando "Deus conserve"*.

O PRIMEIRO: Deus proteja! Você tem razão... também não entendo por que precisamos estar lá no meio, é uma perda de tempo, a gente precisa escrever, e não ficar ali parado, olhando. Para mim, o importante é descrever como todos estão determinados e como, de repente, alguém se destaca na multidão e quer contribuir a qualquer custo. Isso pode ser publicado de modo muito plástico. Ontem, ele me chamou e disse que devemos despertar o apetite do público pela guerra e pelo jornal, as duas coisas caminham juntas. Por isso, os pormenores e os detalhes são muito importantes. Por exemplo: deve-se mencionar que naturalmente toda diferença de classes foi suprimida de imediato... As pessoas acenam de automóveis e inclusive de carruagens. Vi como uma senhora de vestido rendado saiu do carro e se jogou nos braços de uma mulher com o lenço desbotado na cabeça.

O SEGUNDO: Sabe o que observei? Observei como os grupos se formam.

O PRIMEIRO: E daí...?

O SEGUNDO: E um estudante discursou, dizendo que todo mundo tem que cumprir com o seu dever, e alguém da multidão se apartou e gritou: "Melhor assim!".

O PRIMEIRO: Nada mal. Consigo constatar que um grande sentido de gravidade se espalha pela cidade que, atenuado pelo entusiasmo e pela consciência do momento histórico atual, se expressa em todos os rostos, tanto no dos homens que partirão em breve quanto no daqueles que ainda ficam por aqui.

UMA VOZ: Vai tomar no cu!

O PRIMEIRO: ... e em todos que querem fazer parte de tão transcendental tarefa. O lema é uma gravidade confiante no destino e uma altiva dignidade.

O SEGUNDO: Ou talvez aquela capacidade de entusiasmo meridional, conduzida e regida pela seriedade alemã. Observo isso no centro da cidade. Por exemplo, em Leopoldstadt*, lá você pode ter um tom mais exaltado.

(*Um bando de crianças, portando gorros e espadas de madeira, passa cantando: "Quem quer ser soldado"** e *"Uma ponte ... foi derrubada"**.*)

O PRIMEIRO: Anota aí: uma típica cena pitoresca. Devemos tentar retratar o povo o máximo possível. Ainda hoje o chefe escreveu que ele é a fonte na qual refrescamos nosso ânimo.

UM GRUPO (*cantando*): "Vamos fazer picadinho dos russos e dos sérvios!"* Viva! Abaixo! Olha aqueles dois judeus!

O SEGUNDO REPÓRTER: Sabe não tô com a menor vontade de continuar observando cenas pitorescas. Se ele quiser refrescar seu ânimo nesta fonte, que o faça sozinho. Eu prefiro ficar bem longe...

O PRIMEIRO: Bem longe da soberba e da fraqueza... E pensar que com estas palavras cunhamos a atmosfera geral de Viena...

(*Ambos saem rápido de cena.*)

(*Um soldado alemão de bigode passa. Hans Müller o saúda e dá-lhe um beijo.*)

HANS MÜLLER: Ei, mesmo que a Monalisa saísse do quadro e oferecesse seu único sorriso apenas para mim, o abraço dela não me alegraria nem me comoveria tão profundamente quanto o beijo fraternal sobre os lábios deste maravilhoso homem alemão!

(*Dois admiradores do jornal* Reichspost* *entram em cena.*)

O PRIMEIRO ADMIRADOR DO *REICHSPOST*: As guerras são processos de purificação e limpeza, campos férteis para a virtude onde florescem os heróis. Agora as armas vão falar.

O SEGUNDO ADMIRADOR DO *REICHSPOST*: Até que enfim! Até que enfim!

O PRIMEIRO: Temos que varrer com punhos de aço!

O SEGUNDO: Em Praga, Brünn* e Budweis*... Em todo lugar, as decisões imperiais são festejadas.

O PRIMEIRO: Em Sarajevo, cantaram "Deus conserve".

O SEGUNDO: Sua Majestade trabalhou o dia inteiro sem descanso.

O PRIMEIRO: No último dia vinte e sete, entre meio-dia e uma da tarde, as providências financeiras para a guerra foram tomadas na caixa econômica postal.

O SEGUNDO: O aprovisionamento de Viena para o período da guerra foi assegurado pelo prefeito em conjunto com o primeiro-ministro e o ministro da Agricultura.

O PRIMEIRO: Você leu? Os preços não subirão durante a guerra.

O SEGUNDO: Isso é ótimo! Você vai ver: a guerra vai fazer renascer o pensamento e a economia austríacos. Ah, vai ver só. A gente vai conseguir!

O PRIMEIRO: Já não era sem tempo de a gente ter um progresso espiritual! Vamos dar uma surra neles!

O SEGUNDO: A gente precisa de um banho de aço! Um banho de aço!

O PRIMEIRO: Já se alistou?

O SEGUNDO: Eu não, fui dispensado. E você?

O PRIMEIRO: Inapto.

O SEGUNDO: Nosso povo respira aliviado. Esta guerra... (*Sai.*) (*Escutam-se soldados cantando: ... na pátria, na pátria vamos nos rever***...*)

UM JORNALEIRO: Extraaa...! Sangrento recuo em combate corpo a corpo...!

O FRESCO (*para um acompanhante*): Sabe do que mais, isso de me barbear, tenho a pele tão sensível...

UM COCHEIRO: Na guerra, ganho o dobro!

UM MALANDRO: E aí, Franz, onde tu vai?

UM SEGUNDO MALANDRO: Tô com uma raiva danada! Tanta que quando vejo um uniforme ambulante dou um chilique! (*Sai esbravejando.*)

O PRIMEIRO: E aí, Pepi, onde tu vai?

O TERCEIRO: Vou fazer minha parte.

O PRIMEIRO: Que senhor patriota, hein...

O TERCEIRO: Quê? Um patriota? Ah, ninguém diz isso pra mim duas vezes não. (*Dá-lhe uma bofetada.*)

GRITOS NA MULTIDÃO: Olha lá! Seu sem-vergonha! Quem é ele? Tá achando que é o Nikolajewitsch*?

UMA VOZ NA MULTIDÃO: Como as pessoas se tornam patrióticas em plena guerra! E pensar que ninguém acreditava nisso! (*Dois agentes comerciais entram em cena.*)

O PRIMEIRO AGENTE COMERCIAL: Bom, hoje pela primeira vez: dei ouro por ferro*.

O SEGUNDO: O quê? Você? Conta outra, por favor...

O PRIMEIRO: Quem disse que dei? Não entendeu o que falei? Estou lendo o cartaz da estreia de hoje: *Dei ouro por ferro*. Gostaria de ver.

O SEGUNDO: Ah, bom, eu também! Agora vem a parte mais interessante. Ontem, durante a *Princesa das Czardas**, a Gerda Walde* leu alto a edição extra sobre os quarenta mil russos no arame farpado... Você devia ter ouvido os gritos de alegria. Ela deve ter voltado umas dez vezes ao palco.

O PRIMEIRO: Havia feridos?

O SEGUNDO: Sim! Agora vem a parte mais interessante. Um dia desses sentou um tipo do meu lado. Qual era a peça?... Tive um camarada*.

O PRIMEIRO: Você?

O SEGUNDO: Quem disse eu? É a peça de teatro.

O PRIMEIRO: É boa?

O SEGUNDO: Sucesso bombástico!

UM JORNALEIRO: Bombardeio em Belgrado...!

(*Muda a cena.*)

CENA 2

Gabinete do chefe do Estado-Maior. Conrad v. Hötzendorf sozinho. Posição: braços cruzados, em pé, pensativo.*

O CHEFE DO ESTADO-MAIOR (*erguendo os olhos em direção ao céu*): Ah, se ao menos o Skolik* estivesse aqui!

UM MAJOR: Excelência, com sua licença, o Skolik está aqui.

CONRAD: Mas qual Skolik?

MAJOR: Ora, o Skolik, o fotógrafo da corte de Viena. Aquele que, durante a guerra dos Balcãs, fez um belo registro de Sua Excelência estudando absorto o mapa da região.

CONRAD: Sim, sim, claro, lembro-me, foi glorioso.

MAJOR: Ele diz que Sua Excelência mandou convocá-lo outra vez.

CONRAD: Convocar não é exatamente o termo, mas mandei-lhe uma sugestão, afinal, faz belos registros.

MAJOR: Pediu também se poderia tirar uma foto dos senhores generais todos juntos.

CONRAD: Disso, não gosto! Cada um que providencie seu próprio fotógrafo.

MAJOR: Como são desmiolados, vai fotografá-los só meio-corpo.

CONRAD: Ah, isso é outra coisa. Faça entrar então o Skolik! Espere um pouco... Será que devo de novo olhar absorto o mapa dos Balcãs – aquilo foi extraordinário –, mas acho que talvez seja melhor mudarmos um pouco, talvez o mapa italiano...

MAJOR: Decididamente será bem melhor.

(*O chefe do Estado-Maior abre o mapa e experimenta diferentes posições. Quando o fotógrafo entra com o major, está justamente estudando absorto o teatro de guerra na Itália. O fotógrafo se curva com exagero. O major se posiciona perto da mesa. Ambos olham o mapa com atenção.*)

CONRAD: O que é que há agora? Será que não se pode ter um minuto de paz... Estou justamente...

(*O major pisca para o fotógrafo.*)

SKOLIK: Apenas um pequeno registro especial, Excelência, se me permite.

CONRAD: Estou justamente trabalhando para a história universal e...

SKOLIK: E eu para *Das interessante Blatt**...

CONRAD: Ah, claro, para recordação da época...

SKOLIK: Sim, também para *Die Woche**.

CONRAD: Ah, mas aí vou aparecer no meio dos nossos generais, já sei como é isso, preferiria...

SKOLIK: Não, Excelência, quanto a isso o senhor pode ficar tranquilo. Como Vossa Excelência está na galeria dos nomes imortais, está subentendido que Vossa Excelência vai aparecer em separado. Os outros aparecerão todos juntos sob a legenda "Nossos gloriosos senhores da guerra", ou qualquer coisa do gênero... sozinhos, só mesmo em cartões-postais.

CONRAD: Ah, sim? Quem é que você tem? Não se esqueça do Höfer*. Eis aí um homem habilidoso que ganha vinte mil coroas de adicional por batalha, e ainda se lê seu nome todos os dias ao comprar a edição extra na Ring*.

SKOLIK: Anotado. Vossa Excelência, evidentemente, na primeira fila.

CONRAD: Como é que é? Primeira fila? Onde é que você pensa me meter? Sem ser chamativo, sem ser chamativo, meu caro, você sabe: não me coloque junto com os outros, discreto, sempre discreto!

SKOLIK: Inclusive o espaço já está reservado. Vai ser a primeira página na *Die Woche*. Vai ser uma edição muito interessante. Tenho de entregar a matéria sobre as modelos dos ateliês de Viena. Tenho certeza que ainda vai sair Sua Majestade, o Imperador da Alemanha, na caça ao javali, até agora em registro inédito e por isso mesmo sensacional, e em conversa com o poeta Ganghofer*. Acredito, então, Excelência...

CONRAD: Tá bem, nada mal, nada mal... Mas, caro amigo, no momento estou infelizmente... Será que não pode vir um pouquinho mais tarde, é que eu... Vou contar-lhe um segredo que não pode revelar a ninguém: estou justamente estudando o mapa dos Balcãs... ah, quero dizer, da Itália...

(*O major pisca para o fotógrafo, que faz menção de se retirar.*)

SKOLIK: Isso vem mesmo a calhar... trata-se de um momento da mais elevada presença de espírito, que a gente precisa captar no ápice. Já vejo a manchete: Chefe do Estado-Maior estuda ao lado de seu ajudante de ordens o mapa dos Balcãs... ah, quero dizer, do front na Itália. Pode ser assim, Excelência?

CONRAD: Por mim, sim... na realidade o ajudante de ordens mal pode esperar...

(*Ele fita fixamente o mapa ao lado do major, que nem se move. Ambos mexem no bigode.*)

CONRAD: Ainda vai demorar muito?

SKOLIK: Apenas um momento histórico, se me permitem...

CONRAD: Devo continuar com o estudo do mapa dos... bom, da Itália?

SKOLIK: Fique à vontade, Excelência, continue com o estudo do mapa... assim... bem suave... bem descontraído... assim...

não, assim fica pouco natural, alguém pode desconfiar que é pose... Senhor major, por favor, um pouco mais para trás... a cabeça... assim tá bom... Não, Excelência, mais descontração... e ousado, por favor, mais ousadia!... Olhar de comando, se me permite!... Assim... desse jeito... isso tem que ser um momento histé..., ou melhor, histórico, que imortaliza esta grande época... assim tá ótimo!... Um pouco mais... só mais um pouquinho... assim... Excelência, faça uma cara de ódio para os inimigos!... Agora... muito obrigado!

(*Muda a cena.*)

CENA 3

Kohlmarkt. Cinco velhos assinantes, dentre eles o velho Biach.*

O VELHO BIACH (*nitidamente excitado*): O mais simples seria mandar cinco corpos do exército contra a Rússia. Em três tempos, a coisa estaria resolvida.

O CONSELHEIRO IMPERIAL: Concordo! O ataque é a melhor defesa. É só olhar para os alemães e ver o que eles conseguiram. Dois coelhos com uma cajadada só! Nunca tinha visto nada como a investida através da Bélgica! A gente precisava disso: um verdadeiro espírito ofensivo...

O SÓCIO: Arrume pra gente uma Bélgica... que fazemos também uma investida.

O DOUTOR: A gente precisava era de um Bismarck.

O VELHO BIACH: Para que nos serve a arte dos diplomatas? Agora é a língua das armas! Será que podemos sofrer uma derrota? Se não atacarmos agora...

O DOUTOR: Isso parece claro. Mas o momento estratégico de atacar pelos flancos numa guerra de movimento...

O CONSELHEIRO IMPERIAL: Não sei, não sei... estou muito pessimista.

O VELHO BIACH: Como assim pessimista? O que mais você quer, Lemberg* ainda está em nossas mãos!

O SÓCIO: Isso mesmo!

O DOUTOR: Não há razão para pessimismo. Na pior das hipóteses, se a guerra acabar agora, o jogo fica empatado.

O CONSELHEIRO IMPERIAL: Certo..., mas e os sérvios?

O VELHO BIACH (*furioso*): Sérvios? Como assim, os sérvios? Vamos varrê-los do mapa.

O CONSELHEIRO IMPERIAL: Não sei, não... A notícia de hoje... Deve ser lida nas entrelinhas, e quando se olha o mapa... Uma olhadinha no mapa mostra... Mesmo o leigo mais desavisado... Posso provar-lhes, os sérvios...

O VELHO BIACH (*agitado*): Esqueça os sérvios. Eles são um front secundário. Só servem para me irritar.

O RETROSEIRO: E digo mais... Quem me contou foi um funcionário do ministério: a coisa está muito bem encaminhada. A gente vai pela direita, os alemães pela esquerda, e vamos espremê-los até perderem o ar.

O SÓCIO: Mas, fale, o que aconteceu com o seu filho?

O CONSELHEIRO IMPERIAL: Foi dispensado. Uma preocupação a menos.

(*Muda a cena.*)

CENA 4

Sede do quartel-general. Quatro generais entram em cena.

AUFFENBERG*: Pois é, meus senhores, assim não dá! Não pretendo ser um segundo Benedek*, simplesmente porque não gosto dessa ideia... A propósito, antes que me esqueça... O meu ajudante de ordens não me lembrou... A gente tem que pensar em tudo sozinho...

BRUDERMANN*: O que é que há com você?

AUFFENBERG: Nada... uma bobagem... é só que devo escrever um cartão-postal. Desde Lublin* tinha planejado, mas na confusão da retirada acabei esquecendo completamente. Um momento! (*Vai sentar-se à mesa e escreve.*)

DANKL*: O que está escrevendo?

AUFFENBERG: Escutem: "Nesta hora...".

PFLANZER-BALTIN*: Ora essa, você está animando a tropa... isso não faço, não. Temos as metralhadoras e os capelães militares. Amanhã mesmo nos lançamos ao combate...

AUFFENBERG: "Nesta hora..."

BRUDERMANN: O quê?! Você está escrevendo uma ordem ao exército?

AUFFENBERG: Não, um cartão-postal.

DANKL: Mas para quem está escrevendo de modo tão solene?

AUFFENBERG: Escutem: "Nesta hora em que antes costumava me sentar nestas salas tão familiares a mim, penso em você e na sua tropa e envio-lhe saudações cordiais deste distante acampamento. Auffenberg".

BRUDERMANN: Para quem está escrevendo isso? Para o ministro da Guerra?

AUFFENBERG: O que é que você acha? Para o Riedl*, ora!

TODOS: Andem! Ao Riedl!

(*Muda a cena.*)

CENA 5

Encontram-se dois personagens que foram dispensados do serviço militar.

O PRIMEIRO: Ei, salve, ainda em Viena? Não foi convocado?

O SEGUNDO: Fui, mas consegui ser dispensado. E você? O que é que tá fazendo aqui em Viena? Não foi convocado?

O PRIMEIRO: Sim, mas fui dispensado.

O SEGUNDO: Claro.

O PRIMEIRO: Claro.

O SEGUNDO: Sabe o que aconteceu com o Edi Wagner? Será que conseguiu ser dispensado? Parece que o alistamento foi em outubro. Depois falou-se que seu velho ia comprar um Daimler para ele, porque o tal major Tschibulka von Welschwehr prometeu que ele ia para o batalhão dos automóveis*. Mais tarde comentou-se que ou foi para Klosterneuburg* para a Escola dos Oficiais ou está em uma fábrica de munição, claro que no escritório, para depois conseguir ser declarado indispensável para o negócio. Inclusive encontrei o tio dele, sabe quem? Aquele trapaceiro lá no hospital militar dos reservas da rua Fillgrader, que me disse que, se tudo der errado, vai arranjar um lugar para ele na

Cruz Vermelha sem ninguém perceber. Em suma, gostaria de saber o que aconteceu com o pobre-diabo.

O PRIMEIRO: Pois posso contar tudo sobre o Edi. O pai, velhaco que só ele, desistiu do Daimler e achou melhor arrumar um emprego pro filho numa fábrica dinamarquesa de toalhas de papel. Isso o irritou, ele disse que era melhor servir e foi para Blumau*. Lá, também se cansou, e hoje passa as noites no bar Chapeau, às vezes de uniforme, às vezes em traje civil. Para mim é um mistério como é que consegue. Imagino apenas que as boas relações o dispensaram do serviço militar. Pode ser também que realmente tenha sido considerado inapto. Ei, tenho agora um encontro com uma pessoa importante. Talvez receba uma encomenda, coisa papa-fina...

O SEGUNDO: Você tem sempre as manhas! Sabia que o Seifert Pepi morreu lá na batalha de Rava-Ruska? Tenho que ir para uma reunião na repartição de assistência social da guerra. Organizam um chá amanhã, e prometi levar uma soprano. Anda, ânimo e apareça com a garota também. Até! (*Um Assinante e um Patriota entram em cena.*)

O PATRIOTA: Estes jovens estão vendendo saúde, viu só? Dava para formar uma tropa inteira só na Ring!

O ASSINANTE: Mas isso é revoltante! Que nojo! Covardes na França! Mas, e você, o que me diz das colheitas?

O PATRIOTA: Digo apenas: colheitas ruins na Itália, péssimas na Inglaterra, adversas na Rússia e preocupantes na França. E você, o que me diz do câmbio, hein?

O ASSINANTE: O que posso dizer? A queda do rublo fala por si só.

O PATRIOTA: Meu Deus, quando comparamos com a nossa coroa...

O ASSINANTE: A lira também está mal, baixou trinta por cento!

O PATRIOTA: Ainda bem que a coroa só baixou a metade. Nos outros lugares, reina o desânimo. Ficariam felizes se tudo terminasse agora. A gente, ao contrário...

O ASSINANTE: Já me ocorreu isso. Na França, por exemplo, o desânimo impera!

O PATRIOTA: E a apatia na Inglaterra!

O ASSINANTE: E o desespero na Rússia!

O PATRIOTA: E o arrependimento na Itália!

O ASSINANTE: Enfim, os estados de ânimo da Entente*!

O PATRIOTA: As muralhas estão caindo.

O ASSINANTE: E a preocupação começa a roer o Poincaré*.

O PATRIOTA: Grey* está desanimado.

O ASSINANTE: E o czar rolando na cama.

O PATRIOTA: Dúvidas em Paris, Londres e Roma. Basta apenas olhar as manchetes, a gente nem precisa ler o artigo para saber em que pé estão as coisas. A gente logo vê como eles vão de mal a pior, e nós, bem. Também temos nossos estados de ânimo, mas é diferente, graças a Deus!

O ASSINANTE: Entre nós reinam a alegria, a confiança, o júbilo, a esperança, a satisfação, estamos sempre dispostos, e por que não estaríamos, se temos razão?

O PATRIOTA: Resistir, por exemplo, é a nossa paixão.

O ASSINANTE: Ninguém resiste tão bem quanto nós.

O PATRIOTA: Os vienenses, principalmente, são os maiorais nesta arte. Aguentam a privação como se fosse um divertimento.

O ASSINANTE: Privação? Mas que privação?

O PATRIOTA: Quero dizer, se houvesse privação...

O ASSINANTE: Mas graças a Deus não tem nenhuma!

O PATRIOTA: É verdade! Nenhuma! Mas, me diga, se não tem privação, por que precisamos resistir?

O ASSINANTE: Explico. É claro que não temos nenhuma privação, mas as pessoas a suportam brincando — este é o nosso segredo. Há muito tempo somos bons nisso.

O PATRIOTA: Isso mesmo. Fazer fila, por exemplo, é um prazer. As pessoas brigam por conta disso.

O ASSINANTE: A única diferença em relação ao passado é que agora é guerra. Se não fosse guerra, alguém poderia até pensar que vivemos em tempos de paz. Mas guerra é guerra, e a gente tem de fazer o que antes só desejávamos. (*Muda a cena.*)

CENA 6

Um regimento de infantaria a trezentos passos do inimigo. Intenso fogo cruzado.

GATUNO: Você conhece a marcha dos carcamanos?

Um, dois, macarrão com arroz.
Três, quatro, macarrão no prato.

Uns caíram,
outros correram.
Um, dois, macarrão com arroz.

Acabou o macarrão.
Um, dois...
Torto ficou o seu narigão.
Um, dois, macarrão com arroz.
Três, quatro, macarrão no papo

UM OFICIAL DE INFANTARIA: Parece que estão retrocedendo. Nosso capelão militar se aproxima. Que gentil da parte dele!

O CAPELÃO ANTON ALLMER*: Deus abençoe vocês, os bravos! E suas armas! E então: acertaram em cheio o inimigo?

O OFICIAL: Olá, monsenhor... Estamos orgulhosos de ter um capelão tão corajoso que se aproxima da nossa trincheira sem se importar com o fogo cruzado do inimigo nem com o perigo iminente.

O CAPELÃO: Tudo bem. Me deixa atirar um pouco.

O OFICIAL: Todos se alegram em ter um capelão tão valente! (*Passa uma arma ao padre. O capelão atira um pouco.*)

O CAPELÃO: Na mosca!

GRITOS: Bravo! Isso sim que é um verdadeiro padre! Viva nosso capelão!
(*Muda a cena.*)

CENA 7

Junto a uma bateria.

UM OFICIAL DE ARTILHARIA: Ora, vejam só, parece que nosso bom capelão está vindo da posição da infantaria para nos ver. Que gentil da parte dele!

O CAPELÃO ANTON ALLMER: Deus abençoe vocês, meus bravos! E suas armas! Estão acertando o inimigo em cheio?

O OFICIAL: Tudo está indo de vento em popa, monsenhor.

O CAPELÃO: Por Deus, gostaria de experimentar o canhão.

O OFICIAL: À vontade, monsenhor. Espero que o senhor acerte alguns russos.

(*O capelão atira com o canhão.*)

O CAPELÃO: Na mosca!

GRITOS: Bravo!

O OFICIAL: Só agora, depois de o monsenhor atirar, é que nossas armas estão abençoadas!

(*Alice Schalek* se aproxima.*)

SCHALEK: Que tipo de posição é essa? Será que é assim mesmo? Já vi melhores.

O OFICIAL: Por favor, seja paciente... com a pressa...

SCHALEK: Sabe de uma coisa, oficial, quero atirar um pouquinho.

O OFICIAL: Com prazer, senhorita, mas isso não é possível no momento, pois poderia atiçar o inimigo. Estamos justamente desfrutando agora de um cessar-fogo, ficaríamos felizes...

SCHALEK: Ah, por favor, não me venha com essa, o capelão pode, e eu não?... Como sabe, vim apenas para... para descrever os fatos a partir da minha experiência pessoal... Veja bem, preciso de uma descrição completa... É para a edição de domingo! Vai, solta isso. Então como é que se atira?

O OFICIAL: Assim...

(*Schalek atira. O inimigo revida.*)

O OFICIAL: Viu só a enrascada em que nos meteu?!

SCHALEK: O que o senhor queria? Isso é muito interessante!

(*Muda a cena.*)

CENA 8

O Prater em Viena. A cena apresenta uma trincheira, na qual atores praticam tiro, telefonam, dormem, comem e leem o jornal. A trincheira está adornada com bandeiras. O público, aos milhares, fica em pé apertado na frente dela. Inúmeros funcionários, dignitários e repórteres aparecem em primeiro plano.*

O EMPRESÁRIO: ... e com isso recomendo a trincheira, que pretende mostrar com fidelidade ao distinto público a vida em uma autêntica trincheira, atingindo o nobre propósito dos esforços patrióticos de guerra. Dirijo ainda o pedido a sua Alteza Imperial de declarar inaugurada a trincheira.

UM REPRESENTANTE DA AGÊNCIA DE NOTÍCIAS WILHELM* (*para um colega*): Entre as personalidades civis e militares pode-se ver dentre outras...

O COLEGA (*escrevendo*): Flora Dub, Angelo Eisner von Eisenhof, o conselheiro áulico e sua esposa...

O REPRESENTANTE: Mas não os estou vendo...

O COLEGA: Mas eu sei.

O REPRESENTANTE: Psiu! Vão inaugurar a exposição. Escreva: abertura às seis horas em ponto.

A VOZ DO ARQUIDUQUE CARLOS FRANCISCO JOSÉ*: Vim, com prazer, ver a trincheira, pois eu mesmo sou um soldado.

O PÚBLICO: Viva! Viva! Viva!

A ESPOSA DO CONSELHEIRO ÁULICO NERO-OURO* (*para seu marido*): Aí não se vê nada. Vem cá, aqui é melhor.

(*Sucedem-se as apresentações. O público se espreme e se distrai. Formam-se grupos.*)

O PATRIOTA: Em Londres, tem uma trincheira para passar o tempo. Li recentemente na *Neue Freie Presse*: "O príncipe de Gales na trincheira". Com certeza deve ficar vagando por lá, afinal, no front é que nunca esteve!

O ASSINANTE: Tão só brincando de guerra.

(*Muda a cena.*)

CENA 9

Em Jena. Dois estudantes de filosofia se encontram.

O PRIMEIRO ESTUDANTE DE FILOSOFIA: Ah, a vida é mesmo bela! Acabam de conceder o título de doutor *honoris causa* pela nossa faculdade a Reinhard Scheer, o almirante vencedor de Skagerrak*!

O SEGUNDO: Evidentemente por causa da sua defesa sobre Goethe.

O PRIMEIRO: Como assim?

O SEGUNDO: Não está sabendo? Ele se pronunciou sobre o poema do submarino do Goethe*!

O PRIMEIRO: O quê? Goethe fez profecias...?

O SEGUNDO: Não, não o próprio Goethe, me refiro ao famoso poema:

Embaixo de todas as águas
está o SUB.
Da frota inglesa
nem mais um sopro de vida se nota...
Meu barco afundado
explora.
Espere, em breve
Também você descansará!

O PRIMEIRO: Maravilhoso!

O SEGUNDO: Aparentemente isso foi dito por um capitão inglês, mas será que não é mesmo do Goethe, hein?

O PRIMEIRO: Talvez, e Scheer?

O SEGUNDO: Scheer se pronunciou com entusiasmo a respeito. Ele o achou extraordinário e espera que o temor do capitão inglês logo se torne realidade.

O PRIMEIRO: Agora entendo por que uma faculdade tão clássica quanto a nossa Jena... Schiller teria gostado com certeza. (*Muda a cena.*)

CENA 10

Na banca de alimentos de Vinzenz Chramosta.

CHRAMOSTA (*para uma mulher*): Requeijão? Dez gramas é quatro conto... Quê? Caro demais? Na semana que vem vai ser seis, se não quiser, vai embora e compra outra porcaria qualquer por aí. Isso, sim, vai sair muito mais barato. Sempre a seu dispor!... (*para um homem*) O quê? Provar? O senhor só pode tá brincando... Olha só, tamo em guerra! Se achar uma porcaria melhor, pode levar!

(*para uma mulher*) Que empurra-empurra é esse? Espera a sua vez, só me faltava essa! O quê? Pepino? Só por peso, e o menor é dois conto!... (*para uma mulher*) Tá olhando o quê? Isso aqui é muito bem pesado, ouviu?! Papel também pesa, sabia?! Tamo em guerra! Se não quer nada, chispa daqui. Sua vaca!... (*para um homem*) E ó não resmunga não, tá pensando que não tô ouvindo? Hoje não tem pro senhor, não... Tô atendendo esta cliente agora, mas só olhar não custa nada! (*para uma mulher*) Alface é doze conto! Onde tá escrito? É verdade, tá escrito oito, mas agora já é doze. Este é meu preço e pronto, e não tem pechincha! Se não quiser levar, volta amanhã, mas vai custar catorze, sua velha coroca! Entendeu? (*Reclamação entre os clientes.*) Como é que é? Reclamando? Se ouvir só mais uma palavra, fecho tudo logo! Ah, que boa ideia! Por hoje chega. Vão, vão, vão embora daqui. Não vendo mais nada pra uma cambada de gente morta de fome que nem vocês!

(*Os presentes se afastam reclamando. Um fiscal do mercado entra em cena.*)

O FISCAL DO MERCADO: Inspeção!

CHRAMOSTA (*aturdido*): Inspeção...?

O FISCAL DO MERCADO: Por favor, a fatura da alface.

CHRAMOSTA (*procurando-a por um longo tempo, entrega-a, hesitante*):

É essa aqui... mas não... vale. Tive que pagar a mais pra conseguir ela!

O FISCAL DO MERCADO (*anotando*): Preço de compra: quatro coroas e cinquenta centavos. Qual é o preço de venda?

CHRAMOSTA: Ah... oito! Não sabe ler? Tá achando que tudo isso caiu do céu? Claro que não... Escuta só, quem tabela sou eu! Isso é da minha conta! Se meu cliente aceitar, fodam-se as autoridades! Tamo em guerra!

O FISCAL DO MERCADO: Alto lá, veja como fala! Vou denunciá-lo por aumento abusivo dos preços!

CHRAMOSTA: O quê? Seu cachorro miserável! Quer acabar comigo? Pois eu é que te mato! (*Arremessa uma vasilha de porcelana da banca com doze quilos de requeijão na direção do funcionário, sem conseguir atingi-lo.*)

O FISCAL DO MERCADO: O senhor vai pagar caro por isso!

CHRAMOSTA: O quê? Eu...? Te ofendi? Ah, e mais essa agora! Amigo, vai ter que comer muito arroz com feijão pra fazer isso! Quem é o senhor? Ah, chegou tarde, não vai me denunciar coisa nenhuma! Tenho um cupom de guerra*. Sabe o que é isso? Claro que não... Quer mais alguma coisa? Só para o seu governo: pago meus imposto! Vá à merda! Fico puto com essa gentinha que tenta meter o bedelho no meu preço... Seu cretino, sem-vergonha... Se não der no pé agora mesmo, te arrebento a cara! (*Pega duas facas.*)

O FISCAL DO MERCADO (*dirigindo-se à porta*): É só um aviso!

CHRAMOSTA: Tá avisando o quê? Seu Barnabé! Seu morto de fome! Te mato! (*Lança na direção do funcionário uma cesta cheia de avelãs.*) Escroto!

(*Muda a cena.*)

CENA 11

Uma igreja protestante.

PASTOR PEITO CHEIO DE AR: ... Não há dúvidas de que o reino de Deus prosperará e se consolidará enormemente graças a esta guerra. E aqui devemos admitir com clareza e determinação que o mandamento concebido por Jesus de "amar os vossos inimigos" apenas se refere ao convívio entre os indivíduos, mas não entre os povos. O amor ao inimigo deixa de existir na luta entre as nações. Sendo assim, o soldado não tem que sentir remorso! Matar, neste caso, não é pecado, antes um serviço à pátria, um dever cristão, mais, um serviço a Deus! Portanto, repito-lhes: enquanto os canhões rugirem nesta guerra, o mandamento de Jesus de "amar os vossos inimigos" não vale mais! Acabem com todo remorso! Mas digam-me: Por que milhares de homens ficaram aleijados? Por que tantos soldados cegos? Porque Deus quer salvar suas almas. Olhem ao redor de vocês e rezem diante dos milagres do Senhor: dá-nos a vida eterna!

Vocês ouvem o soldado rezar?
É nosso dever e nossa obrigação!
Ouvimos nosso forte amor falar
Da garganta do canhão.
Entoando o pai-nosso ao marchar,
Atiramos no patrão.
Para uma cruz reinar:
Calamos as baionetas!

Olhem ao redor de vocês e rezem diante dos milagres do Senhor: dá-nos a vida eterna!
(*Muda a cena.*)

CENA 12

Uma escola primária.

O PROFESSOR ZEHETBAUER: ... Contudo, agora que ideais elevados irromperam sobre nós, o relacionamento entre os povos deve ser um pouco repelido e relegado a segundo plano. Apesar disso, mesmo depois de cada um de nós ter feito a sua parte, não podemos desanimar, afinal, é nosso dever prosseguir tenaz e destemidamente pelo caminho uma vez já trilhado. Os delicados germes do relacionamento entre os povos, que plantamos em toda a parte e encontramos espaço em seus jovens corações graças à solicitude do louvável conselho escolar nacional e local, não devem ser aniquilados pela brilhante marcha dos batalhões, por mais imprescindível que isto seja em uma época como a nossa, mas, ao contrário, conservados e protegidos com frequência. Com certeza é necessário que cada um de nós esteja à altura das circunstâncias, isto quer dizer, inclusive, vocês. Por isso, quando encontrarem seus pais ou preceptores, devem pedir como presente de aniversário o maravilhoso jogo infantil "Vamos brincar de guerra" ou de Natal o "Morte aos russos". Portanto, como recompensa pelas suas boas notas e pelo seu bom comportamento, e, claro, com o consentimento dos seus pais ou preceptores, devem saber que cada um de vocês poderá colocar um prego no guerreiro de ferro*, e ao pregá-lo neste símbolo...

A CLASSE: Que legal!

(*Um aluno levanta o dedo.*)

O PROFESSOR: O que foi, Gasselseder?

O ALUNO: Professor, eu já coloquei um prego com meu pai, posso pregar outro?

O PROFESSOR: Se os seus pais ou preceptores permitirem, a direção da escola não se opõe à repetição do gesto, caso assim seja o seu desejo patriótico. (*Um aluno levanta o dedo.*) O que quer, Czeczowiczka?

O SEGUNDO ALUNO: Por favor, preciso sair.

O PROFESSOR: Sair? Como assim? Para o front? Ainda é muito jovem. Espere até ficar mais velho. Mas por que quer tanto sair?

O ALUNO: É que estou com vontade de...

O PROFESSOR: Espere por tempos melhores. Você vai dar mau exemplo para seus colegas. A pátria também está em dificuldade, e para que ela sirva de exemplo, faça de si mesmo um exemplo. Agora é hora de resistir.

(*Dois alunos levantam o dedo.*)

O PROFESSOR: O que querem, Karl e Rudolf Wunderer?

AMBOS: Por favor, gostaríamos de colocar nosso prego no tronco de ferro*.

O PROFESSOR: Sentem-se! Que vergonha! O tronco de ferro é um símbolo onde já não há mais espaço para pregos. Ao contrário, com a sua efetiva colaboração, o guerreiro de ferro tem de se transformar em um símbolo, um monumento histórico do qual seus filhos e netos falarão.

KOTZLIK: Professor, o Merores tá me empurrando!

MERORES: Não é verdade, ele me chamou de judeu. Vou falar para o papai, que vai contar tudo para o *Tagblatt**.

O PROFESSOR: Façam as pazes, Kotzlik e Merores! Gostaria ainda de falar do canto de ódio de Lissauer*, mas vou dispensá-los por hoje. Quero que preparem para amanhã o tema sobre os ideais que esta grande época nos impõe, e desde já aviso que não terei mais paciência com vocês. Nunca me cansarei de sempre tentar inculcar: resistam, façam sua parte, divulguem o cupom de guerra, recolham metais, procurem pelo ouro inútil guardado dentro do baú! Mas hoje ainda quero exercitar minha tolerância e discutir o relacionamento entre os povos com vocês. Quietos! Expliquei mais cedo por que não podemos descuidar dele, e agora menos do que antes. Os primeiros sinais de um incremento nesta relação já se fazem notar, embora a densa tempestade da guerra ainda sopre pelo país, a qual começou quando nosso glorioso monarca conclamou às armas milhares e milhares de filhos e irmãos. Portanto, não podemos perder de vista este ideal. Por isso, devemos cantar agora a velha canção aprendida nos tempos de paz. Vocês ainda se lembram dela?

(*Um aluno levanta o dedo.*)

O PROFESSOR: Fale, Braunshör.

O ALUNO: Seja sempre fiel e honesto.

O PROFESSOR: Claro que não. Tome vergonha na cara!

(*Um aluno levanta o dedo.*)

O PROFESSOR: Sim, Fleischanderl?

O ALUNO: Caminhar é o prazer do moleiro.

O PROFESSOR: Sente-se!

(*Um aluno levanta o dedo.*)

O PROFESSOR: Então, Zitterer?

O ALUNO: Vamos para longe daqui!

O PROFESSOR: Sente-se! Agora não podemos ir para longe daqui. Os de longe é que venham até nós!

(*Um aluno levanta o dedo.*)

O PROFESSOR: Süssmandl, você sabe?

O ALUNO: Por favor, quero sair!

O PROFESSOR: O que se passa na sua cabecinha? Eu já não disse que não existe a menor possibilidade de saírem nem agora da classe nem mais tarde na vida. Então, será que ninguém conhece a canção?

(*Um aluno levanta o dedo.*)

O PROFESSOR: Anderle, você?

O ALUNO: Que me importam bens e dinheiro.

O PROFESSOR: Sente-se no último banco. Onde foi que aprendeu isso? Tome vergonha na cara, Anderle! Já vi que a esqueceram nestes tempos difíceis. E, no entanto, é uma velha canção bem bonita com a qual vocês todos aprenderam as vogais. Tomem vergonha na cara! Vou pegar o violino, e vocês vão começar a cantá-la imediatamente!

(*Um aluno levanta o dedo.*)

O PROFESSOR: Diga, Sukfüll, você também quer envergonhar a classe?

SUKFÜLL: Cuidem do turismo!

O PROFESSOR: Muito bem, Sukfüll, você realmente envergonha a turma toda. Vou contar para o seu pai para que dê um jeito em você.

(*Ele pega o violino, e a turma o acompanha cantando.*)

A a a, o bom estrangeiro aqui está.
O mau tempo já passou,
O turismo se recuperou.
A a a, o bom estrangeiro aqui está.

E e e, pois sabe você.
Graciosas são nossas mocinhas,

Elas todinhas.
E e e, pois sabe você.

I i i, somos espertos, isso sim.
Não seja sem graça, traga a massa,
E assim vai ver nossa casta.
I i i, somos espertos, isso sim.

O o o, somos vienenses, sim, senhor.
Com os violinos sobre a mesa
Escutem só o sangue de Viena!
O o o, somos vienenses, sim, senhor.

U u u, e o coração adormeceu.
Não demore! Sempre será
Viena a cidade da música.
U u u, e o coração adormeceu.

(*Muda a cena.*)

CENA 13

No santuário.

O SACRISTÃO: Aqui vocês podem ver uma interessante oferenda ao nosso santuário: um rosário feito com estilhaços de uma granada italiana, e a cruz a partir do aro de outra granada italiana, detonada. A figura de Cristo foi formada a partir de um projétil. Este rosário pesa mais de um quilo, portanto, é necessária uma mão forte para rezar por mais tempo. Vossas senhorias gostariam talvez de experimentá-lo?

O ESTRANGEIRO (*experimentando-o*): Ufa! Não consigo.

(*O sino toca.*)

O SACRISTÃO: Ouçam-no! É a última vez que toca! Logo vai ser desmontado. Fazem-se rosários de granadas e canhões de sinos de igreja. Damos a Deus o que é de César e a César o que é de Deus. Ajudamo-nos mutuamente como podemos.

(*Muda a cena.*)

CENA 14

À noite no Graben.*

DOIS ATRAVESSADORES (*com mulheres, todos de braços dados, um pouco embriagados e cantarolando*): Astrônomo... astrônomo... preste atenção...*

UM JORNALEIRO: Edição extra: quarenta mil russos mortos em Przemysl*...!

UM DOS ATRAVESSADORES: Astrônomo... astrônomo...

O OUTRO: Preste atenção...

(*Saem de cena.*)

SEGUNDO ATO

CENA 1

Esquina da Sirk. O público consiste em sua grande maioria de refugiados da Galícia, contrabandistas, oficiais licenciados servindo em hospitais ou em algum cargo mais fácil na retaguarda e civis aptos ao serviço militar que conseguiram se livrar.

UM JUDEU POLACO: Edição especial... Meus senhores e minhas senhoras, compra de mim...

UM AGIOTA: Só nos faltava essa! Essa gentalha instalada aqui... Para onde quer que a gente se vire, só se vê judeu! E o que vão fazer? Ficar e tirar nossos negócios.

UM AGENTE COMERCIAL: Por enquanto, não posso reclamar. Mas também não posso dizer que esteja tão bem quanto o Ornstein.

O AGIOTA: Que Ornstein? O Ornstein que foi dispensado?

O AGENTE COMERCIAL: Isso mesmo. Ganhou oito milhões e meio num negócio de mochilas com apenas um telefonema.

O AGIOTA: Que judeu do caralho!

O AGENTE COMERCIAL: Ele me disse que vai arranjar alguma coisa para mim também. Parece que é íntimo de um major ou algo assim.

(*Um ferido grave de muletas passa arrastando-se e tendo convulsões.*)

O AGIOTA: Pois agora é hora de resistir.

UM JORNALEIRO: Edição extraaa...! *Neue Freie Presse*! Grande vitória dos alemães na Galícia! Todas as posições retomadas!

O AGIOTA: Por isso que sempre digo: guerra é guerra. Não dá no mesmo se os jovens racham a cabeça numa corrida de carro ou no front pela pátria...?! Não aguento sentimentalismos desse tipo!

O AGENTE COMERCIAL: Faz oito dias que estou telefonando para tentar ver *Sangue de Hussardos**. Os lugares estão esgotados para quatro semanas. Olha só, acho que a guerra vai acabar e a gente não vai conseguir ver! A minha mulher não me deixa em paz...

O AGIOTA: E digo mais: não tem nem comparação com *Manobra de outono**.

(*Saem de cena.*)

UM OFICIAL (*para outros três*): Oi, Nowotny, Pokorny, Powolny! Ei, você que manja de política, o que acha da Itália?

O SEGUNDO OFICIAL (*de bengala*): Acho que é uma traição, nem mais nem menos.

O TERCEIRO: Ora, por acaso você esperava outra coisa dos carcamanos?... É sempre assim.

O QUARTO: Concordo plenamente... Ontem fui pra farra...!

O PRIMEIRO: Sabe, depois de tanto tempo, tenho vontade de ir ao Gartenbau*.

O SEGUNDO: Por quê? Está ferido?

O TERCEIRO: Como assim, ferido?

O QUARTO: Mas ele não está ferido.

O PRIMEIRO: Claro que não estou ferido.

O SEGUNDO: Então vocês não sabem? O Gartenbau virou um hospital.

(*Todos riem.*)

O PRIMEIRO: É verdade, um hospital... (*Depois de refletir um pouco:*) Sabe que tinha me esquecido completamente... A guerra dura já faz tanto tempo...

(*Passa um soldado de muletas.*)

O SEGUNDO: Acha que devo pará-lo? O cara fez uma continência estranha...

O PRIMEIRO: Deixa pra lá. A propósito, o que é que está acontecendo com a Cruz do Mérito Militar?

O SEGUNDO: Meu nome já foi proposto... o chato é que estas coisas demoram.

O TERCEIRO: É tudo uma cambada!

O QUARTO: O que querem? Guerra é guerra. Hoje não tem fulanas.

(*Saem de cena.*)

(*Ouvem-se soldados que passam cantando: ...na pátria, na pátria, vamos nos rever...*)

UM ESPECULADOR: Você leu hoje sobre as granadas incendiárias, aquelas que disparam sozinhas no ar e que há dez meses estão sendo usadas em Reims? Não sossegam! Não param!

UM PROPRIETÁRIO: Que pena esta história de Reims... Tadinha da catedral!

O ESPECULADOR: Olha, não me venha com essa! Tô por aqui com isso! Me desculpe, mas se, como dizem, se trata de uma base militar, então é pura hipocrisia por parte desses franceses. Entrincheirar-se atrás de uma catedral? Que absurdo! Não me fale dessa corja!

O PROPRIETÁRIO: Tá bom, tá bom, não precisa descontar em mim. Disse alguma coisa? Fala como se eu também não soubesse de que lado os bárbaros estão. Mas será que não posso ficar com pena da catedral? Afinal, como proprietário de bens imóveis...

O ESPECULADOR: Tá bem, assim a coisa muda de figura, apenas não posso admitir que as pessoas sejam sentimentais na guerra, sobretudo quando se trata de uma verdadeira malandragem! Guerra é guerra e ponto final.

O PROPRIETÁRIO: Concordo com você!

O ESPECULADOR: E não é isso mesmo? Será que podemos nos dar o luxo de nos expormos ao fracasso? O ataque é a melhor defesa. Olha ali! Lá vêm nossos bravos verdinhos em seu reluzente uniforme. Sim, são soldados alemães!

A VOZ DE UM COCHEIRO: Na guerra, ganho quatro vezes mais! (*Muda a cena.*)

CENA 2

Dois conselheiros comerciais saindo do hotel Bristol. Um inválido passa mancando.

PRIMEIRO CONSELHEIRO COMERCIAL (*olhando ao redor*): Não tem nenhum carro por aqui? Que absurdo!

AMBOS (*apontando com suas bengalas para um carro que passa*): Táxi...!

O SEGUNDO: Ei, afinal, conseguiu colocar seu filho naquela coisa... como é mesmo o nome, no arquivo de guerra?

O PRIMEIRO: Sim, mas como tem uma hérnia, espero que o deixem em paz logo, logo. Ele sonha mais alto. Você sabe que Ben Tiber* o quer como dramaturgo? Tem uma hérnia também.

O SEGUNDO: O meu caçula é talentoso. Espero que... Mas por enquanto apenas me preocupo com esta história com o arquiduque Leopold Salvator*. Tomara que dê certo. Vamos ver, amanhã tenho uma audiência com ele... Vou dar um casaco de pele para minha esposa.

(*Uma mendiga com uma perna de pau e um toco de braço para na frente deles.*)

AMBOS (*apontando com suas bengalas para um carro que passa*): Táxi...!

(*Três granadeiros alemães entram em cena um após o outro; cada um acompanhado por um vereador vienense de fraque e cartola.*)

PRIMEIRO VEREADOR: Ali é a ópera, agora pegamos a rua Kärtner onde vou mostrar para você o tronco de ferro, o maior símbolo de Viena, erguido em memória de artesãos ambulantes que ao passarem por aqui cravavam um prego, a mesma coisa que viu no guerreiro de ferro. Em seguida, temos a Coluna da Peste*, chamada assim porque naquela época a peste assolou a cidade, e então o imperador prometeu erguer naquele lugar um grande monumento.

PRIMEIRO GRANADEIRO: Caramba, incrível!

SEGUNDO VEREADOR: Ali é a ópera, agora pegamos a rua Kärtner para conhecer o chamado tronco de ferro, um símbolo, pois os artesãos ambulantes de passagem por aqui cravavam um prego. Em seguida, vou mostrar para você a Coluna da Peste. O imperador fez uma promessa porque naquela época a peste assolava a cidade, promessa essa idêntica à do guerreiro de ferro, por isso ergueram o monumento.

SEGUNDO GRANADEIRO: Uau, sensacional!

TERCEIRO VEREADOR: Ali temos a ópera. Logo adiante é a rua Kärtner, onde vamos ver o tronco de ferro, ou seja, onde os artesãos ambulantes de passagem por aqui cravavam um prego, a mesma coisa que fazem agora com o guerreiro de ferro. Depois vou levá-lo até a rua Graben para ver um monumento, o maior símbolo que a gente tem, porque neste mesmo lugar a peste nos assolava, e então o imperador fez uma promessa, e, por isso, como é do conhecimento de todos, surgiu o tronco de ferro.

TERCEIRO GRANADEIRO: Genial!

UM REPÓRTER (*dirigindo-se a outro*): Viu só? Para você ver o que significa a expressão "corpo a corpo".

UM SEGUNDO: Pois parece que estão se entendendo bem, embora a gente não consiga ouvir a conversa.

O PRIMEIRO: Ele está explicando alguma coisa.

UM CONTRABANDISTA BERLINENSE (*muito rápido para um rapaz de recados*): Vem cá, corrra ali até o restaurrante do outrro lado do rrua e veja se há um senhorr esperrando ou então vai até o porrteirro ou ao criado e perrgunta pelo chefe de seção Swobóda, que tem um encontro marrcado com o senhorr Zadiwoker de Berrlim centrro, um dos homens mais influentes que vocês têm em Viena, e diz prra ele esperrar um pouquinho mais e rreserrvarr a mesa, se eu não puderr irr, encontrro com ele no jantarr, pois tenho que fecharr um negócio agorra, no caso, prresta atenção, se ele tiverr algum problema, que venha de noite ao Mulen Ruche ou como querr que se chame aquela lugarr agorra, sabe, onde a Mizzal dança, uma das moças mais bonitas agorra em Viena, chego às quinze parra meia-noite, vamos, deprressa, entendeu tudo? (*O rapaz olha aturdido e em silêncio para o estrangeiro.*) Mas, filho, você não entende alemão?

O RAPAZ DE RECADOS: Masoquéquecêqué...

O CONTRABANDISTA (*dirigindo-se, indignado, aos transeuntes, os quais formam um grupo*): Carramba, porr esta não esperrava, me desculpem, mas escutem, por favorr, que isto é um escândalo sem precedentes, as coisas que acontecem na sua querrida Viena. Como alemão do impérrio, já acontecerram comigo aqui coisas do arrco da velha, aqui a gente se acostuma ao típico desmazelo vienense, não há dúvida que vocês são um povinho simpático, mas não se esperra algo assim, rrealmente, isso só acontece em Viena, uma população assim, com a qual estamos lutando ombrro a ombrro, admitir uma idiotice dessas é um absurdo, meu Deus, vocês vienenses não têm o menorr ideia de que estão em guerra, porr isso que depois de um ano já estão com essa carra desanimada, enquanto no meu país se pode dizer que nosso estado de ânimo é grrave, mas confiante, o de vocês ao contrárrio... pois isso devia chegarr aos ouvidos de Hindenburch*, não vou deixarr de contarr tudo prra ele...

GRITOS NA MULTIDÃO: Sim, mas o que foi que aconteceu?

O CONTRABANDISTA: O que foi que aconteceu? Ainda porr cima me perrguntam? Que povinho mais alegrre! Esse homem parrado aí como um típico rrapaz de rrecados vienense, quis mandá-lo ao restaurrante com um imporrtante rrecado para um chefe de seção com quem tinha um encontrro... E ele... porr favorr, me aprronta uma dessas... em plena guerra...

A MULTIDÃO: Mas o quê? Que foi que ele fez?

O CONTRABANDISTA: ... me respondeu em inglês!

(*Afasta-se muito irritado. A multidão fita interrogativamente o rapaz de recados, o qual, por sua vez, tinha permanecido todo tempo ali como que petrificado e por fim se afasta todo convencido.*)

A MULTIDÃO: Deus castigue a Inglaterra!

UM JORNALEIRO: Extra, extra...! Grande vitória das nossas forças aliadas!

(*Muda a cena.*)

CENA 3

O Assinante e o Patriota conversando.

O PATRIOTA: Viu? "Recrutam-se jovens de dezenove anos na Itália". A manchete por si só já diz tudo da terrível verdade.

O ASSINANTE: Não, puxa, essa deixei escapar! Não me diga! Tão jovens! E em março a gente vai começar a alistar os de dezessete. Ah, isso vai ser uma alegria!

O PATRIOTA: Claro que sim, afinal estes são os melhores anos! E você sabe onde está a diferença? No equipamento. Leu hoje? "Preocupação na Itália: será que a roupa de montanha vai aquecer os soldados?"

O ASSINANTE: É cada preocupação que eles têm...

O PATRIOTA: Aqui ninguém perde o sono por conta disso! Bagatelas! Fazemos a entrega e ponto final. Você conhece a história dos cobertores de lã ou não?

O ASSINANTE: Não.

O PATRIOTA: Eis aí um belo exemplo de como as coisas caminham por si só no nosso país. Feiner & Co* assinaram um contrato de um milhão e meio de cobertores de lã da Alemanha, pois essa era mais ou menos a previsão do nosso ministro da Guerra para o inverno nos Cárpatos. Ninguém arrancou os cabelos por causa disso porque se contava que a vitória final chegaria antes. Mas quando a situação começou a ficar mais séria, resolveram rápido e ponto final. Claro que primeiro precisaram preencher as formalidades da alfândega. O ministro da Fazenda se recusou a liberar a mercadoria mais cedo, e o ministro da Guerra insistiu na sua necessidade. O que mais posso contar? A coisa andou de um lado para o outro por seis meses, durante toda a batalha dos Cárpatos. Então a empresa decidiu entrar na justiça, e interveio pessoalmente o senhor Felinowisky de Berlim, você sabe de quem estou falando, aquele que é o mandachuva no Ministério da Guerra. Foi ao gabinete do ministro da Fazenda e lhe disse na cara: "Escuta só uma coisa, isso não vai nada bem! Primeiro porque a empresa está à beira da falência e segundo porque os cobertores estão se acabando empilhados ao ar livre sujeitos à umidade e ao frio, quase todos viraram pó".

O ASSINANTE: Quem?

O PATRIOTA: Os cobertores, ora! Ficaram ao ar livre.

O ASSINANTE: Quem?

O PATRIOTA: Por Deus, os cobertores! Que pergunta! Olha só, ele disse categoricamente: primeiro porque a empresa está à beira da falência, segundo porque os cobertores estão se acabando, terceiro porque os soldados precisam deles. O ministro da Fazenda deu de ombros e respondeu-lhe que não podia fazer nada, pois a documentação tinha que tramitar. Primeiro a alfândega, depois os cobertores...

O ASSINANTE: Mas por que o Ministério da Guerra não pagou?

O PATRIOTA: Que pergunta mais estúpida! Segundo o ministro da Guerra, ele não podia fazer nada, pois tinha que esperar a documentação tramitar.

O ASSINANTE: A documentação da alfândega?

O PATRIOTA: Não, o contrário! A documentação para liberar o dinheiro para a alfândega.

O ASSINANTE: Ah, agora entendi! E depois, o que foi que aconteceu? Estou morrendo de curiosidade...

O PATRIOTA: O que aconteceu? Seu Felinowisky voltou lá e lhe jogou na cara: "Excelência, o Ministério da Guerra não cede. Portanto, vou lhe dizer uma coisa: no mundo do comércio, quando um cliente eventualmente não pode pagar, a gente se informa e se descobre no final que o cliente é bom pagador, a gente lhe dá crédito. Excelência, agora vou dizer ao senhor, se informe sobre o Ministério da Guerra e vai ver que é bom pagador... O que mais deseja? Dê-lhe crédito!". Por fim, isto o convenceu. Concederam o crédito, e os cobertores de lã foram entregues.

O ASSINANTE: Que bom! Assunto encerrado, não?

O PATRIOTA: Até agora sim. O único senão é que já era março. O que mais posso dizer? Quando receberam os cobertores, estavam completamente estragados. Então pegaram os refugiados para juntarem dois cobertores e transformarem em um. Quando chegou abril e tudo parecia resolvido, o preço já era o dobro de quando fizeram o pedido porque, claro, um trabalho assim deve ser pago, afinal não é nenhuma bagatela costurar um milhão e meio de cobertores de lã... E quando tudo estava pronto, o que acha que aconteceu?

O ASSINANTE: O quê...?

O PATRIOTA: Ora, os soldados já não precisavam mais dos cobertores de lã! Primeiro, porque já não fazia mais tanto frio nos Cárpatos, e, segundo, porque a maioria já tinha os pés congelados mesmo. E agora me pergunto: a gente deve complicar a vida por causa de uns cobertorzinhos de lã? (*Muda a cena.*)

CENA 4

Diante do Ministério da Guerra.

UM JOVEM: Oi, aonde vai?

O SEGUNDO: Lá em cima.

O PRIMEIRO: Para quê?

O SEGUNDO: Ver se consigo me arranjar. E você?

O PRIMEIRO: Eu também.

O SEGUNDO: Então vamos juntos.

(Saem.)

CINQUENTA MALANDROS (*entram em cena, apontando o dedo uns aos outros*): Tinham que alistar esse daí!

UM JOVEM: Oi, aonde vai?

O SEGUNDO: Lá em cima.

O PRIMEIRO: Para quê?

O SEGUNDO: Importação. E você?

O PRIMEIRO: Exportação.

O SEGUNDO: Então vamos juntos.

(*Saem.*)

(*Muda a cena.*)

CENA 5

Ministério da Defesa. Um capitão sentado em sua escrivaninha. Diante dele um civil.

O CAPITÃO: Vamos ver se o senhor pode ser dispensado ou não... O mais fácil seria que o senhor mesmo olhasse o decreto, mas tudo bem, vou lhe dar uma mãozinha para que acredite com seus próprios olhos. Então, escute com atenção: "De acordo com o decreto nº 863/XIV, de 12 de julho de 1915, e em comum acordo com o Imperial-Real Ministério da Guerra — tendo em vista o atual estado de guerra, tal como exposto no decreto do já citado I. R. Ministério da Guerra, de 13 de janeiro de 1915, Dep. XIV, nº 1.596, ex. 1.914, e no decreto de 18 de janeiro de 1915, nº 1.068, o I. R. Ministério da Defesa faz saber que, a respeito do favorecimento segundo os parágrafos 31 e 32 da Lei Imperial-Real de 1889, o certificado de arrimo de família a ser apresentado foi revogado até segunda ordem, segundo estipulam os parágrafos 109 I, alínea primeira, 118 I e 121 I do Decreto Imperial-Real de junho de 1915, em conformidade com os parágrafos 30, 32 (sobre o agricultor) e 82 da Lei Imperial-Real. O que foi apresentado antes da guerra permanece por enquanto válido, segundo os parágrafos 30, 32 e 108 I, alínea segunda, do Decreto Imperial-Real, sempre e quando o certificado continuar a reunir as condições necessárias para o favorecimento". Então... agora, se o senhor me permite, há outras pessoas esperando para entrar. Se me der licença, por favor...

(*O civil faz uma reverência e sai.*)

(*Muda a cena.*)

CENA 6

Gabinete em um posto de comando.

HIRSCH* (*entra cantando a melodia de "O perdulário"**):

Feliz e sem pesadelos,
Na guerra continuo inteiro
Escrevendo crônicas
Como repórter.
Mesmo que condições tivesse,
Nem por isso militar seria.
(Ganho uma fortuna
Com outra artilharia.)

Como aqui na retaguarda
Não tem marcha nem vigília
Só me resta montar guarda
No quartel da imprensa.
Mesmo na trincheira
Parado ficaria.
(Me deram pois uma distinção
Um posto na redação.)

No decorrer da batalha
Rápido posso informar.
As heroicas proezas
De longe relatar.
Pelo triunfo lutarei
E sem dúvida ganharei.
(Nem bem começo a escrever,
Todos os inimigos fogem.)

Por isso digo a mim mesmo
Me sinto em casa.
O repórter relata
Como combate a massa.
(À prova de bala
Vivo despreocupado e contente
Neste bélico negócio.)

(*Gritando para dentro:*) Major, se por acaso encontrar o general, diga-lhe que vou fazer uma entrevista com ele e com todo o Estado-Maior! Mas nada de ser impressa hoje! (*Sai de cena.*)

RODA RODA* (*entra em cena cantando uma conhecida melodia*):

Ó Rosenbaum,
*Ó Rosenbaum**

Está nos jornais de primeira.
Ele não ganha
Com a retaguarda
Daí que o front prefira.

Tudo observo
Pessoalmente.
De tudo me inteiro.
E se tudo for mal,
Muito no final,
Uma granada me dilacera.

Minha esposa, meu filho,
Pouco me importam.
Vivo sem eira nem beira.
A fim de me entreter
Para mim ergueram
As mais bonitas trincheiras.

O inimigo
Não está de brincadeira.
Trata-se de posição tomar.
Não sou amigo

Das entrevistas.
Não acredito no que estão a contar!

Bem conheço
Este negócio
E sua gente notável.
Onde quiserem
Me encontram.
Sou respeitável!

Antes me chamavam
De liquidado.
Achavam que estava acabado.
Agora todos
Apenas desejam
Nos jornais por mim ser citado.

Estou acostumado
Ao militar
Que fala da glória.
Vou saltando
De um front a outro
Para entrar na História.

Hoje estou
Na Polônia,
Amanhã em Isonzo.*
Andarilho
Muito longe cheguei.
Não sou nada sonso.

Vem o soldado
E me diz
Que o inimigo mais tarde derrotamos.
Mas embora tenhamos
Aqui sucumbido,
Escreverei que ganhamos.

Na retaguarda
Nunca vão me achar,
Pois o front na moda está.
Sou parente
Do Rosenbaum,
Mas me chamo Roda Roda.

(*Gritando para dentro*:) Major, se por acaso encontrar o general, diga para ele transferir o coronel... Teve a cara de pau de me negar o salvo-conduto para a fortaleza cinco em

Przemysl. Pelo visto, não tinha a menor ideia com quem estava falando. Mesmo assim isso não é desculpa, muito pelo contrário. Vou mostrar para esses senhores com quantos paus se faz uma boa disciplina, entendido? (*Sai de cena.*) (*Muda a cena.*)

CENA 7

Outro gabinete.

UM OFICIAL DO ESTADO-MAIOR (*entra em cena dirigindo-se ao telefone*): Então, já acabou o relatório sobre Przemysl?... Ainda não? Ah, como assim de ressaca? Hein?... Vamos, acorde logo senão vai chegar tarde na farra outra vez. Ei, me escuta... O quê? Esqueceu tudo de novo?... Mas é mesmo um... Me escuta, insisto... Os pontos principais do relatório: primeiro que a fortaleza não valia um centavo furado. Isso é o mais importante... Como? Que a gente não pode?... Que a gente não pode esquecer que a fortaleza sempre foi um orgulho... Não há nada que a gente não possa fazer esquecer, caro amigo! Anda, me ouve, a fortaleza não valia um centavo furado, era um montão de ferro-velho... Como? Canhões dos mais modernos? Estou falando: um montão de ferro-velho, entendeu? Pois bem. Segundo, presta atenção: não foi pela força inimiga, mas, sim, pela fome! Entendeu? E nada de enfatizar o caso das provisões insuficientes, sabe como é, dissimular, na medida do possível, o desmazelo, a bandalheira etc. Com certeza isso salta aos olhos, mas se vira. O essencial é a fome. Orgulhosos da fome, entendido? Não foi a fome, mas a força! Ah, mas o que estou dizendo? Não foi a força, mas a fome. Então é isso... Como? O que não pode ser? Pois vão perceber que não havia provisões?... Como?... E vão objetar por que não havia? Pois bem, admita e diga: impossível acumular todas as provisões necessárias porque cairiam nas mãos do inimigo, caso este conquistasse a fortaleza... E como a teria conquistado? Pela fome? Não, é evidente que é pela força! Que saco! Não pergunte tanto. Será que não entende que se o inimigo toma a fortaleza pela força e temos provisões, vai ficar também com elas? Por isso é que não podemos tê-las porque dessa forma ele não pode ficar com elas. Sendo assim, toma a fortaleza pela fome e não pela força. Bom, o resto decida sozinho. Tenho que ir ao refeitório agora, pois não pretendo me render pela fome... É tudo!

(*Muda a cena.*)

CENA 8

Restaurante de Antônio Cumprimento. No primeiro plano, um cavalheiro com uma dama. O maître passa de mesa em mesa, inclinando-se continuamente sem dizer uma palavra. No primeiro plano à esquerda, aparece Resmungão sentado em uma mesa.

GARÇOM: Já pediu?

CAVALHEIRO: Ainda não, o cardápio, por favor.

(*O garçom sai.*)

SEGUNDO GARÇOM: Já pediu?

CAVALHEIRO: Ainda não, o cardápio, por favor.

(*O garçom sai.*)

JOVEM GARÇOM: Para beber? Cerveja, vinho...

CAVALHEIRO: Nada.

(*O jovem garçom sai.*)

TERCEIRO GARÇOM: Já pediu?

CAVALHEIRO: Ainda não, o cardápio, por favor. (*A um garçom que passa apressado.*) O cardápio!

SEGUNDO JOVEM GARÇOM: Cerveja, vinho...

CAVALHEIRO: Nada.

QUARTO GARÇOM (*traz o cardápio*): Já pediu?

CAVALHEIRO: Ainda não. Você acaba de me trazer o cardápio. O que tem pronto?

GARÇOM: O que está no cardápio.

CAVALHEIRO: No cardápio tem Deus castigue a Inglaterra. Eu não como isso.

GARÇOM: Talvez alguma coisa fresca? Se o senhor me permite...

CAVALHEIRO: O senhor tem rosbife?

GARÇOM: Sinto muito, hoje não temos. A senhora talvez não gostaria de um bife à milanesa ou grelhado ou ainda uma carne de pato?

CAVALHEIRO: Começaremos com as entradas. O que é este pão apetitoso? É a boa e velha rabanada deliciosa de sempre?

GARÇOM: É um pão para abrir o apetite.

CAVALHEIRO: Pois o meu já foi embora... Bom, o que é este molho de peixe?

GARÇOM: É um peixe com batatas fritas.

CAVALHEIRO: E esta empada de massa folhada?

GARÇOM: Um vol-au-vent.

CAVALHEIRO: E este prato misto?

GARÇOM: É ragu.

CAVALHEIRO: Em nome de Deus, por favor, traga este... Não, espere... Qual é o filé duplo com creme holandês?

GARÇOM: É o entrecôte com molho holandês.

CAVALHEIRO: Cinquenta e duas coroas? Carinho, hein?

GARÇOM: Sim, mas o senhor não deve esquecer que estamos em guerra e sem carne.

CAVALHEIRO: Tudo bem, pode trazer isso.

(*O garçom sai.*)

UM GARÇOM: Já pediu?

CAVALHEIRO: Sim.

SEGUNDO GARÇOM: Já pediu?

CAVALHEIRO: Sim.

UM JOVEM GARÇOM: Cerveja, vinho?

CAVALHEIRO: Não.

TERCEIRO GARÇOM: Já pediu?

CAVALHEIRO: Sim.

QUARTO GARÇOM (*voltando*): Sinto muito, mas acabou. (*Marca quase todos os pratos do cardápio.*)

CAVALHEIRO: Mas você disse...

GARÇOM: Pois é, não é de se espantar, estamos sem carne hoje. Será que o senhor não gostaria de dois ovos cozidos com molho picante? Isso ainda está no cardápio...

CAVALHEIRO: O que é isso?

GARÇOM (*falando baixinho*): Antes da guerra se chamavam ovos pochés.

CAVALHEIRO: Ah, agora sim. E a gente acha que vai ganhar a guerra desse jeito? Não, espere... Fios traidores... O que significa isso?

GARÇOM: Ora... macarrão!

CAVALHEIRO: Mas é claro. Salada canalha... o que é isso?

GARÇOM: Salada italiana.

CAVALHEIRO: É óbvio. Então me traga uma dobradinha da casa com batatas e ovos cozidos com molho picante. Depois um creme doce e dois bolinhos de nata do Cumprimento. Como se chamavam antes?

GARÇOM: Torta de nata Cumprimento.

CAVALHEIRO: Por que Cumprimento?

GARÇOM: É o nome do dono do restaurante.

(*Cumprimento se aproxima da mesa, cumprimenta e sai.*)

CAVALHEIRO: Quem é este senhor?

GARÇOM: Ora o dono! (*Sai.*)

O MAÎTRE: O senhor já pediu?

CAVALHEIRO: Sim.

UM VENDEDOR DE JORNAL ANÃO (*indo de mesa em mesa*): Vitória atrás de vitória! Edição extra! Dura derrota para os italianos! Vitória atrás de vitória!

DUAS MOÇAS (*de mesa em mesa com cartões-postais e insígnias da assistência social da guerra*): Uma contribuição para a assistência social da guerra... Deus lhe pague...

UM JOVEM GARÇOM: Serve pão? Um cartão, por favor.

CAVALHEIRO (*querendo alcançar o cardápio*): ... Bom, não tenho agora.

DUAS MULHERES (*de mesa em mesa com cartões-postais*): Para a assistência social da guerra, por favor...

O FLORISTA (*aproximando-se com pressa da mesa*): Quer flores...?

A FLORISTA (*logo atrás*): Lindas violetas... para a senhora?

UMA CAMELÔ: Edição extra!

UM CLIENTE (*chamando o maître*): O ministro da Fazenda...!

O MAÎTRE (*curvando-se em direção ao cliente*): Já sabe da última piada, doutor? Qual é a diferença entre um refugiado galego e um ...? (*Diz-lhe o resto ao ouvido.*)

OUTRO CLIENTE (*sorrindo cada vez mais até arrebentar em uma gargalhada*): Brilhante! Mas você conhece aquela da diferença entre uma enfermeira da Cruz Vermelha e ...? (*Diz-lhe o resto ao ouvido.*)

UM GARÇOM (*com dezoito bandejas*): O molho, cuidado! (*Derrama um pouco em uma senhora.*) Ai, perdão, madame, foi sem querer.

TERCEIRO CLIENTE: Quem está pedindo perdão por aí? Escuta, senhor Cumprimento, um garçom pedindo perdão em um estabelecimento alemão como o seu?

CUMPRIMENTO: Caro senhor Wossitschek, o senhor não pode imaginar os problemas que andamos tendo com pessoal agora. Se a gente diz qualquer coisa, eles vão embora. Tem trabalho de sobra, dizem. É realmente uma cruz, os melhores estão alistados, e estes desclassificados que ficam para trás...

O CLIENTE: Puxa...

CUMPRIMENTO: Perdão, senhor Wossitschek, mas tenho que ir cumprimentar alguém. (*Sai.*)

O CLIENTE: Claro, não quero retê-lo.

UM CLIENTE FIXO: Salve Cumprimento, tudo bem? Sabe que o Leberl* já afundou...

CUMPRIMENTO: Também pudera, com os preços que tem! Além do mais, digamos que não é nem um pouco popular. Aqui não tive o menor problema, pois sou conhecido.

CLIENTE FIXO: Por favor, senta aí um pouquinho senhor Cumprimento.

CUMPRIMENTO: Obrigado, mas venho mais tarde. Ainda tenho que cumprimentar alguém. (*Sai.*)

CLIENTE FIXO: À vontade!

BAMBULA CABEÇA DE VENTO (*gritando e batendo sobre a mesa*): Que merda! O que é que tá acontecendo hoje que ninguém me atende? Ei, você aí andando!

UM GARÇOM: Tô indo, major!

CUMPRIMENTO: O que o major deseja?

BAMBULA CABEÇA DE VENTO: Escuta só, meu chefe, o que significa isso? O que é que tá acontecendo aqui? O serviço já não é mais o mesmo. Faz um ano que venho prestando atenção. Aonde foram parar todos os garçons?

CUMPRIMENTO: Alistados, major.

BAMBULA CABEÇA DE VENTO: Como assim, alistados? Mas por que foram todos alistados?

CUMPRIMENTO: Porque é guerra, major.

BAMBULA CABEÇA DE VENTO: Mas já faz um ano que venho prestando atenção nisso. Só restaram estes quatro garçons. Para um lugar tão grande! Faz um ano que venho prestando atenção.

CUMPRIMENTO: Faz um ano justamente que a guerra começou, major!

BAMBULA CABEÇA DE VENTO: O quê? Mas isso é um escândalo! E se o senhor quer saber, meus companheiros estão todos reclamando. Se continuar assim, não vem mais ninguém aqui. Estão todos furiosos! O capitão Tronner, o Fiebiger, o Kreibich, o Kuderna, o coronel Hasenöhrl, todos furiosos, o Husserl do regimento 66 comentava comigo ontem que se continuar assim...

CUMPRIMENTO: Claro, major, que queremos que isso acabe logo e que a paz volte...

BAMBULA CABEÇA DE VENTO: Que paz o quê! Pare de choramingar com esse negócio de paz... Eu que participei das manobras imperiais... Se nosso comandante supremo escutasse um troço desses... Agora é resistir firme, caro amigo... Não tem mais volta. (*Um garçom passa correndo.*) Ei, você, meia-volta... direita! Seu maldito! Espera só para ver que vou te alistar... Escuta, me diga só uma coisa: que tipo de serviço é esse...?!

CUMPRIMENTO: O que o senhor pediu, major?

BAMBULA CABEÇA DE VENTO: Nada, só um pouco do assado.

CUMPRIMENTO: Lamento, mas hoje não temos carne.

BAMBULA CABEÇA DE VENTO: Como assim? Não tem carne? Que moda é essa agora?!

CUMPRIMENTO: Pois é, estamos em guerra, major, e...

BAMBULA CABEÇA DE VENTO: Não me venha com essa agora! O que é que a guerra tem a ver com a falta de carne? Antes não era assim!

CUMPRIMENTO: Sim, mas agora estamos em guerra, major.

BAMBULA CABEÇA DE VENTO (*salta, excitado*): O quê? Não precisa esfregar isso na minha cara toda hora... Sempre com essa sua guerra, estou farto disso! Nunca mais vai ver um só dos nossos companheiros no seu restaurante... Vamos ao Leberl! (*Sai.*)

CUMPRIMENTO: Mas... major... (*Sacudindo a cabeça.*) Que estranho!

TERCEIRO CLIENTE (*para um garçom*): Não tem nada mesmo? Nem mesmo uma sobremesa?

GARÇOM: Tortas vienenses, de anis, inglesas...

CLIENTE: O quê? Inglesas? Agora que estamos em guerra?

GARÇOM: Sobraram da época de paz.

CLIENTE: Vá enganar outro trouxa. A conta, por favor!

GARÇOM: A conta!

SEGUNDO GARÇOM: A conta!

TERCEIRO GARÇOM: A conta!

QUARTO GARÇOM: A conta...

UM JOVEM GARÇOM (*para si mesmo*): A conta.

CUMPRIMENTO (*aproximando-se da mesa de Resmungão*): O tempo parece que vai clarear segundo as últimas previsões e deve animar a clientela também... Com certeza, o senhor estava viajando, que bom, que bom... Pois é, hoje em dia estamos todos ocupados. Meu Deus! A guerra e a miséria se notam por toda parte. Tanto comércio quanto a classe média estão sofrendo... E ainda não podemos prever os efeitos... Até um senhor do jornal, um doutor que é o braço direito em um ministério me dizia... Que estranho... Hum... Me parece que hoje o senhor está sem apetite, justamente hoje, que pena porque a entrada ... Todos os cavalheiros a elogiaram para mim... O que vamos fazer, da próxima vez o senhor vai experimentar um pedacinho do bolo do Cumprimento para abrir seu apetite... Garçom, limpe aqui a mesa... Anda! Outra vez dormindo o safado. Então, meus cumprimentos, meus cumprimentos...

(*O cavalheiro e a dama em primeiro plano dormiram.*)

GARÇOM (*aproximando-se precipitadamente*): Me desculpe, mas não posso mais servi-los!

O CAVALHEIRO (*acordando, sobressaltado*): O quê?! Ah, sim. Vamos embora. (*Levanta-se junto com a dama.*) *Adieu.*

GARÇOM: Perdão, senhor, desculpe se chamo sua atenção, é para que da próxima vez saiba que estamos em um local alemão e não se pode falar francês... (*Desaparece com os guardanapos.*)

O CAVALHEIRO: Sim, sim...

CUMPRIMENTO (*atrás*): Adeusfoiumprazervaempaztenhaumbomdiasempreasuasordensatebrevecommeusrespeitoseateaproxima!

(*Muda a cena.*)

CENA 9

O Assinante e o Patriota

O PATRIOTA: E o que me diz da França? Sabe o que está acontecendo lá?

O ASSINANTE: Penas de prisão pela divulgação da verdade. Alguns disseram que a França não tem munição, e por isso receberam vinte dias na cadeia! Disseram que os aliados estão em uma situação difícil e que a Alemanha estava mais preparada para a guerra...

O PATRIOTA: Veja se você consegue me explicar: é falso afirmar que a Alemanha estava preparada para a guerra ou é verdade afirmar que a Alemanha não estava preparada...

O ASSINANTE: Mas então a Alemanha estava preparada?

O PATRIOTA: Como...?

O ASSINANTE: Vamos ver se põe isso na sua cabeça de uma vez por todas. Como todo mundo sabe, a Alemanha foi atacada de surpresa, já em março de 1914 por regimentos siberianos...

O PATRIOTA: Claro.

O ASSINANTE: Ou seja, a Alemanha estava totalmente preparada para uma guerra defensiva, a qual há muito tempo desejava empreender, enquanto que a Entente queria fazer há muito tempo uma guerra ofensiva, para a qual, no entanto, não estava preparada.

O PATRIOTA: Pois, veja você, finalmente acabo de entender a aparente contradição. Às vezes, a gente acredita que algo é verdade e depois percebe que é mentira.

O ASSINANTE: No jornal, costumam deixar isso muito claro em duas colunas lado a lado, com a vantagem de que isso permite ver com toda nitidez a diferença entre nós e eles.

O PATRIOTA: Escuta, você leu isso? Saques e destruições cometidos por soldados italianos! Em Gradiska*, roubaram nada menos do que quinhentas mil coroas de um carro-forte, além de doze mil coroas de outro!

O ASSINANTE: Li. Uma corja! E o que me diz do êxito colossal dos alemães?

O PATRIOTA: Ainda não li. Onde viu isso?

O ASSINANTE: Ora, mas que pergunta! Justamente na coluna ao lado!

O PATRIOTA: Onde é que foi o êxito?

O ASSINANTE: Em Nowogeorgiewsk*. "Ouro no saque a Nowogeorgiewsk".

O PATRIOTA: Jura? E o que mais dizia?

O ASSINANTE: Dizia que no saque de guerra a Nowogeorgiewsk também havia dois milhões de rublos em ouro.

O PATRIOTA: Maravilha! Quando a gente pilha...!

(*Muda a cena.*)

CENA 10

*Um lugar perto do passo de Uzsok**.

UM GENERAL AUSTRÍACO (*no círculo dos seus oficiais*): Senhores, a guerra não passou em branco para nenhum de nós, sendo assim podemos dizer que aprendemos alguma coisa com ela. Mas ainda não estamos prontos, senhores... temos muitas coisas ainda por fazer. Ah, e quantas! Acrescentamos umas tantas vitórias à nossa bandeira, lindas vitórias, isso eles terão de reconhecer, embora sintam inveja de nós, mas é indispensável que introduzamos a organização em nosso exército na próxima guerra. A verdade é que temos talento para dar e vender, mas, convenhamos, falta-nos organização. Vejam, senhores, podem falar o que quiserem dos alemães... — e, sim, temos inveja deles —, mas devemos reconhecer que... bem... que têm a porra da organização... Sempre digo e repito: se tivéssemos um décimo da organização deles, as coisas seriam melhores... Mas o fato é que nos falta organização. Nisso, os alemães ganham de lavada, ainda que morramos de inveja, devemos admitir. Claro que também temos nossas vantagens sobre eles, por exemplo, aquele não sei quê, o charme, o glamour, o *savoir--vivre*, disso, sim, eles morrem de inveja da gente... Mas quando estamos no atoleiro, lá vêm os alemães com sua organização e...

UM TENENTE PRUSSIANO (*aparece à porta e grita detrás*): Nossos irmãos russos podem ir se preparando, porque o fim está próximo! (*Entra na sala precipitadamente, sem cumprimentar, vai direto até o general e exclama, fitando-o nos olhos:*) Então, Excelência! Será que por acaso vocês, austríacos, não podem dar cabo desse passo Uschook sozinhos? (*Sai.*)

O GENERAL (*após uma pausa, desconcertado*): Sim, mas... o que aconteceu aqui? (*Dirigindo-se a seus companheiros:*) Estão vendo só, senhores... Têm peito, e o que é mais importante... organização!

(*Muda a cena.*)

CENA 11

*Quartel-general. Cinema. Na primeira fila, está sentado o comandante-chefe do exército, o arquiduque Frederico**. Ao seu lado, seu convidado, o rei Fernando** da Bulgária. Estão vendo um filme dos Estúdios Sascha**, o qual apresenta em todas as suas imagens os efeitos do morteiro. Vê-se fumaça subindo e soldados caindo. A sequência se repete quatorze vezes durante uma hora e meia. O público de militares contempla o filme com interesse profissional. Não se ouve o menor barulho. Contudo, toda vez que aparece a imagem que mostra os efeitos do morteiro, ouve-se da primeira fileira um barulho: Bum!*

(*Muda a cena.*)

CENA 12

Silencioso retiro de um poeta nos bosques da Estíria.*

UM ADMIRADOR DE KERNSTOCK*: Psiu... Fale baixo... Ali está ele, sentado totalmente absorto...

UM SEGUNDO ADMIRADOR DE KERNSTOCK: É daqui que manda suas baladas para toda a pátria, baladas de uma vigorosa e engenhosa singularidade, por vezes de uma ternura indescritível, baladas...

O PRIMEIRO: Pois não ficaria surpreso se agora mesmo...

O SEGUNDO: Parece que sim. Silêncio! Inflamados por sua chama, todos os seus ouvintes, agora convertidos em mestres, transmitirão algum dia o recebido, multiplicando-o por mil, e nos corações de uma nova juventude ficará marcado o quanto este homem criou durante décadas de trabalho em seu recôndito castelo rodeado por bosques.

O PRIMEIRO: Silêncio! Parece que alguma coisa está acontecendo. Será um poema ou uma oração?

KERNSTOCK:

Lenhadores de Estíria, lenhem
Com o fio do machado nessa raça sérvia!
Caçadores da Estíria, tirem
A pele destes ursos russos!

Vinhateiros de Estíria, prensem
O vinho sangrento dos meninos italianos!

O PRIMEIRO: Está rezando.
(*Muda a cena.*)

CENA 13

Em algum lugar do Adriático. No hangar de um esquadrão de hidroaviões.

SCHALEK (*entra e olha ao redor*): Dentre todos os problemas desta guerra, o que mais me interessa é a coragem do indivíduo. Mesmo antes da guerra, já meditava com frequência sobre o heroísmo, pois conheci muitos homens que brincavam com a vida... Caubóis americanos, pioneiros das selvas e florestas, missionários do deserto. Mas em geral eram como a gente imagina o herói, com todos os músculos rijos, forjados no ferro, digamos assim. Quão diferentes são os heróis que vemos agora cara a cara nesta guerra mundial! Pessoas que, enquanto narram suas experiências — dentre as mais espantosas da história universal —, são propensas a contar as piadas mais inofensivas, apaixonadas secretamente por chocolate com chantilly. E, no entanto... Estou curiosa com este tenente de fragata... Ah, aqui está! (*O tenente de fragata entra em cena.*) Não disponho de muito tempo, portanto, seja breve. Você bombardeia, é isso? Então, vamos ver: o que sente quando lança bombas?

O TENENTE DE FRAGATA: Normalmente damos voltas durante meia hora sobre a costa inimiga, depois lançamos algumas bombas sobre os alvos militares, vemos como explodem, fotografamos o espetáculo e por fim voltamos para casa.

SCHALEK: Alguma vez correu risco de morte?

O TENENTE DE FRAGATA: Sim.

SCHALEK: O que sentiu?

O TENENTE DE FRAGATA: O que senti?

SCHALEK (*à parte*): Ele me examina um pouco desconfiado, como se estivesse avaliando de forma quase inconsciente minha capacidade para compreender sentimentos ainda não amadurecidos. (*Para ele:*) Nós, os não combatentes, cunhamos alguns conceitos tão esmagadoramente categóricos sobre a coragem e a covardia que o oficial do front sempre teme que sejamos inacessíveis à infinita gama de sensações que nele se alterna sem cessar. Adivinhei?

O TENENTE DE FRAGATA: O quê? A senhora é não combatente?

SCHALEK: Não há por que se incomodar. Você é combatente, e eu gostaria de conhecer suas experiências, sobretudo como se sente depois?

O TENENTE DE FRAGATA: Pois bem, é algo estranho... é como se um rei se transformasse de repente em mendigo. A gente se sente quase como um rei quando sobrevoamos uma cidade inimiga a uma altura tão inalcançável. Lá embaixo estão todos indefesos... abandonados à própria sorte. Ninguém pode escapar, ninguém pode se salvar nem se proteger. A gente tem o poder absoluto. É algo majestoso, todo o resto fica em segundo plano; algo parecido com o que Nero deve ter sentido.

SCHALEK: Posso compreender seus sentimentos. Você já bombardeou Veneza alguma vez? O quê? Está hesitando? Olha, vou dizer uma coisa: nos metemos nesta guerra cheios de sentimentalismos...

O TENENTE DE FRAGATA: Quem?

SCHALEK: A gente. Nós planejávamos travá-la com cavalheirismo. Quem de nós não teria se horrorizado há um ano ante a ideia de que Veneza pudesse ser bombardeada? E agora? Pelo contrário! Disparam em nossos soldados a partir de Veneza, e também os nossos soldados disparam contra Veneza com toda tranquilidade, abertamente e sem sentimentalismo.

O TENENTE DE FRAGATA: Olha só quem fala! Fique calma, eu bombardeei Veneza.

SCHALEK: Isso é suficiente para mim. Agora seu colega me aguarda no submarino. Espero que seja tão valente quanto você! (*Muda a cena.*)

CENA 14

Em um submarino que acaba de emergir.

O SARGENTO DA MARINHA: Estão chegando!

O OFICIAL: Depressa! Submergir! Tarde demais... (*Entram em cena os membros do Quartel da Imprensa de Guerra com Schalek sob o comando.*) Senhores, seus rostos são os primeiros que vemos. É uma sensação muita estranha estarmos de volta à luz.

OS JORNALISTAS: Conte-nos: como é aí embaixo...?

O OFICIAL: Horrível. Mas aqui em cima...

OS JORNALISTAS: Mais detalhes.

O OFICIAL: Disso, o sargento se encarrega...

OS JORNALISTAS: Como assim? O sargento? Só ele? E a gente? (*Os jornalistas se conformam e dirigem-se ao marinheiro.*) Então quer dizer que essas são as plataformas de lançamento?

O SARGENTO DA MARINHA: Não, são os cartuchos de potassa.

OS JORNALISTAS: E esses são os motores a diesel?

O SARGENTO DA MARINHA: Não, os depósitos de água.

O OFICIAL (*dirigindo-se a Schalek*): E a senhora não fala nada?

SCHALEK: Sinto como se tivesse perdido a fala. Será que o senhor me permite abordar um problema espinhoso? Gostaria de saber o que o senhor sentiu quando mandou para o fundo do mar aquele tremendo colosso com todos os passageiros a bordo.

O OFICIAL: Primeiro, senti uma tremenda alegria.

SCHALEK: Isso é suficiente para mim. Acabo de chegar a uma conclusão: o Adriático continua sendo nosso!

(*Muda a cena.*)

CENA 15

Reunião da Liga dos Queruscos em Krems*.*

POGATSCHNIGG, DENOMINADO TEUT: ... Wotan é minha testemunha: não está distante o dia em que a comida e a bebida serão fartas outra vez, em que de novo nos deliciaremos com uma suculenta carne de porco assada com umas batatinhas douradas e com pequenos e tenros pepinos que brotam felizes nos campos venturosos de Znaim*, tudo isso regado com um suco escuro de cevada das regiões bávaras de Kulmbach (*Gritos de "Heil!".*) ... com um saboroso pão de centeio, muito bem amassado e assado, e uma apetitosa salada! Até lá, ó altiva Vindobona* à beira do antigo rio dos Nibelungos, devemos resistir! (*Gritos de "Bravo!".*) Foi um grande sucesso aquele extraordinário ataque contra os carcamanos, que, espero, tenha expulsado para sempre esta horda das eternas montanhas tirolesas! (*Gritos de "Heil!".*) Confiantes esperamos que também o urso moscovita volte para casa com o rabo entre as pernas, arrastando as patas feridas e ensanguentadas! E junto com ele esses nossos compatriotas e seu fedor de alho! *Heil!*

(*Gritos de bravo! Heil! Viva o Teut! Viva Pogatschnigg!*)

UMA VOZ: Vagabundos de uma figa!

(*Risos.*)

A SENHORA POGATSCHNIGG (*toma a palavra*): Pedra que rola nunca cria limo, diz um velho ditado alemão. Ou como disse a jornalista Barbara Waschatko, a mais alemã das alemãs, no *Ostdeutsche Post**: terminamos o ano velho tricotando e começamos o novo tricotando. Nunca os nossos pensamentos acompanharam tanto aqueles que estão no campo de batalha quanto agora que a neve se alterna com a chuva e o gelo, e nos perguntamos o que será mais duro para nossos bravos combatentes: a bola de sol vermelha que paira no gélido céu de fevereiro ou a água que incessante e melancólica goteja nas trincheiras... tuc, tuc, tuc? (*Gritos de "Heil! Bravo!".*) Mas nós, mulheres, gostamos de misturar sorrisos com lágrimas e até mesmo na dor sentimos necessidade de ficar bonitas. Por acaso Cleópatra não se enfeitou para morrer?

(*Gritos de "Isso mesmo! Bravo! Heil, tia Therese!".*)

WINFRIED HROMATKA: Caros companheiros e companheiras! Como representante da juventude, o meu dever não é apenas renovar meu voto de fidelidade que nos obriga a levar adiante a luta a nós imposta até a vitória final, *scilicet,* até o último suspiro do soldado e seu cavalo. (*Gritos de "Heil!".*) Pois honrados companheiros e companheiras, como tão bem expressou nosso velho mestre Hindenburg, uma paz alemã não é uma paz branda. (*Gritos de "Hurra!".*) Também é nosso dever recordar-nos das nossas valquírias que, consoladoras, apoiam nossos heróis e cuja mais nobre representante quero saudar aqui na pessoa da distinta oradora que me precedeu. (*Heil!*) Resistir ao inimigo, mas proteger o belo sexo! Viva a tia Therese!

(*Gritos de "Hurra! Heil, tia Therese!".*)

KASMADER: Caros companheiros e companheiras! Hoje acabamos de ouvir palavras alemãs que calam fundo no coração. Como representante dos carteiros alemães, gostaria de sugerir algo a respeito da autocontenção, pois cercados

como estamos pela inveja inglesa, pelo ódio italiano e pela perfídia eslava, dependemos cada vez mais da autossuficiência dos lares alemães. (*Gritos de "Bravo!".*) Nesse sentido, gostaria de sugerir que sejam liberadas do serviço doméstico as empregadas alemãs como forma de aumentar o contingente de soldados e ainda de conseguir novos recursos em benefício da pátria. Além disso, é certo que todas as jovens mulheres alemãs devolverão de bom grado aos heroicos combatentes de regresso todos os postos de trabalho ocupados durante a guerra, pois ficarão profundamente gratas por terem protegido os lares alemães. (*Gritos de "Bravo! Heil!".*) Quando não houver mais homens o suficiente é que se deve recorrer, neste caso, à mão de obra feminina. Esta, por sua vez, vai encontrar sua melhor recompensa no sublime sentimento de haver contribuído na retaguarda com seu óbolo para nosso êxito. Porque é verdade que aqui na retaguarda cada um participa na luta com o mais elevado espírito de sacrifício. E assim concluo, pois, com uma exortação a resistirmos tal como formulei em um poema de minha própria autoria.
(*Gritos: "Silêncio! Escutem!".*)

Não é bom do sabão abusar. (*Gritos: "Muito bom! Bravo, Kasmader!".*)

Nem convém fumar. (Risos.)
Mas usar vestidos folgados (Gritos: "Que nojo!".)
E às vezes muito decotados,
Com botas de cano alto nos pés, (Gritos: "Que hábitos nojentos!".)
Claro, senhores, que não pode ser! (Gritos: "Com certeza!".)
Em vez de gastar sem pensar,
À pátria deveríamos doar. (Gritos: "Heil! Heil!". Cumprimentam o orador.)

ÜBELHÖR (*levanta-se e lê*):

Se pudesse algo querer
Saberia o que dizer:
Bolinhos
Com pães quentinhos!
(Risos. Gritos: "Nós também! Heil! Heil!".)

HOMOLATSCH (*levanta-se, olha fixamente através de seus óculos dourados e diz, erguendo o dedo indicador*):
Minha mulher alemã... meu filho... meu lar...
São para mim... fonte... de alegria sem par.
(*Senta-se rapidamente. Gritos: "Heil! Bravo, Homolatsch! Heil!".*)
(*Muda a cena.*)

CENA 16

Quarto na casa do conselheiro áulico Nero-Ouro. Altas horas da noite. Entram em cena o conselheiro e sua esposa.

ELE (*respirando com dificuldade*): Bendito e louvado seja Deus, aqui estamos... bah...

ELA: Ah, por favor, não me venha com essa, que belo mártir você me saiu!

ELE: Foi a última vez... a última... pode ter certeza...

ELA: Eu com você também! Tão certo como dois e dois são quatro! (*Ela começa a despir-se. Ele se deixa cair numa cadeira, levanta-se de novo num salto e fica dando voltas pelo quarto.*)

ELE: Por que... por favor, diga-me apenas por que... diga-me apenas por que Deus me castigou dando você... logo a mim!... por que logo eu tenho que levar uma vida dessas... por quê?... não podia ter sido outro?... dei um duro danado até essa hora... e tudo por você... que está me matando com essa sua história de caridade na guerra... comitês de ajuda e sucursais e não sei quantas coisas mais, concertos, salões de costura e de chá e reuniões onde ficamos todo tempo parados comendo mosca, e todo dia hospitais, todo dia... Meu Deus, isto não é vida (*atirando-se sobre ela*) quê... o que mais quer de mim?... Isso tudo não é suficiente?... eu... eu... não tenho saúde... não tenho... saúde.

ELA (*gritando*): Por que tá gritando comigo? Por acaso estou obrigando você? É você quem está me obrigando! Como se eu tivesse um dia sequer de folga!... E eu... não fui eu que tive que ajudar você subindo e descendo a escada... Até que decidiram te nomear vice-presidente para ver se se livravam da sua cara! Tá achando que é o rei da cocada preta? Tem que agradecer a mim... se não tivesse passado o tempo todo atrás dele, do Exner*... Meu Deus, o quanto tive que andar!... E agora vou dizer o que você é: um idealista! Acha mesmo que de outra forma teria chegado aonde chegou? E por quê? Por causa do seu rostinho? Do charme talvez? Pois fica sabendo que toda a sua carreira você deve a mim, a mim, a mim, a mim... Que belo estúpido me saiu! Ou acha mesmo que as coisas vão cair do céu, no seu colo... Eu empurro e você não sai do lugar... querer você quer muitas coisas, mas não tem culhões pra nada!

ELE: Pelo amor de Deus, faz o favor... de calar a boca agora... na minha posição... estou arriscando bastante...

ELA: Estou pouco me lixando para a sua posição, se não continuarmos juntos. Posição! Olha só quem fala! Se tem uma posição agora, é porque gastei muita sola de sapato andando de um lado para o outro! Cansei de andar! Foi para mim que fez tudo isso? Responda-me!

ELE: Claro.

ELA: Para, para! Não consigo nem olhar para a sua cara! Sabe melhor do que ninguém que está mentindo. Meu Deus como ficava chateado, quando eu não estava hoje aqui e amanhã ali... se Grünfeld* tocava, era eu quem tinha que falar... O quanto tive que aguentar... já nem sabia mais se era uma reunião na casa da Berchtold* ou um chá na casa da Bienerth*, achei que o dia das flores era para o apadrinhamento dos soldados e acabou sendo para o dos refugiados, sem contar a estreia do Korngold*, mais todos os enterros, as corridas de cavalo, o guerreiro de ferro com o escudo e ainda por cima a ideia da copa da guerra, que logo excitou você, afinal te conheço bem, mas assim desse jeito nunca tinha visto antes, e claro que tinha que tomar parte daquilo, pois sem você nada feito, e eu dizendo para não contar comigo, mas você, ao contrário, me explorava, me levando praticamente à força aos chás e comitês, me atormentando por causa das exaltações a nossos heróis, e eu correndo daqui pra lá e de lá pra cá, obras beneficentes por toda parte, e em favor de quem, eu me pergunto, senão de você? De mim é que não é! Nunca vou esquecer o dia de hoje... meu Deus.. arrastando-me de hospital em hospital... e afinal o que é que se ganha com isso? Ingratidão!

ELE: Pelo amor de Deus, para com isso! Se alguém ouvisse você falando assim, ia ficar com uma bela impressão do seu amor ao próximo, é para irritar qualquer um...

ELA: Por sua causa! Que culpa tenho eu se hoje ignoraram você? Posso jurar que falei com o delegado e lhe disse que quando chegassem, foi o que lhe disse, ele tratasse de nos colocar na primeira fila, porque da última vez tivemos azar e porque sabe que tenho influência sobre Hirsch, e faz tempo que este não menciona o nome daquele... fiz todo o possível, fiquei quase do lado da Blanka quando ela dizia ao cego que se faz isso pela pátria... E agora quer descarregar sua raiva toda em mim? Que culpa tenho eu se no último instante Angelo Eisner se apresentou tapando tudo com o corpanzil? Azar o seu se o cara é mais alto! E quem paga sou eu? É a mim... a mim... que me critica... eu... eu... sabe o que você é, sabe... eu... uma Bardach (*berrando*) sou boa demais para pessoas como você (*Atira-lhe o espartilho.*)... você... você, um joão-ninguém!

ELE: Vocêêê!... não me tire do sério... não me tire do sério, tá ouvindo?... Senão não respondo por mim... olha que acabo com a sua raça... o quê?... o que quer de mim?... Sua ambição vai me matar!... se pelo menos tivesse filhos, estaria mais distraída... olha... pra mim... fiquei grisalho por sua culpa (*soluçando*) ... estive... com o... Hochsinger*... o coração... já não é... o que era antes... e a culpa é sua... (*gritando*)

E agora vai ouvir a verdade... tudo porque não conseguiu... ser uma Flora Dub! Só os seus chapéus me custaram uma fortuna... mas de onde... tirar... o que querem de mim...

ELA (*em estado de choque*): Com... a Flora... Dub! Como se atreve a... me comparar... com a Flora... Dub?... eu... uma Bardach! Sabe o que é que você é?... Um carreirista vindo da ralé! O sobrenome lhe cai bem! Amarelo de ambição! E negro quando seu nome não é mencionado! Ao pensar em Eisner, se revira na cama! Que culpa tenho eu de ele ser um aristocrata? Vai até o Fürstenberg* e vê se se arranja!

ELE (*mais calmo*): Ida... mas que mal eu fiz pra você... olha... sejamos razoáveis... olha... pelo amor de Deus... o que é que eu sou... conselheiro áulico... eu... ridículo... um judeu é o que sou!... (*Cai soluçando sobre a cadeira.*)... O que tenho que aguentar! Isso... não é vida... não é vida... Sempre atrás... muito... atrás... dos outros... dependendo do Hirsch... na última corrida na típica... digo, na hípica... nem sequer... notaram nossa presença... Quando me lembro daquela vez durante a batalha de Lemberg, não se recorda, como a *Neue Freie Presse* festejou o jubileu, e Weiskirchner* a cumprimentou por isso, ainda há pouco disse ao Sieghart...

ELA: Você, ao Sieghart?

ELE: ... já não se lembra... de quando falei com o Sieghart? Algo inacreditável! Todo mundo percebeu!... Não se lembra?

Quando veio dizendo que tínhamos de entrar no subcomitê da seção de ajuda... claro que se lembra, se foi ele quem teve a ideia daquela coleta "caviar para o povo"*, embora na realidade a iniciativa fosse do Kulka*... pois disse a Sieghart: "Excelência, não gosto do delegado nem do médico-chefe nem de toda esta baboseira". Ficou calado, mas percebi que estava pensando. Então disse-lhe: "Excelência, tempos difíceis". E apenas posso dizer que ele não disse não.

ELA: Se, naquela época da eleição para a Walhalla*, não tivesse agido como um joão-ninguém, este assunto já estaria encerrado.

ELE: Porém, se me permite, justamente nestas situações procuro não chamar a atenção. Todos esticaram o pescoço quando chegou o cara da Agência de Notícias Wilhelm...

ELA: E eu também acenando para que esticasse o seu!

ELE: Não, respondo! Parece que nem me conhece! Não dá para fazer isso diretamente, por isso escute meu plano. O Eisner, você vai ver só, é bem capaz de um belo dia ir lá em cima e se arrumar. Mas eu me propus... estou apenas aguardando... que da próxima vez... vou armar para cima dele... ele deixou escapar — mas não conta pra ninguém — um comentário depreciativo sobre o Hirsch!

ELA: Por favor, não recomeça! Não se meta onde não é chamado! Eu também poderia, mas me contenho. O caso é que a Dub disse algo sobre a Schalek — parece que esta se comporta de modo impertinente no campo de batalha e coisa e tal —, poderia insinuar algo a Odelga, talvez no domingo venha para o chá dos inválidos... Sigmund... me ouça... sabe do que mais... não fica nervoso... você anda esgotado... confia em mim, vamos conseguir! Se recomponha... quer apostar que na sexta vamos ter uma oportunidade como nunca antes... sabe o lanche para nossos prisioneiros na Sibéria oriental. Ou olha, espera, talvez uma melhor no sábado, para os soldados alemães! Você vai conseguir! Se não for na primeira, vai ser na segunda. Garanto. Não vamos esperar pelo cabaré do Círculo Naval! Agora mostre do que é capaz. Siga o exemplo do Haas... viu só? Não passa de um gói, mas tem uma força... estou falando! Agora é que tudo vai ser decidido. E vê se não fica aí parado como se fosse um dois de paus, entendeu? Só estão esperando você abrir a boca. Juro por tudo que é mais sagrado... não posso evitar... mas tenho a sensação de que somos notados...

ELE: Acredita realmente que sim? Isso seria... depois de tudo que passamos... mas de onde vem a sua convicção?

ELA: Se acredito? Tenho certeza. Para você, tudo parece perdido, mas não está, asseguro. Sempre foi um pessimista com essa história da guerra. Não posso contar tudo, mas a Frankl-Singer do *Sonn und Mon** é, como deve saber, amiga íntima da Lubomirska*, e não me pergunte mais nada. Tinha que ter visto a cara da Dub, quando me viu falando com ela. Até o Siegfried Löwy* meneou a cabeça, e então me dei conta do que estava acontecendo. Será uma grande vitória, se conseguirmos. Só espero que ninguém descubra nada lá na sopa dos pobres, senão as patrocinadoras vão dar um pulo. Hoje mesmo tive a sensação que não deve mais demorar. Sabe quando se armou aquela confusão... quando todos saíram para a sala... onde estava o soldado morto... não, era onde estava aquele outro soldado que enlouqueceu achando que sua mãe estava lá embaixo e não a deixavam subir por causa da disciplina, inclusive o Hirsch disse que ia entrar para os anais... nessa hora tive a sensação... vendo-os ali parados... prestei bastante atenção, olhei para aquele lado e percebi como a dama do palácio nos olhava, e todos, te digo, apontavam para a gente... quis chamar sua atenção... mas então não podia tirar os olhos daquele fulano alto para ver se não se adiantava... e começaram a conversar... enquanto Hirsch tomava nota da atmosfera, eles continuaram conversando sobre o concerto para as viúvas e os órfãos... então tive de novo a mesma sensação... é mais forte do que eu... só espero que não faça o papel de humilde outra vez!... não é hora para isso!... diante de mim sempre que quiser, mas pelo amor de Deus, agora não!

ELE: O que temos amanhã?

ELA: Viena ajuda Ortelsburg*... para mim tanto faz, podemos ir ou não. Lanche para os feridos, não vale a pena, mas mal também não há de fazer. Reunião do comitê executivo para estabelecer o dia da salsicha dos convalescentes de Blumenteufel*... Agora não pode haver descuidos! Olha, me escute... de que é que serve... faça um esforço e seja homem! Seja popular! Está pensando em quê? Se aguentou até aqui, por que não continuar? Vamos, agora é hora de resistir!

ELE (*apoiando a testa na mão*): Hoje tudo passou muito rápido. Nem deu para me concentrar. Hoje não era meu dia, é verdade. Tive logo a sensação de que algo não ia bem. Desde o início, percebi que não nos notavam, e, no final, quando nos notaram, estava tão distraído que nem notei. É o coração... Hochsinger acha que devo me poupar. Poupar-se, diz, e nada mais do que isso. Mas como alguém pode... Meu Deus... Me diz por favor como é que afinal todo mundo acabou falando com o Spitzer, quando este...?

ELA: Com o Spitzer? Mas isso não foi hoje! Foi domingo!

ELE: Um momento! Espera... isso... onde estavam nesse exato momento? Foi quando conversavam a respeito de uma nova coleta, algo sobre um dia das gardênias ou coisa parecida, e acabaram decidindo pela moda vienense em casa ou... A situação... não conseguimos nos impor, me lembro bem disso... recuamos...

ELA: Não se lembra? Me lembro como se fosse hoje! Junto à cama do soldado...

ELE: Junto à cama... o da história da mãe?

ELA: Não, isso foi hoje!

ELE: Espera... o cego!

ELA: O cego da Blanka? Não, isso foi hoje também!

ELE: Mas quando o Salvator...

ELA: O cego do Salvator... Mas isso foi na terça-feira na policlínica! O cego, sim, claro! Parece que estou vendo tudo! Não se lembra daquela vez? Hirsch estava anotando...

ELE: Desculpe, mas aquilo foi no trem, na hora que serviram os aperitivos! Quando a Löbl-Speiser abriu caminho empurrando todo mundo, a divorciada, lembra?...

ELA: Nada disso, justamente dessa vez é que as coisas andavam muito bem, se tivesse me escutado, e ainda por cima eu aconselhando a se aproximar do Stiassny*.

ELE: Do Stiassny? Não, isso foi no guerreiro de ferro! Tá vendo só como você tá confundindo tudo!

ELA (*mais alto*): Eu confundindo tudo? É você que confunde tudo! No guerreiro! Olha só quem tá falando do guerreiro agora!

ELE: Espera... perto da cama... acaba logo com este enigma e me diz o nome do soldado e pronto.

ELA: Pois não! Se não fossem minha memória e eu...

ELE (*mais alto*): Me deixa em paz com essa sua memória! De que me serve essa droga de memória! Ah... não serve pra nada!

ELA: Você tá me torturando... vou de um lugar para o outro fazendo calos nos pés... e ainda por cima tenho que ajudar você a lembrar?

ELE: Não grita... senão mando tudo para o inferno... amanhã não vou... você vai sozinha para a sopa dos pobres... estou farto... não tô nem aí pra essa guerra!... era só o que me faltava... como se antes já não tivéssemos bastante correria... sai da minha frente!... por mim que vá tudo...

ELA (*gritando*): Não grita comigo só porque não se lembra de nada! Já nem sabe a quem cumprimenta! Cumprimenta quando não precisa e quando precisa, não cumprimenta! Trabalhei por você... e você... sabe quem você é sem mim? Sem mim não passa de um borra-botas para a sociedade!

ELE (*tapando os ouvidos e olhando para o teto*): Quanta vulgaridade...! (*Após uma pausa em que foi de um lado para o outro do quarto:*) Será que poderia fazer a gentileza...? Mais calma agora? Me diz uma coisa então...

ELA: Agora é que não digo nada mesmo... Domingo... quando estavam todos ao redor da cama... me adiantei... eles todos...

ELE: Um momento! Me deixa terminar... em toda sala...

ELA (*aos gritos*): Você tá acabando comigo... agora até finge que não sabe contar até três... tenho o pé em bolhas de tanto andar da montanha até Maomé...

ELE: Dou valor a isso. Fácil não é.

ELA: Então me deixe em paz e não me enche o saco... vê se se convence de uma vez por todas e não me pergunte mais nada... sou eu quem tenho razão e não você... já disse que no domingo nos viram quando estavam junto à cama...

ELE: O quê? Junto à cama... acho que tá vendo coisas...

ELA: Tão certo quanto o sol que nos alumia! Junto à cama do soldado, quando o médico-chefe nos mostrava tudo...

ELE: Ah... agora já sei! Por que não diz logo? Era aquele com os pés congelados!?

ELA: Esse mesmo... E com a medalha de honra ao mérito!

TERCEIRO ATO

CENA 1

Esquina da Sirk. Carrancas e fantasmas. Formam-se grupos.

UM JORNALEIRO: Extra, extraaa...! Veneza bombardeada! Dura derrota dos italianos!

UM OFICIAL (*para três outros*): Oi, Nowotny, oi, Pokorny, oi, Powolny, ei, você... que manja de política, o que acha da Romênia?

SEGUNDO OFICIAL (*de bengala*): Sabe do que mais: acho uma traidora igual a Itália.

O TERCEIRO: Claro que é...

O QUARTO: Sou da mesma opinião... ontem fui pra farra...!

UMA MOCINHA: Oito mil russos por dez centavos!

UMA MOÇA (*rebolando e entre os dentes*): Grande vitória italiana!

UMA MULHER (*afobada e a passos rápidos*): Veneza bombardeada!

O TERCEIRO OFICIAL: O que ela tá gritando? Veneza...?

O SEGUNDO: Também levei um susto... igual você... deve ter sido a outra...

O TERCEIRO: Ainda bem!

O QUARTO: O quê? Acha então que os nossos...

O SEGUNDO: Não, pensei nos aviadores italianos, porque...

O PRIMEIRO: Mas você é um tremendo cagão. Olha só, ontem mesmo recebi um postal do front.

O SEGUNDO: Aposto que do Gatuno!

O TERCEIRO: E o que aconteceu com ele? Continua tão filósofo quanto antes? Ou será que já amadureceu um pouco? Olha que eu também venho amadurecendo bastante no Ministério da Guerra.

(*Entram em cena dois admiradores do* Reichspost.)

O PRIMEIRO ADMIRADOR DO *REICHSPOST*: Já nos conformamos com as exigências que Marte nos impõe.

O SEGUNDO ADMIRADOR DO *REICHSPOST*: A guerra tem suas bênçãos. É uma mestra rigorosa dos povos sobre os quais brande sua palmatória.

O PRIMEIRO: E também dispensa favores, desperta as mais nobres virtudes humanas e é uma prometeica conquistadora de luz e claridade.

O SEGUNDO: Que tesouro de virtudes não foi trazido à tona com ela! Virtudes que julgávamos afogadas no pântano do materialismo e do egoísmo da nossa época! Já tem um cupom de guerra?

O PRIMEIRO: E você?

AMBOS: Já nos resignamos com as exigências que Marte nos impõe.

(*Saem de cena.*)

UM VELHO ASSINANTE DA *NEUE FREIE PRESSE* (*em conversa com o mais antigo*): Interessante o que o jornal traz hoje. Parece que a *Gazeta Oficial Húngara* vai anunciar na edição de amanhã a concessão do título de conselheiro áulico a Emil Morgenstern, gerente da Ignaz Deutsch & Filho em Budapeste.

O ASSINANTE MAIS ANTIGO: Cada coisa que acontece hoje em dia!

(*Saem de cena.*)

UM ALEIJADO (*dois tocos e uma boca aberta, numa das mãos cordões de sapatos, na outra, folhas de jornal, num tom surdo como um rufar de tambores*): Extraaa! Metade da Sérvia toda ocupada!

O TERCEIRO OFICIAL: Toda a Sérvia...?

O QUARTO: Isso não é nada, vocês não ouviram falar? Foram apanhados cem mil carcamanos mortos!

(*Dois inválidos passam coxeando.*)

O SEGUNDO: Para onde quer que a gente olhe, vemos esses vagabundos que se safaram da tropa. Pessoas como nós têm vergonha de estar em Viena.

(*Passa um grupo de recrutas mais velhos. Ouve-se a canção: ... na pátria, na pátria vamos nos rever...*)

O TERCEIRO: Hoje tá tão sem graça. Sempre as mesmas fulanas...

O PRIMEIRO (*enquanto vão saindo de cena*): Sabe a história da Romênia... isso não é para rir... mas sabe do que mais? Acho que os alemães nos tiraram do atoleiro...

(*Saem de cena.*)

SEGUNDO JORNALEIRO: Extraaa! Vitória em todas as linhas! O avanço dos romenos!

(*Ouve-se a voz de um cocheiro: na guerra cobro dez vezes mais!*)

(*Muda a cena.*)

CENA 2

Diante das nossas posições de artilharia.

SCHALEK: Aquele não é um homem comum, um anônimo? Ele vai saber explicar com palavras singelas em que consiste a psicologia da guerra. Sua tarefa é puxar o cordão do morteiro... aparentemente um serviço simples e, no entanto, que consequências imprevisíveis estão ligadas a este momento tanto para o inimigo insolente quanto para a pátria! Será que é consciente de tudo isso? Será que está à altura de semelhante tarefa no plano espiritual? É certo que os que estão instalados na retaguarda sabem apenas que os cordões estão a ponto de esgotar e não fazem a menor ideia das possibilidades heroicas do homem comum, aquele que puxa o cordão do morteiro no front... (*Dirigindo-se ao canhoneiro:*) Diga-me o que sente ao puxar o cordão? (*O canhoneiro a olha espantado.*) Então, o que passa pela sua cabeça quando atira? Olha, você é um homem comum, um anônimo, vamos lá, tem que... (*O canhoneiro fica calado, com ar desconcertado.*) Quero dizer, no que pensa quando dispara o morteiro? Deve pensar em alguma coisa. Vamos lá, no quê?

O CANHONEIRO (*depois de uma pausa em que examina Schalek da cabeça aos pés*): Em nada!

SCHALEK (*afastando-se, desapontada*): Por isso é que o chamamos de homem comum! Pois eu não vou falar do homem comum! É comum demais! (*Continua sua inspeção pela frente.*) (*Muda a cena.*)

CENA 3

Redação em Berlim.

ALFRED KERR* (*em seu escritório escrevendo um poema: "Canção Romena"*): Pronto. Terminei minha canção... romena. (*Lê em voz alta:*)

Em um pequeno vilarejescu
Caiu russescu.
E contente traidorescu
Foi-se o politicescu.

Todos os povos assombradescus
Porque somos embusteirescus.
Transilvânia e Hungriescu
Sufocamescus.

Gritos de triunfescus
Nos corruptos pantanescus.
Na cidade de Bucareste
Onde são sujos os pés.

Deus, quantos latinescus,
Alemães e bulgarescos
*Que tomaram Dobrudescu**
E também Tutrakescu!*

Somos todos, é certescu,
Um bando de idiotescus.
Hoje vamos orgulhescus,
Amanhã um pé no culescu!

Arr...te é para mim ao mesmo tempo a M...usa e a Man...teiga. Por isso, nun...ca temi a suspeita das rimas dos meus des...lavados versos. Daí, meu Re...nome e minha Canção Ro...mena.

Diariamente escreve Alfred Kerrul
Umas rimas para Scherul.*
Que não é nenhum tontul,
Por isso se volta a Mossul.*
Ecco.

(*Muda a cena.*)

CENA 4

Quartel-general.

ARQUIDUQUE FREDERICO (*lendo*): ... E assim... concluo com estas palavras: Viva Sua Majestade nosso Comandante Supremo, viva, viva... (*virando a página*) viva! (*Vivas. Ao cabo de um instante, em que com um riso zombeteiro e mostrando os dentes, passa em revista uma fila de jovens oficiais em forma e detém o olhar em um deles.*) Ah... se não é... o Buquoy*! E...

já tem... uma medalha! (*Após um momento, continua passando em revista a tropa, e seu olhar torna a pousar em um outro.*) E... outro Buquoy!... E... também este com uma medalha! (*Fica pensativo.*) Agora... dois Buquoys... têm... uma medalha!

O AJUDANTE (*dirige-se ao Comandante do Exército e lhe comunica*): Alteza Imperial, o reitor da Universidade de Viena, o decano e o vice-decano da faculdade de Filosofia aguardam submissos sua autorização para conceder a Sua Alteza o título de doutor *honoris causa* pela faculdade de Filosofia. (*Muda a cena.*)

CENA 5

Praça do mercado em Grodno. A população está reunida. Na primeira fila, um grupo de moças.*

UM FUNCIONÁRIO DO COMANDO MILITAR DA CIDADE (*anuncia*): A pedido do chefe da administração alemã, baseado em um desejo expresso pelo senhor comandante do 12° Exército relativo à sua disposição n° 6.106 de 29 de abril de 1916, o comandante militar desta cidade ordena que as moças cumprimentem os oficias e os funcionários alemães fazendo uma reverência, assim como as personalidades locais. (*Passam *algumas destas.*) Reverência! (*As moças fazem uma reverência. Passam funcionários alemães.*) Uma reverência mais profunda! (*As moças fazem uma reverência mais profunda. Passam oficiais alemães.*) Uma reverência o mais profunda possível! (*As moças fazem a mais profunda reverência possível.*)

(*Muda a cena.*)

CENA 6

O Assinante e o Patriota.

O PATRIOTA: Não tem um único banheiro em Downing Street! O que me diz disso? Sabe o que podemos concluir daí fazendo uso da boa lógica? Das duas uma: ou que os primeiros-ministros britânicos, com cem anos ou mais residindo em Downing Street, renunciaram ao luxo de tomar banho ou que foram obrigados a frequentar os banheiros públicos.

O ASSINANTE: Cuidado que sobre isso não se publicou nada ainda. Ou por acaso você leu alguma coisa...

O PATRIOTA: Não que me lembre.

O ASSINANTE: Viu só!

O PATRIOTA: Mas será que é possível? Tudo bem que não exista um único banheiro em Downing Street. Tudo bem, está provado igualmente que nunca foram a um banheiro público... mas convenhamos, não quer dizer que não tenham tomado um único banho durante cem anos.

O ASSINANTE: Como assim? Você está me saindo um grandessíssimo cético! E o que fizeram então?

O PATRIOTA: O que fizeram? Até mesmo um simples leigo é capaz de perceber... Mandavam uma criada ir buscar água em uma bacia e tomavam banho lá dentro!

O ASSINANTE (*tapando os ouvidos*): Não posso ouvir isso! Você está me roubando a última ilusão!

O PATRIOTA: Não se preocupe, é mera suposição. Também acho que tem razão... Ou seja, ou nunca tomaram banho, ou foram obrigados a frequentar os banheiros públicos.

O ASSINANTE: Pois afirmo que nunca tomaram banho! E ponto final. Poincaré está abalado e Lloyd George*, humilhado.

O PATRIOTA: Claro... sei disso! E sabe no que acredito? Água mole em pedra dura tanto bate até que fura.

O ASSINANTE: Olha só quem fala! E não é água encanada! Dizem que não tem um só banheiro em toda a Entente.

O PATRIOTA: Não exagera. Não leu aquilo sobre a czarina na banheira?

O ASSINANTE: Sim, pelo que se sabe teve que dividir com o Rasputin*!

O PATRIOTA: Sabe o que tenho curiosidade em saber?

O ASSINANTE: O quê? Estou curioso.

O PATRIOTA: Se em Downing Street tem alguma privada! Ou será que tiveram que renunciar durante os últimos cem anos a esse luxo e foram obrigados a frequentar os banheiros públicos.

(*Muda a cena.*)

CENA 7

No compartimento de um trem.

SEGUNDO CAIXEIRO-VIAJANTE: Sou representante do mata-moscas de mel Hindenburg. Seu lema: "Outro melhor não há". E o senhor?

O PRIMEIRO: Chocolates bélicos Diana. Embalagens com retratos de nossos generais. Experimenta... (*Abre a maleta de amostras.*) Fui campeão de vendas em diversos ramos.

O SEGUNDO: Então, se me permite. (*Come.*) Hum, que delícia! Diga-se de passagem que também represento produtos da indústria alimentícia. Por exemplo, Hygiama*...

O PRIMEIRO: O quê? O senhor representa Hygiama? Meus mais elevados cumprimentos!

O SEGUNDO (*abre a maleta de amostras*): Experimenta...

O PRIMEIRO: Com sua licença. Ah, vem com instruções de uso e tudo. (*Come e vai lendo*):

Se decidir combater o gaulês,
Rapaz, não seja cortês!
Se topar com o inglês mercenário,
Corra a pontapés o salafrário.
Quando ao longe divisar um russo,
Atire e deixe-o confuso.
(Mas fique a uma distância segura
Pois até sua tia acompanha a criatura.)
Pronto!
Para grandioso e heroico feito
Recomenda-se um bom alimento.
Deixe que na boca se desfaça
Enquanto aponta e dispara.

Os versos não são menos apetitosos do que o produto. Que apresentação mais fantástica! Por mais que morram de inveja, nós, os alemães, somos mesmo um povo de poetas.

O SEGUNDO: Então, não é? Duvido que sejam capazes de nos imitar com sua alma de mercador britânico! Isto é *made in Germany*, ainda que não esteja escrito. Não falta nada, uma combinação irresistível. Pela pátria e pelos negócios, e quando se trata de avançar, a arte é comerciar. Até eu conseguí fazer uma rima!

O PRIMEIRO: Não me diga que estes versos deliciosos são seus?

O SEGUNDO: Claro que não. Minha empresa só emprega poetas de primeiro time. Assim de repente não saberia dizer de quem são.

O PRIMEIRO: Não seriam de Presber* ou talvez Bewer*?

O SEGUNDO: A verdade é que não sei. De qualquer modo, isso alegra nossas tropas. O alemão leva as coisas a sério, mas nem por isso deve deixar de ter bom humor. Assim vai-se de alma mais leve e com isso se conserva são. Mas já teve alguma baixa na sua empresa?

O PRIMEIRO: Sim, um dos nossos chefes mais jovens tombou heroicamente pela pátria. Aqui tem o anúncio.

O SEGUNDO (*lê*): "... Sua clarividência comercial fez que logo compreendesse os grandes objetivos bélicos, e contente marchou para o front *pro gloria et patria*. E eis que a Norna* lhe bloqueou os caminhos do fiel amor aplanado com infatigável esforço." Caramba! Que apresentação mais imponente!

(*Muda a cena.*)

CENA 8

Balneário alemão Gross-Salze. Em primeiro plano, um parquinho. Vista de uma alameda em cuja entrada uma placa anuncia à direita: "Liberada para os soldados!", e, à esquerda: "Proibida a entrada de feridos".

À esquerda, a vila Wahnschaffe, um edifício ornado com ameias, merlões e torrezinhas em cujo frontão há uma bandeira negra, vermelha e dourada e outra negra, branca e vermelha*. Um busto de Guilherme II* se encontra em um nicho debaixo do frontão. Sobre a porta de entrada a seguinte inscrição: "Com o coração e o braço forte por Deus, pelo Imperador e pela Pátria!". Na frente, vê-se um jardinzinho com figuras de veados e gnomos rodeando uma antiga armadura de cavaleiro. Na frente da entrada, à esquerda e à direita, dois modelos de projetil de morteiro, um deles com a inscrição: "Sempre duro com eles" e o outro: "Resistir!". As janelas em arco ogival da fachada têm vidros redondos, abaulados e chumbados.*

O conselheiro comercial Ottomar Wilhelm Wahnschaffe sai da vila, cantarolando o seguinte couplet, cujo estribilho é acompanhado em cada estrofe por um coro invisível que representa as risadas do estrangeiro.

Não temo trotes nem paliçadas.
Pouco sei as horas do dia.
E para continuar acordado
Não paro nem de noite nem de dia.
Antes da guerra jamais descansei.
Por isso a guerra nos cai bem.
Enfrentamos com valor a concorrência,
Pois nos batemos com veemência.
Na vida e na morte, eu sou alemão!

Graças à guerra podemos nos armar.
Para ganhar algo temos que nos arriscar.
Nosso objetivo é ter alimentos.
Por isso aguentamos buracos fedorentos.
Misturamos negócio com reza.
A arte a serviço do comércio está.
Era uma vez... mas já acabou.
Walhalla é hoje um mercado.
Pelos ideais vive o alemão!

E quando nossas coisas não parecem bem,
A Agência Wolff nos traz a verdade e vai mais além.*
E se as verdades se esgotam,
Em casa novas se preparam.
Surrogat* *é um estrangeirismo?*
Isso se ajeita, senhor, agora mesmo!
Colocando em seu lugar com prontidão
A palavra Ersatz, *que é puro alemão.*
Em bom alemão: Ich bin ein Deutscher!

Só sei de uma coisa, e é a verdade pura:
Que nós alemães temos cultura.
De todos os dons que dispomos,
É ela o melhor que temos.

Os generais exaltamos,
Mas de pensar é que gostamos.
Para Schiller e Goethe costumamos rezar,
Pois fazem parte do nosso altar.
Com cultura o alemão enfeita seu lar!

Alemães são cabeça e coração,
Com Deus, por Krupp, pela nação!*
Se nossas fronteiras Hindenburch vigia,
Eu, no interior, serei aquele que vela.
Muita sorte temos,
Por isso humildes retrocedemos.
Inclusive se atacam nossa posição,
Novo possível triunfo nos causa excitação.
Hurra!, grita sempre o alemão!

Ah, tanto mais honra, quanto mais inimigos!
Agora nada de pouquinho,
Com bombas a terra cobrimos.
A ciência alemã nos ajuda,
Deus nos ingleses de uma boa surra cuida.
O Deus que os homens criou
Apenas para se maltratarem.
A imagem de Deus é alemã!

(*Sai.*)

(*Entram em cena sua esposa, a senhora Auguste Wahnschaffe, e seus filhos, que imediatamente se perdem no parquinho para brincar um jogo bélico.*)

A SENHORA WAHNSCHAFFE: Só tenho dois filhos que infelizmente ainda não estão aptos para o serviço militar, sobretudo porque, para nosso azar, um deles é uma menina. Por isso tenho que me arranjar com um único herdeiro. Vamos supor que, e já dando asas à imaginação, vá para o front, claro que vai tombar como herói, pois se voltasse ileso, seria a vergonha absoluta. Além disso, de modo algum deveria ficar na retaguarda, embora também aí possa existir bala perdida. No tocante ao comer, também recorro à imaginação, afinal sou uma dona de casa competente. Hoje tomamos um delicioso caldo com cubos de creme de cacau Hindenburg marca Excelsior, comemos um apetitoso falso coelho com imitação de nabo e torta de batatas de parafina e um mingau caseiro, tudo preparado na frigideira Obu, e, para finalizar, uma maravilhosa imitação de canudinhos recheados com chantilly. Uma dona de casa alemã conhece seus deveres para com seu marido nesta época difícil, porém grandiosa. Claro que meu marido fez birra, só porque não preparei fios de ovos caseiros que ele tanto ama. Teve que se conformar. O que nos fazia muita falta no início era a margarina, mas desde que compramos Obu não temos mais este problema. Passado o almoço começa a preocupação com o jantar. Hoje, temos, para variar, cozido e linguiça de fígado feita de uma papa grossa, verduras com corantes vermelhos e uma imitação de queijo branco berlinense com sabor artificial de pimentão. Vamos provar hoje o tão famoso Alldarin* com imitação de ovo Dottofix* feita com muito fermento em pó e um pouco do delicioso molho de salada Saladamix, o qual prefiro à marca Saladinha ou Saladona. Afinal, para a mesa da família alemã, o melhor é apenas o suficiente. Além do mais, temos tudo, não somos como os pobres. Na hora do chá de ontem, experimentamos Teefix da Deutscher com aroma de rum e tivemos uma grata surpresa. Preparei para meu maridinho água com bolotas quase tão saborosa quanto o café da marca Tutti-Gusti-Trincheira, que não se encontra mais. Infelizmente tivemos que tomá-la sem a imitação de adoçante, pois o recipiente estava vazio. Seguindo uma fugaz inspiração, quis enchê-lo com uma imitação de hidrogênio para que meu maridinho pudesse fingir que era adoçante. Mas isso seria enganá-lo, e quando se dá o primeiro passo nesta direção, logo se dá o segundo, ou seja, não fiz isso. Já se passou um bom tempo em que ainda se vivia com fartura e apenas tínhamos que apertar o adoçante para adoçar a imitação de café bélico. Mas fomos aceitando com prazer estas pequenas privações porque do contrário não sentiríamos a necessidade de resistir. E o fazemos com tanto ou mais prazer até quando não conseguirmos aceitar mais nada, ou seja, foi possível poupar sem sacrifício a dinheirama que meu maridinho ganha. Em breve virá a paz putrefata, e voltaremos a gastá-lo todo em badulaques. Tomara que a guerra dure o suficiente para que as coisas também melhorem neste sentido. Na última reunião do partido da pátria, meu maridinho propôs que a guerra, em que a inveja britânica, o revanchismo francês e a rapacidade russa nos meteram, prossiga mesmo depois do acordo de paz e conseguiu fazer aprovar a proposta por acachapante maioria. Agora a questão é resistir e quanto mais tempo melhor. Vamos conseguir. Me junto a maravilhosa Anny Wothe* que em seu magnífico papel de mulher de um soldado comunica a seu marido o nascimento de um filho saudável: "Outro soldado, graças a Deus! Vai se chamar Guilherme e algum dia será tão forte quanto nosso Imperador e bater tanto até fazer os inimigos em pedacinhos. E o outro filho reza todos os dias para que mais franceses sejam mortos. Eu também rezo, mas não pela tua vida, que está nas mãos de Deus. Rezo para que cumpra com o teu dever, para que não trema ao vir a bala e, se for necessário, para que morra em paz pela nossa pátria e pelo nosso Imperador sem pensar na gente. E se tiver de morrer pelo teu capitão, nem precisa pensar na gente também". ... Só Deus sabe que se não escrevo o mesmo para meu marido é porque infelizmente não está no front, pois por sorte foi declarado imprescindível na retaguarda. O sucesso comercial deve ser a recompensa para alguém que fez o sacrifício de não poder lutar pela pátria. Wahnschaffe acaba de lançar uma novidade bélica realmente interessante, patenteada tanto na Alemanha quanto na Áustria-Hungria. E cuja venda está a cargo de uns senhores muitos eficientes em troca de uma alta comissão. Trata-se do "túmulo doméstico do herói" que nada mais é do que um relicário e, ao mesmo tempo, um porta-retratos. Portanto, não apenas é um lindo enfeite para a casa como também permite a adoração religiosa. Dói-me pensar que infelizmente não podemos fazer um culto aos mortos tão moderno em nossa casa. Meus filhos, sem idade suficiente para morrer pelo Imperador ou de se sacrificar de alguma outra maneira pela pátria, têm ainda por cima a desvantagem de terem nascido antes da declaração de guerra. Caso contrário, o menino teria se chamado Varsóvio, e a menina Zepelina! Claro que mesmo antes da guerra o menino se chamaria Guilherme, não vejo nisso nenhuma homenagem patriótica. Ei, lá vêm eles correndo. Que fofinhos! O que aconteceu? Estão brincando de guerra?

GUILHERMINHO (*chorando*): Mamãe, a Mariazinha não quer ficar aqui! Bombardeei a posição dela com sucesso e agora não quer ficar aqui!

MARIAZINHA (*chorando*): Não é verdade, é mentira inimiga, típico da Reuter*! Revidei sem dificuldades o ataque e agora ele tá dizendo...

GUILHERMINHO: A Mariazinha está mentindo! O contra-ataque dela não resistiu ao nosso fogo.

MARIAZINHA: Fizemos prisioneiros.

GUILHERMINHO: E a gente deu um tiro certeiro.

MARIAZINHA: Seu metido!

GUILHERMINHO: Você vai ver só, vou lutar até sangrar!

MARIAZINHA: Seu inglês e francês de uma figa! (*Ela bate nele.*)

GUILHERMINHO: São os típicos sucessos iniciais de qualquer ofensiva. (*Ele bate nela.*)

MARIAZINHA: Os danos militares foram insignificantes.

GUILHERMINHO: Quem começou?

MARIAZINHA: Eu não!

A SENHORA WAHNSCHAFFE (*que até agora estava escutando tudo com os olhos brilhando*): Guilherminho é incapaz de matar uma mosca e protege seu patrimônio como pode. Leva a cabo uma guerra santa e defensiva.

GUILHERMINHO (*chorando*): Mas eu não queria.

MARIAZINHA: E quem queria?

GUILHERMINHO: Resistir! (*Ele bate nela.*)

MARIAZINHA (*batendo nele*): Quero ver se consegue alcançar a minha posição de defesa!

A SENHORA WAHNSCHAFFE: Larga ele, minha filha!

GUILHERMINHO: Você vai ver só agora. Vou pegar meu lança-chamas!

A SENHORA WAHNSCHAFFE: Guilherminho, seja mais humano! Não se esqueça da sua boa educação! (*Aproxima-se da Mariazinha com um lenço.*)

Crianças para suas posições volver.
Mas antes me deixa limpar o seu nariz.

MARIAZINHA (*chorando*):

O moleque bombardeia minha fábrica de açúcar
Com bombas de gás tóxico!

(*Ela se levanta e bate no Guilherminho em fuga.*)

GUILHERMINHO: A retirada é apenas estratégica. (*correndo*) Hurra, vou ocupar a Linha Siegfried*!

(*Dois inválidos passam coxeando em direção à alameda.*)

A SENHORA WAHNSCHAFFE: Outra vez! É o cúmulo! Se desrespeitarem a placa, vou denunciá-los ao prefeito.

(*Os dois param diante da placa e dão meia-volta.*)

UM DELES: Para onde então?

O OUTRO: De volta para o front. Ali podemos ir.

(*Saem de cena coxeando.*)

(*Entra em cena uma criada com uma criança de três anos, que tem o dedo enfiado no nariz.*)

A CRIADA: Fritze, não tem vergonha? Vou contar tudo para o Hindenburch!

(*Fritze tira o dedo do nariz, assustada. Hans Adalbert, de três anos de idade, se encontra com Anne Marie, de dois anos e meio.*)

HANS ADALBERT: É verdade que você ajudou com o empléstimo de guerra?

ANNE MARIE: É, sim. É meu dever. Ouvindo as conversas dos adultos entendi que é importante ajudar no empléstimo de guerra, então insisti (*sacudindo-se e gesticulando com empolgação*) que não só tinha que blincar de empléstimo de guerra como levar isso a sélio. Diante da minha insistência, meus pais me delam toda a minha poupança, 657 marcos e...

HANS ADALBERT: Com ou sem penhor?

ANNE MARIE: Com, claro!

HANS ADALBERT: Calamba!

ANNE MARIE: Pla que sirva de exemplo pla você e pla todos.

HANS ADALBERT: E quem não pensar assim é um filho da puta!

(*Saem de cena.*)

(*Jochen e Suse entram em cena.*)

SUSE: Em dois meses, a Inglaterra vai estar de joelhos.

JOCHEN: Você acha? Não quero ser nenhum chato, mas o que me diz da América?

SUSE: Não são de nada!

JOCHEN: Nosso estado de espírito é sério, mas...

SUSE: ... e confiante!

(*Saem de cena.*)

(*Entra em cena uma criada com uma menina de três anos, que tem o dedo enfiado no nariz.*)

A CRIADA: Mieze... se o Estado-Maior te pega assim!

(*Mieze tira o dedo do nariz, assustada. Uma mãe com sua filhinha, a seu lado um cavalheiro.*)

A MÃE: Elsbeth, não quer brincar?

A FILHINHA: Não.

A MÃE: Brinca um pouquinho, minha filha.

A FILHINHA: Não.

A MÃE: Que ideia mais estranha! E por que não?

A FILHINHA: Justamente porque estamos na frente dos ingleses. Por isso, sentem inveja da gente.

A MÃE: Escuta só o que ela está dizendo... O quê minha filha? Por que os ingleses sentem inveja da gente? Diz pro tio, Elsbethinha!

A FILHINHA: Os ingleses sentem inveja da gente, porque enquanto vamos montanha acima, eles vão montanha abaixo. E isso porque os alemães continuam trabalhando inclusive depois do expediente, enquanto os ingleses ficam se divertindo brincando e praticando esportes.

A MÃE: Palavras de ouro, Elsbeth. Não vou mais obrigar você a brincar, meu bem. Esta menina faz com que a gente não tenha onde meter a cara.

O CAVALHEIRO: A voz da inocência.

A MÃE: Vou comunicar ao *Berliner Zeitung**:

O CAVALHEIRO: Não, melhor para a coleção "A criança e a guerra".

(*Saem de cena.*)

(*Um pai com seu filhinho.*)

FILHO: Papai, no *Berliner Tagblatt** tem uma notícia da Agência de Notícias Wolff de que a guerra provocou uma importante queda na mortalidade infantil, pelo menos nas cidades alemãs. No campo, ainda não existem estatísticas a respeito, mesmo assim a gente pode imaginar que ali as condições sejam ainda mais favoráveis. Dizem que a guerra se tornou uma fonte de rejuvenescimento. Papai, entendo que a guerra não acabou com os recém-nascidos, porque ainda não têm idade suficiente para servir à pátria, mas me explique, papai, como é que a guerra consegue reduzir diretamente a mortalidade infantil?

PAI: A limitada redução da taxa de natalidade devido à guerra...

FILHO: Não diz bobagem, então tinha que haver menos recém-nascidos em vez de mais...

PAI: Cala a boca. A limitada redução da natalidade devido à guerra foi compensada, pelo menos em parte, por uma melhor assistência aos recém-nascidos.

FILHO: Que asneira! Na guerra, reina a economia da miséria, então como os recém-nascidos podem ter uma melhor assistência agora do que em tempos de paz? De onde vem o leite, hein?

PAI: Fecha a matraca, moleque!

FILHO: Não vou! E não me chama mais assim...

PAI: Vamos ver... e por que não?

FILHO: Porque não sou moleque, não! Já sou bastante grandinho para entender o que está acontecendo.

(*O pai lhe dá uma bofetada. Saem de cena. Outro pai com seu filhinho.*)

PAI: Sempre firme, meu filho... Como foi que Schiller falou? Apegue-se a sua cara pátria!*

FILHO: Papai...

PAI: Sim?

FILHO: Papai, a pátria ficou mais cara agora?

PAI: Proibitiva, meu filho, proibitiva!

(*Muda a cena.*)

CENA 9

Durante a batalha do Somme. Portão do parque de uma vila. Um pelotão de soldados com o rosto marcado pela morte passa marchando em direção às trincheiras mais avançadas.*

O PRÍNCIPE HERDEIRO (*diante do portão, em trajes de tênis, acena-lhes com a raquete*): Força, rapazes!
(*Muda a cena.*)

CENA 10

Inverno nos Cárpatos. Um homem amarrado a uma árvore.

COMANDANTE HILLER: Qual será a temperatura agora?
UM SOLDADO: Uns trinta abaixo de zero.
HILLER: Então pode desamarrá-lo. (*Os soldados o desamarram. O homem, o fuzileiro Helmhake, cai desmaiado. Hiller o esmurra repetidas vezes na cara.*) Vamos, metam ele no buraco aí do lado! (*A ordem é cumprida.*) Mas o buraco está suficientemente úmido e fedorento?
O SOLDADO: Sim, senhor.
HILLER: Já está delirando?

O SOLDADO: Sim, senhor.

HILLER: Guardas... mãos à obra... o porco não recebe nem comida nem bebida. Nem vai poder ir ao banheiro nem de dia nem de noite. (*Rindo.*) A verdade é que não vai precisar! Bem, façam como ontem. E quem se opor, arrebento a cara! (*Sai com os seus homens. Dois soldados ficam diante do buraco. Ouvem-se gemidos.*)

O SEGUNDO SOLDADO: Não acha que agiríamos como Deus manda se em vez deste... fosse ele...?

O PRIMEIRO: Sim.

O SEGUNDO: Dois já morreram. Thomas, a quem ele obrigou a ficar pelado com um frio como este, e Müller, que mesmo doente teve que ficar de guarda. Outros cinco ele... (*Ouvem-se gemidos. Soa algo como "sede!".*) Outro que aguente isto! Vou aproximar uma bola de neve da sua boca. (*Rasteja para dentro do buraco e sai de lá chorando.*) Não tem nem vinte anos... e alistou-se como voluntário...!

(*Aparece Hiller com alguns homens.*)

HILLER: Pensei melhor no assunto. Vamos ver... Tira o cara daí!... É para hoje?

O SEGUNDO SOLDADO: Ele... não aguenta mais, senhor.

HILLER: Mas o que é que tá acontecendo? Tira daí o porco! (*Alguns soldados puxam Helmbake como se fosse um animal para fora e arrastam seu corpo imóvel.*) Olha só a pinta que tem. Ah, o bonitão tá só fingindo! (*Bate nele com o salto da bota.*) Anda, seu animal de merda! O seu cu ainda não esfriou?

O SEGUNDO SOLDADO (*se inclina sobre o maltratado, toca-o, estende suas mãos para Hiller, como que se protegendo, e diz*): Agora mesmo.

(*Muda a cena.*)

CENA 11

No mesmo local, no abrigo de Hiller.

MÜLLER (*suboficial médico*): Morte por hipotermia. Tentativas de reanimação sem resultado. O mais grave é que não recebeu nenhuma assistência.

HILLER: Temos que dar um jeito no assunto de modo que ninguém possa nos pegar.

MÜLLER: Não há dúvidas que o material humano está esgotado e doente. Só sopa em conserva, e esta é prejudicial à saúde. Parecem sintomas de uma autêntica loucura causada pelo esgotamento. Os homens começam a escavar a neve e a pular feito possessos.

HILLER: Eu mesmo devo admitir que a fome, as pancadas e o castigo de ficar amarrado à árvore não são mais suficientes para animá-los para o combate. O que podemos fazer? A respeito de Helmhake, posso apenas dizer que fiz tudo quanto estava a meu alcance. Vou escrever assim para seu pai:

Prezado senhor Helmhake,

Cumpro o penoso dever de comunicar-lhe o repentino falecimento de seu filho, o fuzileiro Carl Helmhake. O diagnóstico médico constatou uma hemorragia no intestino.

Durante a breve doença, foram prestados ao seu filho os melhores cuidados pessoais e médicos possíveis.

Com sua morte, perdemos um soldado valente e um bom camarada, cuja baixa lamentamos profundamente. Seus restos mortais repousam no cemitério de Dolzki.

(*Muda a cena.*)

CENA 12

Ministério da Guerra. Um gabinete com vista para a Ring. Um capitão está sentado em sua escrivaninha. Diante dele, um civil em luto profundo.

O CAPITÃO: O que mais o senhor quer? Em casos como este é impossível ter um registro preciso! Como é que podemos saber se alguém morreu, ou se está ferido ou é prisioneiro?

Vai ter que ir ao Ministério da Guerra italiano, meu caro! Entendeu? O que mais podemos fazer? É realmente inacreditável o que as pessoas exigem da gente!

O CIVIL: Sim... mas...

O CAPITÃO: Meu caro senhor, mais não posso falar. E ainda por cima já são quase três horas, peço que compreenda, o horário do expediente acabou. Que maravilha! ... Mas o que foi agora? Vamos ver, uma coisa, sim, posso dizer em particular: já são seis semanas sem notícias do seu filho, então provavelmente deve estar morto.

O CIVIL: Sim... mas...

O CAPITÃO: Não tem mas nem meio mas. Aonde a gente ia parar se nestes casos... Imagine que casos como este tem aos milhares! Estamos em guerra, meu caro senhor! Ei, os cidadãos também têm que fazer sua parte! Olhe para a gente aqui sentado! Cumprindo nosso dever! E, além disso, caro senhor... suponho que você já deve saber... que digo em particular e sem compromisso... que para um soldado não tem maior ambição nem mais bonita recompensa do que morrer pela pátria. Então passar bem...

(*O civil faz uma reverência e sai. Muda a cena.*)

CENA 13

Uma fábrica submetida à produção de guerra.

O DIRETOR MILITAR: Algemas, pauladas, prisão... e mobilização forçada... mais não temos, outra coisa não há. É tudo o que a gente pode fazer.

O INDUSTRIAL (*em cujo braço balança um chicote*): Sempre que posso procuro chegar a um bom acordo entre as partes. (*Aponta para o chicote.*) Mas como se pode contribuir, se esses porcos sindicalistas não param de nos provocar com esta falação... debate sobre a situação da classe operária, a questão do auxílio-alimentação... como podemos resistir assim? Condições de trabalho, situação jurídica, reforma da legislação trabalhista em tempo de guerra...

O DIRETOR MILITAR: É o que se diz. Mobilização forçada e, se possível, dos senhores deputados também. Já rasgamos a lei de produção em tempo de guerra e a da mobilização geral. Não temos por que nos recriminarmos mais. O mais bonito foi aquilo que aconteceu em agosto de 1914 com os metalúrgicos e os mecânicos. Pela manhã, ainda ganhavam suas seis coroas por peça, ao meio-dia, passaram em revista e de lá saíram recrutados como soldados, de tarde, todos no mesmo posto de trabalho fazendo o mesmo serviço, mas com soldo de soldado. Não se ouviu um pio. Vou dizer uma coisa: na realidade, um recrutamento assim é inútil...

O INDUSTRIAL: Como assim?

O DIRETOR MILITAR: Veja bem, deveriam ter feito em todo lugar como a gente fez em Klosterneuburg no depósito de material de aprovisionamento. Aí disse para eles simplesmente que a partir de então eram militares e que, portanto, só tinham direito ao soldo de soldados e nada mais.

O INDUSTRIAL: Excelente!

O DIRETOR MILITAR: Uma vez se queixaram da falta de educação ou algo assim. Chamei eles para conversar e perguntei quem foi que deu essa informação. O cara me respondeu: somos trabalhadores organizados e nos dirigimos aos nossos sindicatos pedindo esclarecimento, e eles nos mandaram para dois deputados! Tudo bem, respondi, vou mandar chamar esses senhores e colocá-los do lado de vocês e vão que ter trabalhar em vez de ficar por aí incitando os outros!

O INDUSTRIAL: Um dia, foram reclamar de mim para o sindicato por causa de maus-tratos e soldos insuficientes. Um absurdo! Logo eu, que pago entre trinta e oito e sessenta centavos a hora! Mandei chamar um dos cabeças e disse: vocês foram reclamar, mas o chicote vai continuar aqui, no meu braço. O cara respondeu: a gente não é cachorro. Então na hora mostrei o meu coldre e disse: pra você ainda tenho um revólver! O cara começou a falar alguma coisa... sobre dignidade humana. Bem, o fulano chegou tão longe que as autoridades reconheceram que os salários são baixos!

O DIRETOR MILITAR: Mas ele com certeza foi logo...

O INDUSTRIAL: Claro que sim! Foi recrutado imediatamente. O antecessor do senhor era muito atencioso nesses casos. Outro trabalhador, que também reclamou do baixo salário, levou uma chicotada, e seu antecessor ainda o puniu com três semanas de prisão.

O DIRETOR MILITAR: Os empresários não estão nada desprotegidos hoje em dia! Os capatazes andam atentos. Dão bofetadas a torto e a direito. Para quem está preso, sempre previ seis horas por dia algemado. E conduzi-los ao trabalho pelas ruas acompanhados de baionetas caladas, só isso já serve de exemplo! Sujos e com os cabelos raspados na cadeia, mesmo aqueles que só ficaram vinte e quatro horas pagam os custos pela manutenção, os quais são deduzidos do salário... E ainda por cima quando têm que ir de Floridsdorf* a Josefstadt* para se apresentarem já perdem meio dia de salário, mais a perda do pagamento quando ficam presos e outras coisinhas, e o mais sério de tudo, embora só se aplique aos casos graves... mobilização forçada! Viu só como os empresários não têm do que reclamar!

O INDUSTRIAL: Por favor, já não está mais aqui quem falou. Justo eu que sou conhecido por só perturbar as autoridades militares em caso de emergência. Prefiro resolver as coisas sozinho. Enquanto as coisas puderem ser resolvidas a contento... (*Apontando para o chicote.*)

(*Muda a cena.*)

CENA 14

Um local noturno em Viena, durante a noite seguinte à segunda retomada de Czernowitz pelos russos. Oficiais, criados, clientes, funcionários da Cruz Vermelha, legionários poloneses, serviçais, colaboradores. A orquestra de salão Nechwatal e a orquestra cigana Miskolczy Jancsi.*

ROLF ROLF, O IMPROVISADOR (*meio cantarolando, ocupado em compor um poema baseado em citações clássicas e em frases de homenagem às armas presentes no recinto*):

...

Muito realizaram os legionários...
Parece que está no sangue.
(Gritos: Bravo! Bravo!)
E vejam vocês... só de olhá-la...
Sinto uma coisa no coração...

Quando digo... para aquela senhora ali...
Você tem diamantes e pérolas!
E aqui... para este soldado alemão
Digo: dois granadeiros marcharam até a França.
Hoje contudo... pois devo admitir...
É um dia... realmente... mas muito...medíocre!

(*Risos. Gritos: Hei! Bravo! Bravo! Quando entram dois oficiais, a orquestra entoa: Somos do real-imperial regimento de infantaria nº 4*. Todos cantam junto.*)

FRIEDA MORELLI, A CANTORA (*entra em cena cantando e estendendo alternativamente uma e outra mão do peito em direção ao público*):

Meu coração pertence só a Viena!
Mas também Berlim é interessante!
Veja só, tenente...

(*Acariciando o lábio superior.*)

Tão interessante e galante,
Com prazer marcaria um encontro,
Embora prefira ficar... em casa.
Porque ah, ah, ah

São muitos e bonitos todos os que há.
Sim, meu coração pertence só a Viena!
Mas também Berlim é interessante!

(*Gritos: Bravo! Bravo!*)

UMA VOZ: Rosa, vamos a Lodz!

(*A orquestra toca esta música e depois a canção "Vive em Schönbrunn um velho muito bom"**.)

UM PECUARISTA HÚNGARO (*para o dono do local*): É simplesmente tudo maravilhoso o que você oferece aqui!

O DONO DO LOCAL: É mesmo. Sem querer puxar a sardinha para o meu lado, conto com um conjunto de primeira linha. Qualquer um dos meus clientes tem que admitir que o título do programa no cartaz "Morteiro calibre 42" não é nenhum exagero.

O PECUARISTA: Mas nem se compara com este programa atual!

O DONO: Até o inimigo DEVE admitir que este programa bombou.

O PECUARISTA: Nem uma bomba, nem meia bomba! É uma poeirinha perto destas canções!

O DONO: Meu caro senhor, como forma de agradecer tão lisonjeiro reconhecimento, vou fazer-lhe uma homenagem especial. (*A orquestra toca a "Marcha de Rakoczy"**, *enquanto o pecuarista quebra uma garrafa de champanhe. Ao começar a tocar a "Marcha* *de Radetzky"*, um oficial faz em pedacinhos outra garrafa de champanhe. Em seguida, tocam a "Marcha do Príncipe Eugen" e o hino nacional. Todos os clientes e os garçons ficam em pé durante a execução de "Salve a Coroa da Vitória"* e de a "Guarda do Reno". Os empregados do guarda-roupa e a empregada do lavabo entram no salão e participam da homenagem.)*

UM COMERCIANTE DE CEREAIS (*gritando no salão*): Viva a lealdade dos nibelungos!

TODOS: Hurra! Hurra! Hurra!

O DONO (*para um cliente fixo*): Ei, conhece este senhor que acaba de gritar?

O CLIENTE FIXO: Claro que sim! É o Conselheiro da Câmara Fazedor de Buracos!

(*O dono vai até a orquestra cigana, que em seguida toca "Tive um camarada".*)

UM FUNCIONÁRIO BÊBADO DA CRUZ VERMELHA: Ei... por favor, outro uísque com soda e um ... charuto trabucco com ponta. Ei... (*Arrota.*)

UM COLEGA: O que é que você tem?

O FUNCIONÁRIO: Estou vendo ali um dos nossos feridos... Vou mandá-lo amanhã mesmo para uma revisão médica...

O OUTRO: Deixa isso pra lá!

O FUNCIONÁRIO: Desculpa... mas não consigo... vou mandá-lo... (*arrotando*) ... para o front!

UM OFICIAL (*dirigindo-se a outro*): O que deu no boletim hoje?

O SEGUNDO: Nada de novo.

O PRIMEIRO: Como assim nada de novo? E Czernowitz?

O SEGUNDO: Justamente isso não é nada novo.

UM MÉDICO MILITAR (*dirigindo-se a outro*): Caramba! Olha aquele ali no segundo camarote. Liberei esse daí ontem mesmo da ativa. Hoje já está aqui na farra. Um tipo repugnante! Ah, se tivesse em notas de dez o que seu velho tem em notas de cem...

O COLEGA: Não entendo, nisso sou muito diferente. Não mando ninguém para a revisão médica. Claro que sempre existem as exceções. Mas em geral a gente tem uma sensação, não sei, quando vê os meninos tremendo diante de você. Quando alguém começa a tremer, grito: "Apto!". Francamente, acho que são capazes de tomar veneno na minha frente. Sobretudo agora que não é mais permitido liberar mais de cinquenta por cento, as exceções estão *eo ipso* cada vez mais difíceis. Mais ainda com a "comissão dos nove"* andando por aí para examinar as revisões médicas.

O MÉDICO MILITAR: Escuta bem o que vou contar. Ontem foi uma correria danada lá no hospital! A enfermeira Adele*, que ainda tem muito medo de mim, deixou cair um urinol de um bósnio, que tinha uma bala na pélvis. Precisava ver só o alvoroço! As risadinhas! Bom, intervi no final. A gente tem que impressionar as mulheres. Enfim, ontem tivemos um dia...

O COLEGA: Para a gente, ao contrário, pura rotina! Mandei para o front cinco casos de doença dos nervos.

O MÉDICO MILITAR: E eu cinco diverticulites e três tuberculoses. Jogo tudo na cara: fingidos! E como não têm resposta, o fingimento fica praticamente demonstrado. (*A orquestra de salão toca a "Marcha do Príncipe Eugen".*)

O COLEGA: E agora comecei a apanhar muitos outros ainda, principalmente aqueles com estas feridas típicas de armas de fogo na mão esquerda... a verdade é que também não sei o que se pode fazer quando durante todo santo dia o médico-chefe está no cangote da gente, e o Teisinger* no dele.

O MÉDICO MILITAR: Tem razão, é um saco. Ontem dei um certificado de aptidão para o serviço militar a um caso de nefrite com insuficiência cardíaca aguda. E essa coisa de que vão cantando para a guerra, até agora não vi nada disso. Está bem animado por aqui hoje...

O COLEGA: É que depois de ver centenas de rutenos enforcados de manhã e outra centena de sérvios de tarde, como eu mesmo vi, a gente acaba se acostumando a tudo. Quanto vale a vida de um indivíduo? Conhece a história do sujeito que escreve aos pais para não se preocuparem, pois sempre carrega um lençol branco para o caso de... e a carta chega com a nota de...?

O MÉDICO MILITAR: Conheço: remetente fuzilado de acordo com a lei marcial.

O COLEGA: Já não olho nem para a direita nem para a esquerda, olho para a frente! Senão a gente acabaria se matando. E o que se quer é viver.

(*Todos se levantam. A orquestra de salão toca "Ó Áustria minha" e depois "Aqui está o último centavo"**.)

O MÉDICO MILITAR: Está bem animado por aqui hoje...

O COLEGA: Sim, provavelmente por causa de Czernowitz.

O MÉDICO MILITAR: Como assim? Porque os russos...

O COLEGA: Ah, sim... ou não... ou talvez sim. Ou melhor... não entendo... Olha lá a Paula com o tenente do regimento dos *Deutschmeister*. Nela, faria uma revisão médica com prazer.

O MÉDICO MILITAR: Não me diga que está de olho?

(*Gritos: "Tango!". Gritos do contra: "Psiu! Morte ao tango! Valsa! Este é um local alemão!". Alguém grita: "Dois pra lá, dois pra cá!". Resposta: "Estúpido!".*)

UM BÊBADO: Deus... castiga.... toca uma valsa, filhos da puta, estamos em Viena!

O DONO (*falando com o cliente fixo*): O senhor sabe quem é o alferes que acaba de entrar? Não sabe? É aquele que apareceu no jornal, porque os soldados russos o resgataram do pântano com escadas de cordas. Agora vem aqui todas as noites!

(*Muda a cena.*)

CENA 15

De noite. Graben. Chove. Não se vê vivalma. Diante da Coluna da Peste. Vislumbra-se uma ruela.

RESMUNGÃO (*entra em cena*):

Percebo outra vez que a chuva vem de baixo.
De sono e lama o velho desmazelo,
que fala o lânguido e derretido dialeto
do último vienense, mistura que é
deste com o judeu.
Este é o coração de Viena, e no coração
está a Coluna da Peste.

(*Para diante da Coluna da Peste.*)

É de ouro puro o coração vienense,
Quisera substituí-lo por ferro!
Ó mundo extinto, esta é a noite
a qual nada mais pode se seguir a não ser o Juízo Final!
A dissonância deste assassinato
é tragada pela harmonia eterna das esferas musicais.

O último vienense estertora a compasso ritmado
e deixa a alma, em sussurros de gozo terreno,
escorrer sobre a úmida calçada,
penetrando a última chuva do mundo.

(*Olha para a ruela e vê um bêbado fazendo suas necessidades no meio da rua.*)

Ele está aqui, coluna de si mesmo,
tão colossal quanto indestrutível!
Ele não pode naufragar...
Este símbolo da mentira nascida do pó
sobrevive no final da criação,
consciente de que só ele permanece,
pouco se lixando para a morte,
saciando suas necessidades íntimas,
deixando seu rastro,
e assim acaba toda a sabedoria.
Ávido escuto seu último desejo,
ainda tem algo a dizer ao cosmos...

O BÊBADO (*continua na mesma posição, repetindo com ritmo*): Que bom!... Que bom!... Que bom!

QUARTO ATO

CENA 1

Esquina da Sirk. Carrancas e lêmures. Todos entram em cena de braços dados em grupos de cinco. Uma alegria sem razão se alterna com um profundo silêncio sufocado. Vê-se um grupo de carneiros confrontando-se dois a dois, olhando fixamente uns para os outros como que unidos por um segredo. Ao mover-se, a massa passa por uma fileira de pessoas em trajes civis, aleijados e inválidos, cujas cabeças e membros são sacudidos por contínuos espasmos, seres fragmentados e monstros de todos os tipos, mendigos e mendigas de todas as idades, cegos e videntes que contemplam com olhar apagado aquele confuso vazio. No meio deles, vultos inclinados procuram tocos de cigarro na calçada.

JORNALEIRO: Extra, extra...! Vitória arrasadora dos italiano!

SEGUNDO JORNALEIRO: Extra, extra...! Olha a nota americana do seu Wilson!

UM OFICIAL (*para outros três*): Oi, Nowotny, oi, Pokorny, oi, Powolny, você que manja de política, o que acha da América?

SEGUNDO OFICIAL (*de bengala*): Nada!

TERCEIRO: Sabe... eu também.

O QUARTO: Sou da mesma opinião também... ontem fui pra farra...!

O PRIMEIRO: Sabe, acho que é só propaganda americana ou algo parecido.

O QUARTO: Só querem fazer negócio com isso. Está no jornal de hoje. É puro "bisines"!

O SEGUNDO: Sabem do que mais, mesmo que venham pra cá... com apenas um regimento nosso acabamos com todas as divisões deles num piscar de olhos, num piscar de olhos... assim, zás-trás , vai tudo pro inferno.

O TERCEIRO: Tá mais do que na hora de se fazer a paz.

O SEGUNDO: Como é que é?!

O TERCEIRO: Pra gente voltar ao Gartenbau, que agora virou hospital.

O SEGUNDO: Ah, bom, isso é outra coisa.

O PRIMEIRO: Mas é verdade que os comuna são culpados pela alta traição dos tchecos?... Ei... parece... que conheço aquela ali, olha...

(*Saem.*)

TERCEIRO JORNALEIRO: Olha o jornal de hoje! Avanço irresistível das nossa tropa!

UM INTELECTUAL (*a seu acompanhante*): Asseguro que enquanto os inimigos tiverem uma mentalidade...

(*Saem.*)

(*Passa um grupo de homens velhos. Ouve-se a canção: ... na pátria, na pátria vamos nos rever...*)

UM CONTRABANDISTA BERLINENSE (*com um charuto importado na boca, dirigindo-se a seu acompanhante*): Ah, nossos garotos superam essas impressões brincando. Um dos nossos mais ilustres catedráticos detectou que a adaptação psicológica ocorre já na retaguarda. A verdade é que vocês parecem mais miseráveis aqui do que a gente lá no front! Que nada, meu filho, nem parece que esperam uma paz vitoriosa! Então que ambiente é este aqui em Viena? Quem sabe se espanta, e quem não sabe se admira. Caramba, não imaginava que estivesse assim. Irmão, vocês são um bando de preguiçosos e fazem tanto rebuliço pela paz como se não vissem a hora de chegar...

(*Saem.*)

(*Um transeunte dirige-se de mãos levantadas a outro apontando para o toco de cigarro que este tem na boca.*)

A ESPOSA DE UM OFICIAL (*a seu acompanhante*): Olha lá, já estão fazendo fila para amanhã. Por mim, a guerra poderia durar mais dez anos ainda, meu marido me manda tudo o que preciso e o resto se consegue no mercado negro...

(*Saem.*)

UM TIPO ESQUISITO (*a seu acompanhante*): Veja, ontem comi muito bem aqui na sala dos grelhados. Mas quando é que é que este nome "Bristol" vai acabar de vez? Temos que limpar nossa língua desses nomes estrangeiros! Antes, ganhava dez por cento, agora ganho, por baixo, quarenta por cento.

SEU ACOMPANHANTE: Tem toda razão. Ei... olha aquela ali...

O TIPO ESQUISITO: Bom, se acha que é chique, quero dizer, atraente... corre atrás dela. Quem sabe não te dá o endereço?

(*Saem.*)

A VOZ DE UM COCHEIRO: Na guerra, cobro vinte vezes mais!

(*Uma senhora corpulenta com um lorgnon no rosto e trajando um uniforme da Cruz Vermelha desce do bonde.*)

SR. LENTO VON LENZBRUCK (*em uniforme de capitão de cavalaria*): Beijo sua mão, ó senhora digníssima conselheira comercial... Como assim? Ainda foi para o campo? Que sensação para Viena! Não tenho palavras para dizer-lhe o quanto este uniforme lhe cai bem!

SRA. BACK VON BRÜNNERHERZ: E o senhor, pelo visto, também não! Vamos entrar e tomar um café juntos? Meu marido está me esperando.

SR. LENTO VON LENZBRUCK: Seu digníssimo marido? Que magnífica coincidência! Sabe, isso de a senhora ter decidido colaborar com a Cruz Vermelha é a maior sensação em Viena!

SRA. BACK VON BRÜNNERHERZ: Estou muito contente, pois assim podemos ficar com o carro pelo qual meu marido passou dois anos lutando, por isso fiz das tripas coração para ingressar na Cruz Vermelha. Ao senhor posso confessar que é mais pró-forma e de bom-tom. Enfim...

SR. LENTO VON LENZBRUCK: Pois então!

SRA. BACK VON BRÜNNERHERZ: Enfim só vou lá quando quero. Agora que a guerra está chegando ao fim, já não tem muito sentido. Ontem a Annunziata* se dirigiu a mim...

SR. LENTO VON LENZBRUCK (*juntando as mãos*): Baronesa... por favor, conte-me logo!

SRA. BACK VON BRÜNNERHERZ: Não gosto de fazer alarde, prefiro que meu marido lhe conte. A propósito, li que o senhor foi nomeado capitão de cavalaria. Parabéns! Sabe que o senhor fica muito mais simpático assim do que em trajes civis? Tenho quase certeza de que é por isso que agora passeia em uniforme, não é? Adivinhei? Ah, estes homens!

SR. LENTO VON LENZBRUCK (*lisonjeado*): Acha mesmo?

SRA. BACK VON BRÜNNERHERZ: E a Cruz do Mérito? Sinal de honra! Chega reluz!

SR. LENTO VON LENZBRUCK (*na defensiva*): Não acho.

SRA. BACK VON BRÜNNERHERZ: Era só o que faltava... O senhor ainda pode muito bem ir para o front! Já esteve alguma vez por lá?

SR. LENTO VON LENZBRUCK: Não posso mais.

SRA. BACK VON BRÜNNERHERZ: Como assim?

UMA FLORISTA: Violetas!

SR. LENTO VON LENZBRUCK: É que o conselho administrativo não me deixa. Movi céus e terra...

(*Saem.*)

UM SENHOR: Sim, claro, mas me diga o que foi feito do seu amigo pintor? Com certeza, deve estar fazendo um trabalho mais fácil...

SEGUNDO SENHOR: Pois sim. No início desenhava cruzes para os túmulos...

O PRIMEIRO: Viu só!

O SEGUNDO: Mas um belo dia acabou-se o que era doce, e quase foi parar em um batalhão no front...

O PRIMEIRO: Eita, e então...?

O SEGUNDO: Tudo acabou bem, pois calhou de o capitão ter sensibilidade artística.

O PRIMEIRO: E depois?

O SEGUNDO: E depois é que agora desenha mulheres nuas para o capitão.

O PRIMEIRO: Que bom, não?!
(*Muda a cena.*)

CENA 2

Dois conselheiros comerciais saindo do hotel Bristol. Diante deles, uma mendiga com uma perna de pau e um toco de braço.

PRIMEIRO CONSELHEIRO COMERCIAL (*olhando ao redor*): Não tem nenhum táxi por aqui? Que absurdo!
AMBOS (*acenando com suas bengalas para um carro*): Táxi...!
O SEGUNDO: Temos entradas para ouvir o Piccaver*...
O PRIMEIRO: Um dia desses, expliquei isso a minha mulher porque ela vem sempre com a mesma conversa de que se a guerra já tivesse acabado e que sente pena dos soldados nas trincheiras. Sempre digo pra ela que eles em compensação têm a glória nos anais do futuro! E a gente, o que é que temos? O imposto da guerra! As pessoas sempre se esquecem disso.
O SEGUNDO: Claro. E o risco da paz...?!
O PRIMEIRO: Nem podemos pensar nisso. Sabe... quando alguém retorna e começa a contar... é sempre a mesma coisa... bom, passaram por poucas e boas, mas já sabemos

disso. Nem consigo mais ouvir a mesma ladainha, começa a ficar chato.

O SEGUNDO: Chega de horrores.

(*Um inválido passa coxeando.*)

AMBOS (*acenando com suas bengalas para um carro*): Táxi...!

(*Muda a cena.*)

CENA 3

Congresso médico em Berlim.

UM PSIQUIATRA: ... Meus senhores! Este homem é o caso mais estranho que encontrei até hoje. Um golpe de sorte trouxe-o até mim, vindo da prisão. Como, pelo visto, este homem não terá tantos anos de cadeia quanto mereceria expiar por seus crimes, apelei *nolens volens* para a psiquiatria. Para que os senhores tenham uma ideia cabal da inimputabilidade do paciente, gostaria apenas de sublinhar que este homem sustentou *coram publico* a tese de que a situação dos alimentos na Alemanha é precária! (*Agitação.*) E como se não bastasse... este homem defende a absoluta falta de propósito da guerra submarina, isso mesmo, da guerra submarina... pois tive a firme convicção de que rejeita a arma enquanto tal, e não apenas por considerá-la inútil, mas porque, nada mais nada menos, a considera imoral! (*Gritos excitados.*) Meus senhores, como cientistas temos a obrigação de conservar o sangue-frio e de confrontar o objeto da nossa indignação apenas como objeto da nossa pesquisa, *sine ira*, mas *cum studio*. (*Risos.*) Meus senhores, cumpro aqui o triste dever de lhes descrever o quadro completo da perturbação mental do paciente e peço-lhes não responsabilizar nem o pobre infeliz nem a mim, mero apresentador de manifestação abominável de loucura. A responsabilidade dele se anula por causa da doença, a minha, por causa da ciência. (*Gritos: "Muito bem!".*) Meus senhores, este homem sofre da ideia fixa de que a Alemanha caminha para sua perdição devido a uma "ideologia criminosa", assim ele chama o sublime idealismo de nossas autoridades, acredita que estaremos perdidos se não nos declararmos derrotados no auge da nossa marcha triunfal e pensa que nosso governo e nossos chefes militares... claro que não os ingleses! (*Gritos: "Absurdo! Absurdo!".*) ... são os culpados pela morte dos nossos filhos! (*Gritos de repulsa.*) A simples afirmação de que nossos filhos vão morrer, ou seja, de que nossa situação alimentar é precária, basta para demonstrar claramente a perturbação mental deste homem. (*Gritos: "Muito bem!".*) Expus-lhes o caso, digníssimos colegas da medicina mental, para que tentem

influenciar o paciente, comunicando-lhe suas experiências relativas ao estado de saúde da população alemã em tempos de guerra. Observando a sua reação, espero completar o quadro clínico, quando não de corrigi-lo no sentido de talvez poder demonstrar sua responsabilidade criminal, já que não podemos deixar de tentar tudo...
(*Um grito: "Vamos dar conta dele!".*)

O LOUCO: Se, entre vocês, estiver aqui presente um dos noventa e três intelectuais*, abandono a sala!
(*Gritos: "Que absurdo!".*)

O PSIQUIATRA: Espero, senhores, que vejam esta explosão menos como um insulto e mais como um sintoma. Eu mesmo assinei, como todos sabem, aquele protesto que continuará vivo nos anais como um marco desta grande época, e tenho orgulho disso. Peço agora ao prezado colega Boas* que realize alguma experiência com o paciente.

PROFESSOR BOAS (*dá um passo à frente*): Declarei por diversas vezes e reforço agora que o racionamento de alimentos não afetou a nossa saúde pública. (*Gritos: "Silêncio! Silêncio!".*) É fato comprovado que temos nos virado com a metade da porção de proteína da nossa alimentação consumida anteriormente sem prejuízo para nossa energia e nossa capacidade de trabalho, inclusive conseguimos aumentar nosso peso e nosso bem-estar físico.

O LOUCO: Com certeza o senhor se abastece no mercado negro!

(*Gritos irritados.*)

O PSIQUIATRA: Meus senhores, considerem o estado mental... por favor, caro colega, qual é a situação da mortalidade infantil, um ponto que reaparece constantemente na fantasia do nosso paciente?

PROFESSOR BOAS: Demonstrou-se que não se pode dizer que as condições alimentares tenham tido um efeito negativo sobre a mortalidade infantil.

O LOUCO: ... não se pode dizer, porque é proibido, meu senhor!

(*Gritos: "Cala a boca!".*)

O PSIQUIATRA: Como o senhor acha, caro colega, que a guerra vai continuar?

PROFESSOR BOAS: Com o crescente bem-estar e a alimentação cada vez mais refinada esbanjamos saúde. Agora, sob o peso das privações, milhões de pessoas aprenderam a reencontrar o caminho para a natureza e para uma vida mais simples. Tomara que as futuras gerações não se esqueçam das lições desta guerra.

(*Gritos de "Bravo!".*)

O LOUCO: O homem tem toda razão... antes da guerra, os habitantes da rua Kurfürstendamm* comiam muito, aliás, continuam comendo muito. Neste caso, de fato, a situação alimentar não piorou em nada. Mas no que toca à geração futura do resto da população, ou seja, aqueles que não frequentam a consulta de Boas para perder gordura... no que toca à geração futura da Alemanha, vejo-a nascer raquítica! Crianças inválidas! Felizes os que morreram na guerra... os que nasceram ao longo dela usam próteses. Profetizo que a loucura de resistir a qualquer preço, o miserável orgulho pelas baixas dos outros e este perverso estado mental de uma sociedade que respira uma glória organizada e se nutre do autoengano deixarão como herança uma Alemanha mutilada! (*Gritos de repulsa.*) Quanto a este Boas, desafio-o a negar que cerca de oitocentos mil civis morreram de fome até o momento, que apenas no ano de 1917 em torno de cinquenta mil crianças e cento e vinte e sete mil idosos a mais do que em 1913 e que no primeiro semestre de 1918 morreram mais alemães de tuberculose — mais de setenta por cento — do que em qualquer outra época em um ano inteiro!

(*Gritos: "Chega! Chega! Infâmia!".*)

O PSIQUIATRA: Estão vendo, senhores, em que estado este homem se encontra. Agradeço ao meu prezado colega Boas e rogo agora ao colega Zuntz* que faça uma experiência. Peço ao prezado colega que nos diga se a capacidade de trabalho alemã, o mais valioso dos bens nacionais, sofreu o mínimo que seja devido à alimentação.

PROFESSOR ZUNTZ: Não se pode falar em uma diminuição da capacidade de trabalho devido à alimentação atual. No entanto, amplas camadas da população estão desnutridas porque seus integrantes não têm vontade de ingerir quantidades suficientes dos alimentos vegetais.

O PSIQUIATRA: Se entendi bem, estimado colega, a culpa é da própria população, pois não existem objetivamente causas para a desnutrição?

PROFESSOR ZUNTZ: Não.

O PSIQUIATRA: Mas a desnutrição, à medida em que é produzida, ou melhor, se é que produzida, não tem consequências negativas?

PROFESSOR ZUNTZ: Não.

O PSIQUIATRA (*para o louco*): Não tem nada para contestar?

O LOUCO: Não.

O PSIQUIATRA: Normalmente, é um bocudo, mas agora se cala embaraçado! Muito obrigado, caro colega Zuntz, e peço a Rosenfeld-Breslau, que nos honra como professor visitante da Faculdade de Berlim, para realizar a sua experiência.

PROFESSOR ROSENFELD-BRESLAU: Apesar da desnutrição, nossa população tornou-se mais saudável. Provou-se que a dieta da guerra não reduziu de maneira perceptível a capacidade de resistência do povo nem contra a esmagadora maioria das doenças, nem contra as infecções, nem contra a fadiga.

O LOUCO: Só contra a mentira dos catedráticos!

(*Gritos de viva indignação.*)

UMA VOZ: Inútil!

SEGUNDA VOZ: Fora!

TERCEIRA VOZ: Chamem a polícia!

O PRESIDENTE DO CONGRESSO MÉDICO DA GRANDE BERLIM: Aproveito a oportunidade deste escândalo para erguer minha voz num apelo veemente. Colegas! Os senhores são os confessores dos seus doentes, têm o dever patriótico de animá-los a resistir, instruindo-os e informando-os seja com palavras, seja de qualquer outra forma! Confrontem os pusilânimes com vigor! Afastem os boatos negativos sem fundamento, muitas vezes espalhados por má-fé ou leviandade! O modo de vida simples, a dieta e o consumo moderado de gorduras e proteínas foram positivos para a saúde de muitos!

O LOUCO: Dos agiotas e dos médicos!

(*Gritos: "Que descarado! Fora!"*.)

O PRESIDENTE DO CONGRESSO MÉDICO DA GRANDE BERLIM: Os médicos nas escolas verificaram sem sombra de dúvida...

O LOUCO: ... que o bombardeio da Alemanha com mentiras foi um sucesso!

(*Gritos: "Cala a boca! Traidor da pátria!"*.)

O PRESIDENTE DO CONGRESSO MÉDICO DA GRANDE BERLIM: A mortalidade infantil diminui. Um famoso especialista demonstrou não faz muito tempo que a saúde dos recém--nascidos nunca esteve tão bem quanto agora. Os hospitais estão muito menos superlotados do que antes.

O LOUCO: Porque morreu todo mundo!

(*Alvoroço.*)

UMA VOZ: Prove!

O LOUCO: Relatos de alguns médicos residentes revelam o desespero quando descrevem a fome dos pacientes internados que procuram engolir talos de couve jogados no lixo e toda ordem de coisas indigestas apenas para aplacar o tormento da fome. O relatório solicitado a um hospício diz laconicamente: todos os pacientes internados morreram... Mas os vivos aqui reunidos receberam ordens, e somente após o inevitável colapso da mentira é que terão coragem de dizer a verdade! Porque a ciência alemã é uma prostituta, e seus homens são seus cafetões! Os que estão aqui reunidos a serviço da grande mentira do Estado-Maior para negar a mortalidade infantil e dizer que preto é branco têm mais sangue nas mãos do que aqueles que as mergulharam no vermelho! Mentem os noventa e três intelectuais que uma vez gritaram "Não é verdade!" e "Protestamos!" e que inauguraram o *pathos* da mentira com seu protesto contra a honra alemã! O mundo, que teme acabar contagiado pelo caráter alemão, com certeza não vai se curar nas mãos de médicos deste porte... e que a pátria está perdida com tantos catedráticos, um verso alemão já diz isso!

(O alvoroço que se forma é enorme. Ouvem-se gritos: "Não é verdade!" e "Protestamos!". Alguns catedráticos querem avançar sobre o louco e são detidos pelos colegas.)

O PSIQUIATRA: Meus senhores! Acabamos de testemunhar a mais selvagem explosão de ódio à pátria que é impossível que tenha crescido em solo alemão. A reação do paciente às experiências dos prezados colegas Boas, Zuntz e Rosenfeld-Breslau e, em particular, à substancial e elucidativa exposição do ilustre presidente do Congresso Médico da Grande Berlim, pela qual não posso deixar de exprimir meu mais caloroso agradecimento, demonstrou claramente que este homem não é um alienado, mas, sim, pago pela Entente! O veneno do pacifismo conseguiu inclusive penetrar os cérebros sãos, e o idealismo exagerado dos detratores da guerra encoraja os covardes e os indolentes a adotarem uma postura que representa o pior mal a afligir o povo alemão. É o espírito derrotista, imposto pela inveja britânica (*Aparte: "A alma britânica de mercador".*), pela sede francesa de revanche (*Aparte: "E a avidez russa!".*)... e pela avidez russa, que respalda o inimigo e corta as nossas asas numa guerra defensiva. Encontramo-nos aqui diante de um caso típico. Não posso deixar de ressaltar que este homem me pareceu suspeito desde o início e agora estou convencido que estamos na frente de um facínora. Um alienado não fala assim, meus senhores, quem fala assim é um traidor da pátria! Posso revelar-lhes ainda, meus senhores, que este homem chamou a atenção da alta cúpula devido à conduta sem remorso durante o tempo na prisão, onde continuou com ataques revoltantes contra tudo quanto é sagrado para os alemães, chegando a fazer inclusive alguns comentários depreciativos sobre a Agência de Notícias Wolff (*Agitação.*) ... de tal modo que até mesmo uma personalidade que todos veneramos (*Os presentes se levantam.*) ... nosso príncipe herdeiro, manifestou que o fulano precisava de um bom corretivo. (*Gritos de "Viva!".*) Ficará ao cargo da autoridade máxima competente de aplicar ou não tal medida, o que poderia ser considerado como agravamento da pena. A nós, meus senhores, cumpre declarar-nos totalmente incompetentes, porquanto a ciência médica não tem nada a ver com este caso, e entregá-lo à instância criminal competente. (*Abre a porta e grita:*) Guarda!

O GUARDA BUDDICKE (*entra*): Em nome da lei... vem logo! Me acompanha!

(*Sai com o louco. Os presentes se levantam e cantam a "Guarda do Reno".*)

(*Muda a cena.*)

CENA 4

Quartel da Imprensa Militar.

UM CAPITÃO (*a um dos jornalistas*): Doutorzinho, hoje não me venha com lorota, vai escrever um artigo daqueles, precisamente sobre Considerações Higiênicas. Vamos lá, anota aí as linhas gerais. (*Lê.*) A marcha triunfal na Galícia e a conquista de Lemberg foram decisivas para o posterior desenvolvimento da higiene em nosso exército. Tá olhando o quê?

O JORNALISTA: Como assim? Lemberg está de novo em nossas mãos?

O CAPITÃO: Como o senhor vai desenvolver o tema é problema seu. Enquanto os duros combates nos Cárpatos prosseguiam, eram naturalmente escassas as possibilidades de organizar um trabalho minucioso no campo da higiene. A verdade é que estavam todos cheios de piolhos. Mas agora surgiu o serviço de desinfetação! Cada homem recebia um banho aproximadamente a cada quatro semanas, não, a cada duas semanas. Com o tempo, o front se converteu em uma casa de repouso. Muitas vezes ficavam nas zonas mais ensolaradas da floresta onde se banhavam ao ar livre e tomavam sol, até que se cogitou ampliar o programa com aulas e música, biblioteca, esportes e teatro. O projeto ainda aguarda implementação! O contato permanente, atento e amistoso entre oficiais, médicos e soldados prepara o terreno para um desenvolvimento propício.

O JORNALISTA: Das doenças venéreas, meu capitão?

O CAPITÃO: Não me venha com piadinhas. (*Risinhos.*) Lutar com êxito contra estas doenças é de qualquer modo o problema mais importante com o qual nos defrontamos até o momento. No entanto, não devemos lavar as mãos diante do aparente despropósito do combate às doenças venéreas. (*Explosão de riso.*) Criamos para isso uma instituição que nos permite atuar de maneira especial em prol da conservação do soldado e do fortalecimento do povo, uma instituição que, nos dias ensolarados da reconquista de Lemberg, rendeu bons frutos: estabelecemos bordéis com material impecável e sob um rigorosíssimo controle militar.

(*Muda a cena.*)

CENA 5

Grupo de instrução militar em Wladimir-Wolinsky.*

UM CAPITÃO (*ditando para um secretário*): Comunique-se a toda tropa que durante três dias seguidos as doenças venéreas serão consideradas automutilação e como tal submetidas a processo judicial face a um tribunal militar. A respeito das doenças contraídas em geral nos últimos tempos, ordena-se que os doentes sejam punidos com castigos corporais começando com cinco bastonadas e aumentando diariamente em uma bastonada, sendo aplicado até que os sintomas da doença desapareçam.

(*Muda a cena.*)

CENA 6

Um hospital militar. Convalescentes, feridos de vários tipos, moribundos.

UM MÉDICO DO ESTADO-MAIOR (*abre a porta*): Ah, vejam só, se não estão todos os senhores farristas juntinhos aqui. (*Alguns doentes começam a ter uma grave crise nervosa.*) Ora, deixem disso, nada de escândalos. Isso se ajeita logo... num instante! (*A um médico.*) Vamos ver, o que temos? Onde foi parar hoje a corrente de alta-tensão? Depressa, vou pegar os farsantes e os farristas. (*Os médicos se aproximam das camas com os equipamentos. Os doentes começam a ter convulsões.*) Aquele ali é um caso particularmente suspeito, o número cinco! (*O doente começa a gritar.*) Para isso, existe apenas um remédio que prescrevemos em casos extremos. Direto para o fogo cruzado! Claro que o melhor seria meter todos os doentes dos nervos juntos em um contêiner e expô-los a um belo fogo cerrado. Logo, logo, esqueceriam suas dores e se tornariam soldados úteis no front outra vez! Caralho, as neuroses e as tremedeiras iam passar rapidinho! (*Fecha a porta, batendo-a. Um doente morre. Entra em cena o comandante tenente-coronel Vicente Arame Farpado.*)

ARAME FARPADO: Para variar, voltamos para cumprimentar os vagabundos hoje! Que bonito, os senhores instalados confortavelmente em suas camas na retaguarda. Mas justamente por causa disso vim vê-los hoje. Ei, senhor médico oficial, veja se consegue animar o pessoal para que prestem atenção em mim, pois tenho um comunicado importante e exemplar para fazer. Trata-se das novas diretrizes relativas ao cumprimento militar, não ao cumprimento aqui no hospital, mas àquele para quando voltarem a se levantar, para irem se acostumando, antes de serem recrutados outra vez. Portanto, atenção! (*Lê.*) Diretriz relativa ao cumprimento militar:

O cumprimento militar se realizará esticando-se ao máximo e adotando a postura prescrita. Será feito perante todos os chefes e os superiores quando o subordinado ou o subalterno se encontrar a uma distância não maior do que trinta passos daqueles e se dará da seguinte forma: levanta-se de modo natural o braço direito até a cabeça com a palma da mão voltada para o rosto na altura do olho direito, de maneira que as pontas dos dedos juntos toquem a viseira do quepe (ou a beira do gorro, no caso de quepes sem viseira). Quando o destinatário do cumprimento se encontrar, ou quando este passe perto de quem o efetua, a três passos de distância, o cumprimento será feito e acabará no momento em que o cumprimentado tenha se afastado três passos. Se o soldado tem alguma coisa na mãe direita, poderá cumprimentar com a mão esquerda, se tem algo nas duas mãos, o fará com um robusto giro da cabeça. Ao encontrar um chefe ou um superior, o soldado deve evitar passar perto dele a menos de um passo de distância. Ficam estritamente proibidas outras formas de cumprimento, tais como: levantar a mão direita com a palma voltada para fora com os dedos empolados e tocar a viseira com o dedo indicador, às vezes na frente do nariz; efetuar o cumprimento com o cigarro ou o charuto (ou o cachimbo curto, aquele que esquenta o nariz) na mão erguida para cumprimentar ou mesmo na boca; realizar o cumprimento ao ar livre fazendo uma inclinação com cabeça descoberta e o gorro na mão. Os militares que fizerem o cumprimento militar sem atentarem ao regulamento ou que, pelo motivo que for, não o façam, um severo castigo será aplicado. Os que estiverem de licença, a denúncia será enviada imediatamente ao superior competente...

Sendo assim, prestem atenção: quem não levantar de modo natural o braço direito até a cabeça com a palma da mão voltada para o rosto na altura do olho direito, de maneira que as pontas dos dedos juntos toquem a viseira do quepe (ou a beira do gorro, no caso de quepe sem viseira), poderá ser obrigado a fazê-lo! Fiquem atentos! Que isso sirva de lição! Vocês vão ter que dar bom exemplo no que concerne às demais diretrizes relativas ao cumprimento militar, sobretudo aquelas que vigoram aqui no hospital, enquanto convalescem, e não preciso repetir que, não obstante suas doenças, cada um tem que cumprimentar conforme o regulamento ao entrar um superior. Agora não têm quepes, mas cada um ainda possui uma testa, portanto não será difícil erguer a mão até ela, quem tiver uma mão, claro, entendido? Bom... Direita! Ei, você aí... na cama cinco... parece que mal pode esperar em voltar ao batalhão do front... (*O oficial médico lhe diz algo.*) Ah, sim... tudo bem então... por mim... mas em regra... da próxima vez quero encontrar tudo em ordem! E o senhor, seu oficial médico, vê se vai tirando o pessoal daqui! O senhor está bem mal falado pelos homens lá de cima... e não venha com chorumelas nem com esse papo de tratamento humanitário e coisa e tal! Siga o exemplo do doutor Choque Elétrico Um que meteu um pano na boca de um histérico e com dois tratamentos de descarga elétrica o deixou apto para o serviço militar sem armas. Ou do doutor Choque Elétrico Dois! Este, sim, é que tem ambição! Como se sabe, foi ele quem teve a ideia de usar a faradização nos órgãos genitais. O que se quer são vitórias, muitas e rápidas, e ele consegue! Que sirvam de exemplo! Temos que nos esforçar um pouquinho agora! Os alemães têm a corrente senoidal... nós, verdadeiros cordeirinhos! Humanitário pra lá, humanitário pra cá, tudo isso é muito bonito, mas como rimar com patriotismo? Agora estamos em guerra, e o supremo dever da profissão médica consiste em dar bom exemplo e nos abastecer de material humano. O médico-chefe se queixa de que o senhor privilegia o ponto de vista clínico. Como colega, tentou fazê-lo entender que um dispensado do serviço militar pertence à trincheira, mas com o senhor é sempre um caso complicado. Veja bem, gostaria apenas de lhe fazer uma pergunta: ... gostaria de ser transferido para um hospital de doentes com tifo na Albânia? Pois então! Pode até ser que o senhor tenha razão do ponto de vista clínico... como outro dia em que por capricho cismou que um tipo cuspia sangue e era pai de família e coisa e tal... mas aqui o único ponto de vista que conta é o militar! Somos nós que assumimos a responsabilidade! Aquele doente renal ali... vamos dar um jeito nele... não faça esta cara! O tipo só tem que disparar seus cinquenta tiros, logo, logo volta! O serviço de Sua Majestade exige que todo aquele que consegue caminhar não continue aqui deitado mais tempo do que o estritamente necessário... Guarde seus escrúpulos para os tempos de paz!... Agora, os sargentos vão treinar o cumprimento militar com vocês, e nada de lenga-lenga... até agora ninguém reclamou comigo... Mas se no meu lugar, mandarem para cá o Campo Minado ou o Cova Rasa, ui, ui! O que mais querem, porra? Vocês têm comida, sopa, deliciosas frutas secas e uma xícara de chá, acho que não podem reclamar de nada. Claro que os dias são longos, e já não veem a hora de sair daqui para o combate. Mas justamente para isso existe o cumprimento militar! E a pátria vela de maneira exemplar por aqueles que não têm essa sorte, reza por aqueles que não poderão mais ir ao front para o combate. Seis centavos por dia sem precisar trabalhar, não é maravilhoso? E quem se comporta bem, ganha até uma prótese, e se dá bom exemplo, aí vai para a reserva. Se somos cordeirinhos, que se foda... Uns cumprimentozinhos quaisquer antes de ir ao front não matam ninguém... Alegrem-se de eu não estar com os alemães, pois estes, sim, poderiam tirá-los da cama agora! (*Sai.*)

(*O sargento começa o treino do cumprimento militar perto de uma cama. O capelão militar está ocupado perto de outra.*)

(*Muda a cena.*)

CENA 7

Front de Isonzo. Num comando de brigada. Depois da refeição.

SCHALEK (*de pé, rodeada de oficiais*): Acabo de percorrer passo a passo o front de Isonzo ao longo do setor de Gorizia*. Me mostraram tudo! Que experiência! Os que estão acomodados na retaguarda nem imaginam o que é isso. Após muito insistir, consegui autorização para acompanhá-los. Senti todo peso do voluntariado. Não ser soldado foi a causa do meu conflito interior. Na hora marcada, às cinco da tarde, me apresentei ao general pronta para marchar. Pedi autorização para acompanhar um oficial que tivesse que ir de qualquer forma a seu posto e que ninguém, sem necessidade, corresse perigo por minha culpa! Um tenente muito jovem, contente em poder quebrar a rotina, foi comigo pelo sopé da montanha, que contornamos para atacar pelo flanco. Antes tinha recebido a ordem de voltar ao lugar de partida às nove em ponto. *Tiu, tiu, tiuuu*... nos alcançaram vindo dos lados. E batendo papo continuamos passeando ao luar até chegarmos a nosso destino. Ah... mas então! Estava sentada junto ao observador de artilharia de Podgora* esperando com a respiração presa ao que poderia acontecer no seu setor. E não é que isso deu lugar a uma afirmação dos instintos, a uma acentuação da personalidade que antes teria sido impossível se manifestar. Atrás do muro do parque do castelo fui alvo de tiroteio. Ficamos ali sem reação. O inimigo podia nos ver, se quisesse! Não trocamos nenhuma palavra. Então o olhei. Era magro e pálido. Pouco mais de vinte anos. Algo estranho se passou em mim. Olhei o tenente: professor primário em uma aldeia húngara. E, como uma luz ofuscante, uma ideia se acendeu dentro de mim. Durante o fogo cruzado em San Michele, uma nova compreensão iluminou cada contorno do meu cérebro. O tenente não percebeu o efeito que a sua atitude teve sobre a minha cabeça. Me olhou e sorriu. Senti que pensei junto com ele, e nossos nervos balançaram no mesmo compasso em meio ao fogo cerrado. Soou como um solo de orquestra... *Tac, tac, tac*... começando assim... O tenente parou. Um rouxinol seduziu, e as acácias lançaram seu aroma embriagador. É verdade que depois o fogo veio do outro lado, não mais tão fustigante e rápido, mas rugindo devagar, quase cantando com desdém. O tenente me jogou contra a parede. *Vu... vu... vu*... Uma granada que não explodiu. Nem pensar em ficar parado ou procurar abrigo. Ordem: apresentar-se às nove horas. Pela primeira vez pude sentir a tropa. Que alívio é uma ordem! Como é incrivelmente fácil passar pelo fogo quando uma ordem assim o exige. Feliz o povo que possa viver sob ordens, confiante, acreditando que a ordem, concebida pelos melhores dentre os melhores, é um acerto; tal como é a ordem agora aqui em Isonzo: avançar, evitar qualquer retirada e proteger nossas posições! Os feridos nos alcançaram... Um ficou surdo-mudo e acenou mostrando o que lhe aconteceu... A batalha acabou. Já podíamos ir. No dia seguinte, pensei: sabe do que mais? Deixa pra lá o monte San Michele. Hoje o caminho me levou à divisão vizinha, às tropas húngaras do nosso exército. Um cheiro de cadáver pairava ao longo da estrada. Nenhum desfile de uma grande cidade é tão animado como esta estrada sulcada pelas granadas. Entre as linhas jazem cadáveres de oito a dez meses totalmente mumificados, todos esburacados... As trincheiras são estreitas, quase só da largura de um homem, e as pessoas dormem estiradas ao fundo. Passa-se por cima delas, mas não acordam... Contamos seis impactos e conseguimos um rápido registro... Deixaram-me olhar para fora através de um escudo blindado e admirar a cratera... O comandante do batalhão me ofereceu um pouco de aguardente de ovo. Faz bem. Os nervos vibraram com o permanente estrondo ao nosso redor. Seis tiros... seis impactos em cheio... Enchi chapa e mais chapa com imagens para o futuro... E depois de volta para cá. Na brigada, aguardava-nos um café da manhã que aceitei agradecida. E que café da manhã...! Porque o Cadorna* foi indulgente comigo hoje, porque a granada caiu justamente quinze minutinhos mais tarde, havia uma autêntica garrafa de champanhe e, como prêmio especial, uma lata de caviar verdadeiro. Croissants crocantes e flores coloridas, rabanetes e damasco... contrastes que só existem no front!

OS OFICIAIS: Porque o Cadorna foi indulgente com ela hoje, porque a granada caiu justamente quinze minutinhos mais tarde...

11
a tempo
rit.
mf
17
f
23
p
29
Im Walzertempo
36
f
ff

Houve flores, croissants e caviar,
Assim será sempre e não deve mudar.

A fina flor do Estado-Maior
Tem tudo do bom e do melhor.
Nós nunca iremos para a trincheiras,
Porque ali não tem champanhe de primeira.

Em vez de torradas com caviar,
Há morte heroica em todo lugar.

Comemos, e eles... o pato a pagar.
Bonito é pela pátria tombar.

E sabe qualquer garoto em fileira:
Só caímos com uma boa bebedeira.

De novo, Cadorna foi indulgente,
[:Contrastes assim só existem na frente!:]

(*Muda a cena.*)

CENA 8

Comando de uma divisão.

UM COMANDANTE: Excelência, precisamente esta operação estava fadada ao fracasso por falta de uma artilharia adequada. O inimigo organizou um verdadeiro tiro ao alvo contra as balsas lançadas e suas tripulações. Centenas de cadáveres afundaram naquele dia no rio San, e assim tivemos que desistir de forçar nossa passagem pelo rio. Estamos agora na mesma situação de antes.

IMPERIAL CAÇADOR DA MORTE*: Devemos resistir seja como for.

O COMANDANTE: Excelência, as tropas estão congelando nestes buracos gelados cheios de água subterrânea.

IMPERIAL CAÇADOR DA MORTE: Quantas baixas previstas?

O COMANDANTE: Quatro mil.

IMPERIAL CAÇADOR DA MORTE: As tropas devem ser sacrificadas conforme as ordens.

O COMANDANTE: Quando saírem de lá, vão atravessar a vau com neve até os joelhos e ainda por cima atacando uma posição inimiga situada a uma altura maior.

IMPERIAL CAÇADOR DA MORTE: Vocês não têm nenhum capelão para animar a tropa? A ofensiva não pode sofrer atrasos a nenhum preço!

O COMANDANTE: Excelência, tem neve para acabar com um regimento inteiro.

IMPERIAL CAÇADOR DA MORTE: Um regimento? Mas que diferença faz um regimento?!

O COMANDANTE: Os homens estão no meio da água com o estômago vazio. Lutam desesperados contra os violentos e incessantes ataques dos russos.

(*O Imperial Caçador da Morte é chamado ao telefone.*)

IMPERIAL CAÇADOR DA MORTE: O quê? Rendição ou reforços? Meu coronel, o senhor tem que resistir até o último homem, não tenho tropas disponíveis nem conheço a palavra retirada, custe o que custar! O quê? Quer um dia de descanso para secar as roupas? O que disse? Que seus pobres e valentes tiroleses foram abatidos e boiam na água? (*Berrando:*) É para isso que estão aí: para levar tiro! Ponto final!... Não tenho nada mais a dizer-lhe! As tropas devem resistir nas suas posições, é a minha carreira que está em jogo! (*Sai.*)

(*Muda a cena.*)

CENA 9

Numa divisão de reserva alemã.

UM CORONEL (*ditando*): ... E agora para encerrar a ordem do dia. Aviso: o senhor general Von Leitão recebeu de uma lavanderia masuriana, em Lötzen, três colarinhos brancos, da marca Maingau, tamanho 42, sem monograma, que não lhe pertencem. Faltam, portanto, três colarinhos brancos, tamanho 43, dois deles com o monograma V. L., e os três bordados com fio cinza na casa de trás. Solicita-se a troca. (*Muda a cena.*)

CENA 10

Três elegantes moças alemãs folheando uma revista de moda alemã.

PRIMEIRA MOÇA ELEGANTE: Olhem a referência 4.393, fantasia de seda modelo "sílfide com sinos", cor lilás. Saia esvoaçante com pontas; chapéu em forma de sino... esta cai bem no carnaval!

SEGUNDA MOÇA ELEGANTE: Prefiro a 4.389, fantasia "bateria de morteiros", de cetim liso com aplicações de morteiro;

chapéu em forma de morteiro... Esta me cai bem! E estamos justamente em pleno carnaval!

TERCEIRA MOÇA ELEGANTE: Façamos um esforço, um sacrifício. Vamos transformar uma fantasia em forma de sino em uma em forma de morteiro.

(*Muda a cena.*)

CENA 11

O Assinante e o Patriota.

O PATRIOTA: O que me diz do exagero com que os países inimigos avaliaram o motim de três, veja bem, apenas três marinheiros alemães?

O ASSINANTE: Isso merece uma só resposta: grande motim na frota inglesa.

O PATRIOTA: Onde, como?

O ASSINANTE: Em Spithead the Nore.

O PATRIOTA: Ora essa... um motim?

O ASSINANTE: E que motim! Motim nem é a melhor palavra! Atingiu quase toda a frota do almirante Duncan. Os amotinados bloquearam o Tâmisa com vinte e seis navios de guerra.

O PATRIOTA: Jura? Onde leu isso? Que motim foi esse?

O ASSINANTE: Um motim que parecia ser o prelúdio de uma revolução.

O PATRIOTA: Não me diga! Que revolução, que motim?

O ASSINANTE: Mas como que motim? Aquele que o distinto correspondente nos recorda!

O PATRIOTA: Ah, claro, é verdade... e quando foi isso?

O ASSINANTE: Nos últimos anos.

O PATRIOTA: Mas como assim, se não soubemos de nada? E agora vem à tona? Por favor, diga exatamente quando tudo isso aconteceu.

O ASSINANTE: Em 1797.

O PATRIOTA: Olha... que isso não é bem nos últimos anos!

O ASSINANTE: Como não? Nos últimos anos do século XVIII!

O PATRIOTA: Mas... de que nos serve isso agora?

O ASSINANTE: Ora... tem-se falado muito!

O PATRIOTA: Claro, e se ainda por cima é verdade! Sabe de uma coisa? Ficaria satisfeito se isso influenciasse o moral da Entente, especialmente se, por exemplo, na França...

O ASSINANTE: Tomara... Na França, acaba de estourar a Revolução Francesa!

O PATRIOTA: Não me diga... onde leu isso?!

(*Muda a cena.*)

CENA 12

Estação de mercadorias de Debreczin. Um vagão vigiado por guardas. Escrito a giz: 40 homens, 6 cavalos. Ao redor, um grupo de curiosos.*

UM GUARDA (*para a população*): Fora daqui!

PRIMEIRO-TENENTE PASSA PERNA: Há quanto tempo estão presos aí dentro?

TENENTE IRRITANTE: Há uma hora e meia mais ou menos.

PASSA PERNA: Então meia hora a mais! Quantos são?

IRRITANTE: Vinte.

PASSA PERNA: Quer dizer que ainda tem espaço para mais vinte! Estes cabras lá do front tem uma vida danada de boa.

IRRITANTE: Já mandei fazer a barba deles a seco e depois dar umas bofetadas. Se for proibido amarrá-los, sei o que vou fazer: vou metê-los dentro de uma guarita... e depois botar tanto arame farpado ao redor que o cara não vai ter outro remédio a não ser ficar de pé em sentido!

(*Muda a cena.*)

CENA 13

Repartição pública em Viena.

O FUNCIONÁRIO (*para uma pessoa de pé diante dele*): Bom, se o senhor quiser viajar para o campo... isso tem jeito, sim, basta prestar atenção ao seguinte regulamento, escuta só (*lê sublinhando algumas palavras de modo particularmente vivo, mas fazendo sem parar um movimento com o dedo indicador da mão direita que parece tirar toda a esperança*): "As pessoas que, em 1917, mudem temporariamente, ou seja, por um período mínimo de quatro semanas, para uma estação termal ou para um balneário ou para um lugar de veraneio devem, até o dia primeiro de junho, mediante o preenchimento de um formulário oficial, participar às autoridades locais da sua residência permanente seu nome, seu domicílio fixo, o local da estância de verão, o provável dia da chegada, o número de acompanhantes e a duração prevista da estada. Uma cópia exata desta participação deve ser enviada à repartição distrital do lugar de veraneio escolhido. Antes de viajar, as pessoas devem retirar o certificado de cancelamento do cartão de racionamento no escritório de expedição do mesmo e, ato contínuo, suspender imediatamente a compra daqueles alimentos de venda racionada no estabelecimento de costume mediante a apresentação do certificado de cancelamento do cartão de racionamento. O comerciante de alimentos racionados deve levar uma lista na qual se registrem o nome, o lugar de residência, o dia da partida e o número de acompanhantes das pessoas que deem baixa, bem como a quantidade de alimentos afetados por dita baixa. Esta lista deve ser entregue ao fim de cada semana na repartição encarregada de estabelecer os alimentos racionados. Na estância termal, balneário ou lugar de veraneio, as pessoas devem comparecer no escritório de expedição do cartão de racionamento apresentando o certificado de cancelamento do cartão de racionamento (*A pessoa desaparece.*) tanto na chegada quanto na saída. A entrega de tais cartões deve ser feita contra a apresentação do referido certificado autenticado pelos respectivos carimbos tanto no local de férias como na residência fixa depois do regresso. As autoridades políticas locais estão autorizadas a racionar a compra de alimentos por parte dos estrangeiros e, além disso, a regulamentar a entrega de comida nos estabelecimentos públicos das estâncias termais, balneários e lugares de veraneio. Os restaurantes só terão direito a uma entrega adicional de comida para poderem servir os clientes das estâncias termais e balneários bem como os veranistas em geral, se comprovarem o

aumento da demanda mediante a apresentação dos talões de racionamento recebidos dos seus usuários. Não haverá provisões especiais em caso de excursionistas que apenas visitem as estâncias termais, balneários ou lugares de veraneio por um breve período de tempo. As autoridades políticas locais estão ainda autorizadas a proibir aos visitantes das estâncias termais, balneários e lugares de veraneio a compra direta ao produtor de certos alimentos a fim de impedir o acúmulo dos mesmos". ... Tá vendo só, agora já sabe, agora pode... (*Levanta os olhos.*) Mas onde é que se enfiou? (*Procura no chão.*) Ei, espere o certificado de cancelamento do cartão de racionamento! (*Abanando a cabeça.*) Que homem estranho! Mas que atrevimento! (*Continua procurando. Depois levanta-se.*) Não conseguiu esperar. Se duvidar, já foi para o campo!
(*Muda a cena.*)

CENA 14

Cinema. No programa: Ah, Amália, o que você fez?*, *e um filme policial de sucesso:* Ninguém escapa de mim. *Os músicos tocam a música "Bonequinha, estrela dos meus olhos".**

O DIRETOR DE CINEMA (*entra em cena*): Agora com vocês a estreia do grande filme sobre o Somme. As cenas da terrível batalha no outono de 1916, que sepultou a grande esperança do inimigo, se desenrolam em três partes. Ressoa imponente a marcha, a perder de vista, dos reservistas alemães. As monstruosas máquinas de guerra modernas abrem suas bocas reluzentes, as armas mais temíveis de nossa era técnica entoam sua canção... Por sobre campos minados, obstáculos, ao longo de caminhos mortais prenhes de explosivos, até chegar à feroz luta corpo a corpo!... A granada de mão ceifa!... De trincheira em trincheira até a posição principal! A nossa artilharia respira fundo e semeia o terror nas reservas inimigas.

UMA VOZ FEMININA: Emil, fica quieto!

(*Muda a cena.*)

CENA 15

O Assinante e o Patriota.

O ASSINANTE: Então o que me diz dos boatos? Em Viena, correm boatos de que correm boatos na Áustria. Até andam de boca em boca, mas ninguém é capaz de nos dizer...

O PATRIOTA: Não se sabe nada ao certo, são só boatos, mas onde tem fumaça... se até o governo anunciou que existem boatos.

O ASSINANTE: O governo adverte expressamente que não se deve acreditar nos boatos, nem os espalhar, e convoca todos a participar o mais que possível e com energia na supressão de tais boatos. Eu faço o que posso. Aonde vou, pergunto: quem acredita nos boatos?

O PATRIOTA: Pois então, o governo húngaro também diz que em Budapeste existem boatos de que existem boatos na Hungria e também adverte.

O ASSINANTE: Em suma, parece mesmo que os boatos se espalham por todo o Império.

O PATRIOTA: Também acho. Sabe, se só soubéssemos através de boatos, tudo bem, mas o fato é que o governo austríaco os cita expressamente, igual o húngaro.

O ASSINANTE: Onde tem fumaça... Mas quem acredita nos boatos?

O PATRIOTA: Claro. Quando encontro algum conhecido, a primeira coisa que pergunto é se ouviu falar dos boatos. Se responde que não, digo que não acredite neles e, se for o caso, que os conteste imediatamente de maneira enérgica. É o mínimo que se pode exigir...

O ASSINANTE: Onde tem fumaça... de outro modo esses três deputados, sabe, os que sempre andam juntos, não teriam aparecido diante do primeiro-ministro para chamar sua atenção sobre os boatos que correm por aí.

O PATRIOTA: Tá vendo só? Mas o primeiro-ministro lhes disse estar a par desses boatos que correm por aí.

O ASSINANTE: Tá vendo só? Sabe o que é que eu acho? Cá entre nós... os boatos são sobre a ancestral... (*Tapa a boca com o jornal.*)

O PATRIOTA: Não me diga! Sei ainda mais. Quem espalha esses boatos quer envenenar a fé do povo em si mesmo!

O ASSINANTE: O quê? E até dizem que bem no início os boatos eram ouvidos em lugares muito diferentes ao mesmo tempo, razão pela qual...

O PATRIOTA: ... é legítimo supor que se trata de uma organização de boatos.

O ASSINANTE: É o que dizem! Mas, no final das contas, são apenas boatos, quem pode confirmá-los assim com tanta certeza... Faça-me o favor, ao mesmo tempo e em lugares distintos!

O PATRIOTA: Não diga. Sabe o que dizem? Parece que a propagação dos boatos é um sinal de que os inimigos tentam criar confusão entre nós. Mas se esforçam em vão!

O ASSINANTE: Já ouvi falar nisso. Dizem inclusive que os boatos pertencem ao arsenal dos nossos inimigos, que não poupam meios para abalar as estruturas do Império bem como para afrouxar os laços de amor e admiração que nos unem à ancestral... (*Tapa a boca com o jornal.*)

O PATRIOTA: Não me diga! Mas... vão ver só com quantos paus se faz uma canoa!

O ASSINANTE: Sabe do que mais?

O PATRIOTA: O quê...?

O ASSINANTE: Gostaria de saber se esses boatos são verdadeiros!

O PATRIOTA: Isso posso responder: não tem um pingo de verdade neles, e a melhor prova é que nem sequer se sabe que boatos são esses. Sabe do que mais?

O ASSINANTE: O quê...?

O PATRIOTA: Gostaria de saber que boatos são esses!

O ASSINANTE: Ora, mas que boatos poderiam ser?! Lindos boatos que andam de boca em boca, mas ninguém é capaz de nos dizer...

O PATRIOTA: Resumindo: dependemos dos boatos!

(Muda a cena.)

CENA 16

Um comando militar.

UM CAPITÃO (*dita lendo*): Confidencial!... Os prisioneiros de guerra que fugirem de seus postos de trabalho por causa de um motivo insignificante e que forem capturados serão punidos com no mínimo uma prisão às correntes por duas horas... (*Toca o telefone.*) O quê?... Ah, sim... Pois não... Vinte quilos de farinha de trigo fina... Claro, vou ver o que posso fazer... Até logo!... Então onde estávamos?

O SECRETÁRIO: ... com no mínimo uma prisão às correntes por duas horas...

O CAPITÃO: ... e uma vez cumprida a pena serão devolvidos imediatamente a seus antigos postos de trabalho. Os comandantes dos campos de prisioneiros de guerra devem tirar o prazer, na medida do possível, dos fugitivos capturados e devolvidos aos campos durante a sua permanência, aplicando todos os meios permitidos de punição bem como recrutando tais presos para os trabalhos mais penosos do campo. (*Toca o telefone.*) Que droga, o que foi agora?... Ah, sim... Pois não... Um certificado de dispensa do serviço militar... Cinco quilos de gordura... Diga pra ele que vou ver o que posso fazer... Anota tudo... Sim, escuta um momento, não se esqueça de lembrar o doutorzinho do jornal sobre as entradas para *Sangue de Hussardos*, escuta, liga pra ele... Vou voltar um pouco mais tarde... Tchau, meu bem!... Então onde estávamos?

O SECRETÁRIO: ... para os trabalhos...

O CAPITÃO: ... mais penosos... do campo. Observa-se que as penas de reclusão não são, em geral, as mais adequadas para diminuir os casos de fuga, a não ser que sejam aplicadas nos dias dedicados ao descanso ou considerados feriados, agravadas segundo o permitido... Pronto! Nossa, são quase quatro horas! Até amanhã e boa noite.
(*Muda a cena.*)

CENA 17

Ministério da Guerra.

UM CAPITÃO (*dita lendo*): Confidencial!... Tendo em vista que no decorrer dos próximos meses quase um milhão de prisioneiros de guerra russos abandonarão o Império Austro-húngaro e voltarão a seu país de origem, é de suma importância saber que recordações terão do tempo passado em nossa pátria. Portanto, uma intervenção de nossa parte no momento oportuno parece altamente desejável para mitigar as inúmeras e desfavoráveis impressões e experiências vividas no cativeiro e avivar e fortalecer, por sua vez, as mais amenas e agradáveis. Com o objetivo de conseguir uma impressão duradoura nos prisioneiros russos, a propaganda não poderá se limitar simplesmente à mera organização de conferências, antes terá que influir, na medida do possível, em todos os aspectos sobre os prisioneiros russos até o dia de sua evacuação definitiva. Ponto. Parágrafo. Como o convencimento só provém da mais profunda verdade, pode-se dizer de peito aberto aos russos de regresso ao lar o quão pouco nossa pátria austro-húngara quis a guerra e o quanto desejou a paz... e claro ressaltar que somos verdadeiros cordeirinhos...

O SECRETÁRIO: O quê? Cordeirinhos?...

UM CAPITÃO: Não, não escreva isso, não!... Então, que sempre desejou a paz, que lamenta sinceramente as dificuldades sem dúvida inerentes ao destino do cativeiro e que todas as injustiças sofridas pelos russos... espera!... não foram causadas por repulsa, menosprezo ou mesmo ódio ao povo russo, pelo contrário, senão única e exclusivamente pelas dificuldades acumuladas por conta da longa duração da guerra... Ponto, parágrafo! E agora chegamos ao *puncto puncti*. Economia: se, dadas as evidências, demonstrar-se que as enormes dificuldades provocadas em todo lugar devido ao prolongado estado de beligerância e agitação só podem ser superadas pelo emprego total de toda mão de obra disponível e, paralelamente, pela rápida adoção de um generoso intercâmbio comercial organizado capaz de expandir os limites dos Estados, os russos de regresso ao lar poderão compreender a necessidade imperiosa de uma rápida e incondicional retomada das relações comerciais com o Império.

O comandante do campo deverá visitar alternativamente os grupos de alojamento e entrar em contato direto com os prisioneiros russos. (*Com voz ardente:*) Deve utilizar as queixas relativas à alimentação e à roupa para demonstrar aos russos que a culpa é dos nossos inimigos no Ocidente e não nossa, que se pudéssemos, teríamos dado mais aos prisioneiros russos. Pois estes não são mais nossos inimigos. (*Com a voz ainda mais ardente:*) No fundo, nunca os consideramos nossos inimigos como demonstram várias guerras no passado em que russos e austro-húngaros valentes lutaram lado a lado. O comandante do campo deve ir às vezes à cozinha no momento da distribuição da carne ou do peixe. Deve interceptar um, dois ou quatro prisioneiros no instante...

O SECRETÁRIO: O que disse?

O CAPITÃO: ... interceptar no instante em que saem do ponto de distribuição com seus alimentos até as camas nos seus alojamentos. (*Com entusiasmo:*) Colocar a comida sobre a mesa, trazer uma balança e pesar a carne ou o peixe. Quanto mais gente, melhor. Em seguida, mandar trazer o livro de registro da carne e anotar o quanto se comprou hoje. Vinte e cinco por cento de ossos, vinte por cento de perdas durante o cozimento, o resto se divide pelo número de porções de alimento e (*ameaçando*) se faltar um grama da porção... por exemplo, se de duzentas porções de alimento forem roubados dois quilos de carne ou peixe... (*Duro:*) Quem foi? A comissão de alimentação, os cozinheiros, os oficiais encarregados da inspeção, vão ver só uma coisa! Ponto. Parágrafo. (*Com sentimento:*) Os corações russos vão bater mais forte cada vez que o coronel lhes der as últimas notícias da Rússia que acaba de ler na edição da manhã do jornal. (*Fazendo pose.*) Vão cumprimentá-lo eretos e obedientes...

UM ALFERES (*entra em cena*): Meu capitão, o coronel pede o informe sobre os prisioneiros de guerra russos.

O CAPITÃO: O decreto sobre a propaganda? Estou fazendo isso agora.

O ALFERES: Não é sobre a propaganda, é sobre os mortos de fome.

O CAPITÃO: Os mortos de fome? Onde voltou-se a morrer de fome? Temos o ato?

O ALFERES: É aquele caso de um russo que dormia com outros dois em uma cama e morreu de fome. Já estava podre quando o inspetor entrou no quarto. Os outros dois estavam tão sem força que nem sequer puderam se levantar para chamar.

O CAPITÃO: Um momentinho... pois diga ao senhor coronel que daqui a pouco vou dar uma olhada nas correspondências que chegaram hoje, pois agora mesmo estou muito ocupado com a propaganda, sabe como é, tentando reduzir as impressões desfavoráveis entre os prisioneiros de guerra e reatar as relações comerciais, para que depois os russos nos mandem alimentos ao voltarem para casa.

(*Muda a cena.*)

CENA 18

Governo da província de Brünn.

O GOVERNADOR: Tenho uma ideia! (*Para o secretário:*) Escreva: uma das lições mais importantes que podemos tirar desta guerra mundial sanguinária e dos sacrifícios impostos a todo povo é, sem dúvida, a relevância de educar nossa juventude a partir da escola primária no espírito do patriotismo, de insuflá-la com o conhecimento e com o amor à pátria no sentido mais estrito e mais amplo da palavra e de plantar esse germe nas almas juvenis para o desenvolvimento das extraordinárias qualidades viris, as quais hão de capacitar nossos jovens a serem fervorosos patriotas, animados pelo amor e pela lealdade à legítima casa reinante...

(*Muda a cena.*)

CENA 19

Kragujevac. Tribunal militar.*

O JUIZ MILITAR (*gritando para fora*): Vão pro inferno! (*Para o secretário:*) As três sentenças de morte já foram passadas a limpo? As dos três rapazes de Karlova* que andavam armados.

O SECRETÁRIO: Sim, senhor, mas (*hesitante*)... gostaria de chamar sua atenção para um detalhezinho... é que descobri... que só têm dezoito anos.

O JUIZ MILITAR: E daí? O que quer dizer com isso?

O SECRETÁRIO: É que... sendo assim... segundo o Código Penal Militar não podem ser executados... a sentença tem que... ser modificada para prisão...

O JUIZ MILITAR: Me dá isso aqui! (*Lê.*) Hum... Nesse caso, o que vamos mudar não é a sentença é a idade. São mesmo uns garotões robustos. (*Molha a pena no tinteiro.*) Vamos escrever vinte e um em vez de dezoito. (*Escreve.*) Pronto, agora podem enforcá-los à vontade.

(*Muda a cena.*)

CENA 20

Delegacia de polícia.

O DELEGADO: Ah, ah! Mais uma dessas putas sifilíticas! E ainda por cima infestada de piolho!

O GUARDA: Essa aí, conheço bem. Tem uma condenação por furto e já foi em cana por vagabundagem. E inclusive passou também pelo hospital.

O DELEGADO: Quantos anos tem? Onde está a sua família?

A MOÇA DE DEZESSETE ANOS: Meu pai foi convocado, e minha mãe morreu.

O DELEGADO: Então desde quando anda na vida?

A MOÇA DE DEZESSETE ANOS: Desde 1914.

(*Muda a cena.*)

CENA 21

Um local noturno em Berlim.

UMA VOZ QUE BERRA (*dos bastidores*):

A cerveja barata é uma invenção
Das mais corriqueiras!
Se entornas de montão,
Dá caganeira!

Traz mais da Burgeff-Grün*, seus filhos da puta! Fica aqui, Friedinha, minha putinha... Vamos ver se aguenta ficar um minutinho sentadinha... Ei, vocês, seus traidores da pátria... vamos ver... todos para a batalha do Somme, caralho!

FRIEDA BOAZUDA (*cospe na careca dele*): Ei, o tio não tá vendo não... (*Vai até a frente do palco.*)

(*Sally Felinowisky, exportação, Frankfurt am Oder, dá uns tapinhas nas costas do advogado Krotoschiner II.*)

SALLY: O que foi mesmo que o Nietzsche disse? "Se vai atrás das mulheres, então não se esqueça do chicote!"*

KROTOSCHINER II: Você conhece a Dolorosa*?

SALLY: Não. Aquela ali não é a Hertha Furada do Palais de Dança, na rua Kant, 15, e da Kurfürst, lá no raio que o parta?

KROTOSCHINER II: Tá maluco?! Ao contrário, é a Gerda Mosquito, do Cassino Linden, na rua Leibniz, 59, e da Lützoo, lá onde Judas perdeu as botas. Telefone, água quente, elevador, um banheiro por apartamento, alto nível! Tratam a gente a pão de ló!

SALLY: Isso mesmo, uma das moças mais bonitas hoje em dia em Berlim... Sabe quem está sentado do lado dela? É o vida mansa do Mannheimer, um conquistador... Tem uma lábia!

(*A banda toca a canção "Ah, boneca, não seja tão fria!"*.*)

FRIEDA BOAZUDA (*passa e diz para Sally*): Ei, não seja tão frio... O que vocês dois tão fazendo aí sentados, tão chochos? Ei, ânimo... (*A Krotoschiner II:*) E aí, boneco? Velho de óculos!

KROTOSCHINER II: Ei, gostosa, vem cá!

FRIEDA BOAZUDA: Nada disso, fica na sua... Sabe, aquele jovem barão, o pomerânio, sempre de chapéu vermelho, tá olhando pra cá... outra vez... Ei, você, me dá uma dessas bebidas marrons que minha vontade é de bater no Hindenburch. (*Vai para trás.*)

UMA VOZ QUE BERRA:

E o mais bonito deste assuntinho:
A repartição de roupa do governo
(Frieda canta junto com ele:)

Só nos dá por ano um shortinho...
Todos para o inferno!

(*Muda a cena.*)

CENA 22

Assembleia geral de guerra da união social-democrata da gigantesca zona eleitoral de Teltow-Beskow-Storkow-Charlottenburg na grande Berlim.

COMPANHEIRO SCHLIEFKE (TELTOW): ... Na qualidade de orador oficial da assembleia geral da guerra do partido social-democrata da gigantesca zona eleitoral Teltow-Beskow-Storkow-Charlottenburg na área metropolitana de Berlim, resumo o seguinte: o fato de os sociais-democratas prussianos terem aceitado o convite do ministro do Interior Imperial e de o imperador ter participado de tal reunião não fere os princípios sociais-democratas. O companheiro David também agiu corretamente ao aceitar o convite do príncipe herdeiro. A social-democracia é um partido revolucionário (*Gritos de "Êê!".*)... por isso está obrigado, se assim as novas circunstâncias exigirem, a romper com as velhas tradições...

UMA INTERRUPÇÃO: Com as tradições da corte?

SCHLIEFKE: ... quero dizer: com as próprias tradições! Temos que revolucionar em nossas próprias fileiras, porque é um partido revolucionário até o último fio de cabelo.

(*Intensa demonstração de apoio.*)

(*Muda a cena.*)

CENA 23

Em uma aldeia de Postabitz.*

UMA MULHER (*sentada à mesa escrevendo*):

Meu mui amado marido,

escrevo estas poucas linhas para contar que cometi um pecado, mas a culpa não é minha, mui estimado marido. Tenho certeza que vai me perdoar o que vou contar. Estou grávida de outro homem. Sei que é bom e vai me perdoar tudo. Ele é que me convenceu contando que não ia mais voltar da guerra e me pegou em um momento de fraqueza. Sabe como é, a fraqueza feminina, e o melhor é perdoar, é uma coisa que já passou. Também pensei que alguma coisa tinha acontecido com você, três meses sem notícias suas. Levei um susto daqueles quando a sua carta chegou, e ainda estava vivo. Fico feliz por sua causa, mas perdoa-me, querido Franz, pode ser que a criança morra, e então fique tudo bem. Já não gosto mais deste fulano, pois sei que você está vivo. Aqui tudo está caríssimo, ainda bem que está longe, pelo menos no front tem comida de graça. O dinheiro que mandou muito me ajuda. A sua inesquecível mulher o abraça,

Anna.

(*Muda a cena.*)

CENA 24

Uma ruela. Debaixo de um portal, um soldado com duas medalhas no peito. A boina cobre grande parte do seu rosto. A seu lado, sua filha pequena, que o guia, se abaixa para pegar um toco de cigarro na calçada, metendo-o no bolso. No pátio da casa, um inválido com um realejo.

O SOLDADO: Já está bom. (*Tira um cachimbo do bolso, e a menina enche-o com o tabaco dos tocos de cigarro.*)

UM TENENTE (*que passa, vira-se e em tom ríspido*): Não está vendo?

O SOLDADO: Não.

O TENENTE: O quê?... Ah...

(*Afasta-se. O soldado, guiado pela criança, segue na direção contrária. O realejo toca a marcha "Viva os Habsburgo"*.*)

(*Muda a cena.*)

CENA 25

Alto Comando do Exército.

UM MAJOR (*para outro*): No front, a gente só se chateia. De novo mais um destes malditos relatórios, que a gente nem sabe o que fazer. Se mando para o Waldstätten*, vira uma onça, se não mando, dá no mesmo. Então o que é que a gente faz? Olha só: "A melhora do rancho tornou-se urgente em muitos regimentos para manter os homens em boa forma física. O peso médio dos homens em uma divisão é de cinquenta quilos". Viu só?... E mais isso: "Qualquer desertor na retaguarda, mesmo que tenha de viver escondido na floresta, pode alimentar-se melhor do que o soldado no front". Desertor! Como alguém consegue escrever uma coisa assim! "No que se refere ao vestuário, em muitos casos já não existe mais um uniforme completo, pois faltam ou a camisa ou as ceroulas ou os dois. Um usa camisa sem mangas, outro sem as costas, um terceiro tem apenas metade das ceroulas ou fragmentos de trapos nos pés. Os doentes de malária têm que esperar nus até que seus trapos sejam lavados e fiquem secos." Trapos! Mas que tom é esse que o front emprega com a gente! Como se fôssemos os responsáveis! Era só o que faltava! "Em um regimento, um terço dos homens não tem casaco. No front, acontece de existirem sentinelas com capacete e com casaco, mas sem as calças." Ah, deve ser engraçado. "Numa situação assim, não se pode falar do sentimento de honra do soldado, a simples dignidade humana foi ferida." Veja bem, não tem necessidade de fazer drama. Mas que tom! Esta gente do front não conhece nem os férreos imperativos da guerra nem o modo de tratar com o Alto Comando. É como se a gente tivesse começado a guerra! É cada coisa que as pessoas metem na cabeça! Escuta só: "Para levantar o moral, seria recomendável enviar os membros mais jovens da augusta Casa Imperial às tropas de combate e aos setores mais difíceis do front". Tenha santa paciência... Só me faltava essa: ofender a Casa Imperial! Não, meu caro senhor, não vamos levantar o moral a esse preço... vamos levantá-la de outra maneira! Isso é puro derrotismo... enviar os membros da ancestral Casa Imperial para o front! Aonde vamos parar?

O OUTRO MAJOR: Mas por que está tão nervoso? Acha mesmo que iam?

(*Muda a cena.*)

CENA 26

Após a ofensiva de inverno nas Sete Comunas. Campo de treinamento na retaguarda. Os restos de um regimento com os soldados reduzidos a pele e osso. Com os uniformes esfarrapados, os sapatos furados e a roupa de baixo imunda parecem, à primeira vista, um monte de mendigos doentes e maltrapilhos. Levantam-se cansados, exercitam o manejo das armas e treinam saudações militares.*

PRIMEIRO CORRESPONDENTE DE GUERRA: Como vão ficar contentes ao saber que o comandante supremo, que a esta altura deve estar com suas valentes tropas no front, se digna a visitar este vitorioso regimento.

SEGUNDO CORRESPONDENTE DE GUERRA: Ainda continua no front, em Gries perto de Bolzano, mas logo vai chegar. Parece que já sabem.

UM SOLDADO (*a outro*): Agora o filho da puta aparece!

SEGUNDO SOLDADO: No front, ninguém vê ele nem pintado de ouro!

PRIMEIRO CORRESPONDENTE DE GUERRA: O imperador goza de confiança cega entre os soldados.

SEGUNDO CORRESPONDENTE DE GUERRA: Basta que ele lhes sorria para os bravos ficarem contentes.

UM CAPITÃO: Mas que diabo, um pouco mais de simpatia, Sua

Majestade não demora a chegar! Claro, licença... seria bom, não? Acham que só porque estão aqui para se recuperar vão ter licença? Que merda! Sua Majestade vem inspecionar seu glorioso regimento, ou seja, ninguém pode faltar, bando de filhos da puta!

PRIMEIRO CORRESPONDENTE DE GUERRA: Olha só que interessante o que está acontecendo agora. Estão trocando de roupa, um uniforme novo dos pés à cabeça.

SEGUNDO CORRESPONDENTE DE GUERRA: E o que vai acontecer com os trapos velhos?

O PRIMEIRO: Vão ser devolvidos quando o imperador tiver ido embora.

O SEGUNDO: Olha lá: o que será que estão fazendo?

O PRIMEIRO: Ora, mas é claro, estão trocando as posições. Os homens com mais medalhas e com melhor aspecto vão para a primeira fila.

O SEGUNDO: Isso eu estou vendo, mas o que estão pondo na cara?

O PRIMEIRO: Pondo na cara? Não sabe, ignorante? Estão esfregando neve na cara para que todos fiquem com uma aparência saudável, inclusive os doentes.

O SEGUNDO: Que ideia genial! Olha só como já parecem radiantes! Mas o que está acontecendo agora? Estão distribuindo alguma coisa.

O PRIMEIRO: Postais com o retrato do imperador. Em troca, recebem só metade do pão.

O SEGUNDO: Com certeza há aqueles que estão contentes com a troca, os bravos!... Meu Deus, os carros... Não está ouvindo?

(*Alguns carros chegam. Deles saem figuras rechonchudas, dentre elas uma mais franzina, envolta em um grosso casaco de pele com grandes protetores de orelhas. Apenas se distinguem os lábios protuberantes.*)

O PRIMEIRO: Finalmente a oportunidade de presenciar a cena: o comandante supremo no front inspecionando as tropas que acabaram de regressar de uma vitoriosa batalha e conversando com o mais simples dos soldados.

O SEGUNDO: Tem uma personalidade cativante. Olha como conquista de imediato os corações.

O PRIMEIRO: Está eletrizando.

O SEGUNDO: Se a gente conseguisse ouvir o que está dizendo! Mas o que é que ele tá dizendo?

O PRIMEIRO: Nada. Está sorrindo.

(*Ouve-se agora, homem após homem, pelotão após pelotão, em intervalos regulares de cinco segundos: "Aha! Magnífico" ou "Aha! Muito bem!" ou "Aha! Estupendo!" ou "Aha! Continue assim!". Tudo dura por volta de duas horas. Despedida dos oficiais. Os carros partem.*)

O CAPITÃO (*aos soldados*): O que vocês viveram hoje é algo que, se quiserem, poderão contar a seus filhos e netos! Mas agora a ordem é outra: avante! Para novas batalhas e vitórias! E sobretudo... tirem rapidinho os novos uniformes!

PRIMEIRO CORRESPONDENTE DE GUERRA: Mas pra quê? Olha que não é nenhuma brincadeira com vinte e oito graus abaixo de zero!

SEGUNDO CORRESPONDENTE DE GUERRA: Não falei? Faz tempo que ando por aqui com este trabalho! A minha área é o teatro... Vou falar com o comandante da divisão para ver como é que ficou a história do teatro do front. Ele gostou da ideia.

O PRIMEIRO: Teatro do front? Mas se estão até tirando a maquiagem!

(*Muda a cena.*)

CENA 27

Palácio Imperial. Serviço de Imprensa.

CAPITÃO WERKMANN* (*ditando*): Estimada Redação: me fariam um grande favor se publicassem, se possível na íntegra, o relatório nada extenso, emitido hoje sobre as inspeções das tropas realizadas por Sua Majestade. Gostaria de sublinhar particularmente a descrição das homenagens feitas a Sua Majestade. Eu mesmo fui testemunha destas homenagens realmente grandiosas e em nada exagero no meu relatório. Peço-lhes aceitar de antemão meu mais sincero agradecimento. Seu fiel...

(*Muda a cena.*)

CENA 28

Sede do Alto Comando do Exército. Local de diversão. Membros do Estado-Maior, que se beneficiou com a guerra, e mulheres circulando. A orquestra toca "Príncipe Eugen: o nobre cavaleiro", "Quando o último bonde azul passar, o esperto Gent se perde em um bar"* e "Guarda do Reno".*

Em uma mesa à direita, Kohn, um contrabandista vienense, com uma moça no colo e, atrás dele, um grupo de garçons que vai anotando os seus pedidos. Em uma mesa à esquerda, um gordo miserável, contrabandista berlinense, com uma moça no colo e, atrás dele, um grupo de garçons que vai anotando seus pedidos. No centro, uma mesa com membros do Estado-Maior e mulheres.

A cena tem mais ou menos o tom da seguinte melodia:

UM OFICIAL BÊBADO DO ESTADO-MAIOR (*contido por seus colegas, dá um murro na mesa*):

O front, dizem, é penoso!
Quando escuto isso, fico furioso.
Contudo, um verdadeiro patriota,
Caralho, a fome não nota.
Aqui nada nos faltará.
Eternamente a Áustria existirá.
Eternamente um Habsburgo o tron...

CORO DOS GARÇONS:

Saindo um Heidsieck para o senhor Von Kohn!*

A MOÇA DA DIREITA:

Por que esta cara feia, rapaz?

KOHN:

Você ri... Amanhã podemos ter paz!

O OFICIAL BÊBADO DO ESTADO-MAIOR:

Vê se não cria confusão!

A CANTORA (*dando um murro na mão de um oficial do Estado-Maior*):

Vem... experimenta... vinte quilos de farinha para pão!

O DONO (*para o garçom da direita*):

Anda, cobra logo do militar!
É para qualquer um honra sem par.

(*Para o garçom da esquerda:*)

Se não andasse tão mal,
Mas é e será sempre um oficial.
Não deixe escapar o senhor Kohn!

O OFICIAL BÊBADO DO ESTADO-MAIOR:

Defendemos e caímos pelos Habsburgo e seu tron...

(*Cai embaixo da mesa.*)

A EMPREGADA DO LAVABO E OS EMPREGADOS DO GUARDA-ROUPA:

Defendemos e caímos pelos Habsburgo e seu trono.

O GORDO MISERÁVEL (*para a moça sentada no seu colo*):

Nonada... A Hindenburch direi!
E, que vocês, vienenses, andam mal, confirmarei.
Caralho, que escarcéu!

A MOÇA DA ESQUERDA:

Ei, não quer um beijinho ao léu?

OFICIAIS DO ESTADO-MAIOR:

Levanta, porra... estão tocando a "Marcha do Príncipe Eugen!"

O OFICIAL BÊBADO DO ESTADO-MAIOR (*debaixo da mesa*):

Eternamente Áustria existi...

A EMPREGADA DO LAVABO E OS EMPREGADOS DO GUARDA-ROUPA:

Sim, eternamente Áustria existirá.

O GORDO MISERÁVEL:

Tolinhos, vai tudo ladeira abaixo.
Austríacos, uns covardaços.
Cacete, irmãos, faz tempo
Falta um bom regulamento.

A MOÇA DA ESQUERDA:

Ei, meu bem, não leve tão a sério!

O GORDO MISERÁVEL:

Uma fracassada não tem mistério!
Estamos grandes e pequenos

Preocupados, mas confiantes!
A conta, garçom... para este instante!

A MOÇA DA ESQUERDA:

Para, seu miserável!

A MOÇA DA DIREITA:

Durante o ano todo, sem cessar,
Penso só no caviar.
Por isso não saio com qualquer autoridade...

KOHN:

Puxa, que novidade!

O GORDO MISERÁVEL (*querendo ir embora*):

Estou desde ontem lá
E ainda não fui ao Aoka!*
Ei, mais energia...
Que ainda tenho a entrega do dia!
E se continuo aqui perdendo tempo,
Ao triunfo, chegarei a destempo.
Mas agora o que desejar:
Uma linda vienense encontrar.

A MOÇA DA ESQUERDA (*acenando para os garçons*):

Ei, meu bem, não é verdade que é rico?

CORO DOS GARÇONS:

Outro Heidsieck saindo!

(*Enchendo os copos.*)

O DONO E OS GARÇONS:

Mas o melhor é... que aqui é estrangeiro...
Vamos raspar até o seu cueiro.

KOHN:

Eu pago, mas não posso aguentar
Você pra qualquer um piscar!

A MOÇA DA DIREITA:

Que culpa tenho... O oficial
Olha pra mim... A principal!

KOHN:

Não quero me aporrinhar
Nem com os oficiais brigar!

UM OFICIAL DO ESTADO-MAIOR:

Mesmo com a derrota não haverá aflição,
Para o exército, fica a distinção.
Se ganharem — luta é luta...
Me arranjo com a cantora, esta puta!

CORO DOS OFICIAS DO ESTADO-MAIOR:

Aqui nada nos acontecerá,
Eternamente Áustria existirá.
Da lama nos tirarão
Os alemães irmãos.
Garçom, rápido, vem servir-me!

O GORDO MISERÁVEL:

A Guarda do Reno, sempre firme!

(*Muda a cena.*)

CENA 29

Bad Gastein. O Assinante e o Patriota.*

O ASSINANTE: Estou convencido de que com a ampliação da aliança...

O PATRIOTA: Não tenho dúvidas de que então a redução do ódio...

O ASSINANTE: Provavelmente com o aprofundamento da aliança...

O PATRIOTA: Acredito que assim um aumento dos preços...

O ASSINANTE: Sem dúvida, a redução dos preços...

O PATRIOTA: Parece que, em compensação, um aumento do ódio...

O ASSINANTE: No entanto, creio que um aumento dos preços...

O PATRIOTA: Sendo assim, na minha opinião, um aprofundamento do ódio...

O ASSINANTE: Provavelmente com um aumento da aliança...

O PATRIOTA: Parece que assim uma ampliação do ódio...

O ASSINANTE: Por outro lado estou convencido de que com a redução da aliança...

O PATRIOTA: ... se conseguiria, sem grande dificuldade, um aprofundamento dos preços.

(*Muda a cena.*)

CENA 30

Campo de batalha perto de Saarburg.*

CAPITÃO CARNE DE PESCOÇO: Tal como afirma a propaganda tendenciosa dos nossos inimigos: nossos rapazes sempre hesitam. Embora saibam faz tempo que o general Glória

Ambulante, numa reunião sobre a situação militar, deu ordens expressas de liquidar à coronhada ou com o revólver os prisioneiros de guerra, feridos ou não, e de matar a tiros os feridos no campo de batalha.

MAJOR CARNICEIRO: Glória Ambulante age de acordo com a antiga divisa do nosso comandante supremo: sem perdão, sem prisioneiros! Além disso, Sua Majestade deu ordem de afundar os barcos-hospitais. Conclusão: nós que combatemos em terra não podemos ficar para trás!

CARNE DE PESCOÇO: Transmiti à companhia, um a um, a ordem da brigada sobre a liquidação dos prisioneiros de guerra. Mas os garotos continuam hesitando.

CARNICEIRO: Isso é o que vamos ver, eis aqui uma oportunidade. (*Dá um pontapé em um suboficial francês aparentemente morto.*) Ora, ora, ainda consegue abrir os olhos. (*Chama dois soldados. Estes hesitam.*) Não conhecem a ordem da brigada? (*Os soldados disparam.*) Ali tem um agachado... até parece que está bebendo café! (*Chama um soldado.*) Ei, Carne de Pescoço, resolve logo este assunto enquanto vou ver como andam as coisas lá nas minhas bandas. (*Sai de cena. O ferido cai de joelhos diante de Carne de Pescoço e ergue as mãos em súplica.*)

CARNE DE PESCOÇO (*para o soldado, que hesita*): Não serão feitos prisioneiros!

O SOLDADO: Mas se acabei de vendá-lo e de dar de beber, meu capitão...!

CARNE DE PESCOÇO: Em compensação, ele vai pagar arrancando seus olhos e cortando sua garganta. (*O soldado hesita. Carne de Pescoço com raiva:*) Eles atiram por todos os lados. Atiram das árvores como se fôssemos pardais, disse o general. Quero todos mortos a tiro, disse o general. Será que vou ter que fazer até isso? Hoje foram vinte mortos, e você ainda com escrúpulo? É alemão ou não é? Vai pagar por isso! Mas será possível que sempre sou eu que preciso resolver tudo por aqui, seus cagões? Olha só... veja como se faz! (*Mata com um tiro o ferido ajoelhado.*)

(*Muda a cena.*)

CENA 31

Perto de Verdun. Prisioneiros alemães em fila. Suboficiais franceses dão socos, chicotadas e coronhadas. Aqueles são obrigados a continuar andando. Feridos, caem exaustos. De um deles jorra sangue do nariz e da boca. Após passar o cortejo, aparece o general Glória Seja Feita. Acena e faz desfilar diante dele os oficiais prisioneiros. Um oficial francês dá uma chicotada nas coxas de um deles.*

GENERAL GLÓRIA SEJA FEITA (*para um capitão*): Muitos prisioneiros! Os meus *nettoyeurs** andam dormindo no ponto. Um Roland Campbell nos faz falta, este ás no uso da baioneta. Sua eloquência falando dos métodos de ataque para trespassar o fígado, os olhos e os rins do inimigo faz gelar o sangue da juventude. Só podemos confiar nos nossos africanos. Suas mochilas cheias de orelhas e cabeças cortadas, das quais falam os relatos mentirosos dos boches, são troféus irrefutáveis. Não podemos ficar para trás das nossas tropas de apoio. (*Sai de cena.*)

CAPITÃO MÁQUINA DE MASSACRE: Nunca conseguimos agradá-lo.

CORONEL AÇOUGUEIRO: Como assim? Poucos prisioneiros? Vinte? Achei que você tivesse uma companhia inteira!

MÁQUINA DE MASSACRE: E tinha. Mas o restante esticou as botas lá embaixo na trincheira. Dei ordem ao meu pessoal de acabar com cento e oitenta à baioneta. Os valentes rapazes hesitaram, claro, mas ameacei-os dizendo que não iam ter mais mordomia e então foi um Deus nos acuda de cortar gargantas e de arrancar as tripas.

AÇOUGUEIRO (*indignado*): Cento e oitenta? É muita gente! Até mesmo para o general seria demais! Aconselho a não falar do assunto, se não quiser arriscar ser cortado da lista da Legião de Honra.

MÁQUINA DE MASSACRE (*em tom de orgulho*): Ao contrário, meu coronel, creio que dentro de alguns dias estarei usando a cruz da Legião de Honra! E depois vou receber o regimento da Córsega. Meus feitos me abrem o caminho, e minha meta será o início da *gloire*.

(*Muda a cena.*)

QUINTO ATO

CENA 1

Esquina da Sirk. Tempo úmido e frio. Chove. O rebanho de carneiros olha fixamente em silêncio. Os mortos e os feridos formam fileiras.

VOZ DE UM JORNALEIRO: Olha o *Aabeeend**! Olha o *Aachtuhrblaaad**!

UM OFICIAL (*para três outros*): Oi, Nowotny, oi, Pokorny, oi, Powolny, ei, você, que manja tanto de política, o que acha da Bulgária?

O SEGUNDO OFICIAL (*de bengala*): Sabe o que acho? Que é melhor não ligar!

O TERCEIRO: Pois é... claro.

O QUARTO: Inclusive é a minha opinião... ontem fui à farra...!

VOZ DE UM JORNALEIRO: A Eenteentee procura a paaz!

O TERCEIRO: Que dia mais sem graça hoje.

O PRIMEIRO: Sabe o que o senhor Arrastando Guerra Fiel disse hoje no Ministério da Guerra? Que nos aproximamos do gigante com passos de paz... ou será que não foi isso? Talvez seja: que nos aproximamos da paz com passos de gigante. Será verdade? Otimista, não?

O SEGUNDO: Diria pessimista.

O PRIMEIRO: Concordo. E sabe do que mais? Disse que na Turquia tem um homem doente e que em breve seremos os próximos. Como assim?

O SEGUNDO: Está se referindo à situação atual etc.

O PRIMEIRO: Ah, bom.

O TERCEIRO: Hoje não tem moças.

O SEGUNDO: O Gatuno vem hoje.

JORNALEIRO: Extraaa! Sangreeento combate na luta corpo a corpooo...

O FRESCO (*a um acompanhante*): Sabe esse negócio de fazer a barba, é que tenho a pele tão sensível.

(*Passam homens grisalhos marchando. Ouve-se a canção: "... na pátria, na pátria vamos nos rever...".*)

(*Ouve-se a voz de um cocheiro: "Na guerra, cobro cinquenta vezes mais!".*)

(*Turi e Ludi entram em cena.*)

TURI: Ei, Ludi, o Rudi Nyári só toca no Café Lurion?

(*Saem.*)

GATUNO (*entra em cena*): Oi para todos!

O PRIMEIRO: Viva o herói!

TODOS: Viva o herói!

GATUNO: Mas por que herói? Peguem outro pra Cristo.

UMA FLORISTA: Violetas!

O QUARTO: O quê? Como foi isso? Tá feliz? Vem, explica essa história!

O PRIMEIRO: Vem com a gente, Gatuno...

O SEGUNDO: E lá no front?

GATUNO: Legal.

O TERCEIRO (*absorto*): Quase não se vê mais ninguém rodando a bolsinha.

O PRIMEIRO: Como assim?

GATUNO: Vamos levando.

(*Dois homens com uma das pernas amputada metidos em uniformes esfarrapados atravessam o caminho.*)

O SEGUNDO: Vamos embora, aqui está cheio de vadios!

(*Saem.*)

VOZ DE UM JORNALEIRO: Extraaa...! Milhões de baixas da Eenteentee!

UMA VOZ SUSSURRANTE: Vem cá, vou contar uma coisa.

(*Silêncio. De repente, ouve-se um grito como um trovão: "Vivaaa!". Depois: "Sleezaak*...!". O grito parece vir da região do prédio da ópera. Ouve-se a porta de um carro batendo. Depois, silêncio.*)

(*Muda a cena.*)

CENA 2

Perto de Udine. Entram dois generais por lados opostos, cada qual num carro carregado até o teto.*

O PRIMEIRO GENERAL: Esta é a minha última viagem. Já não tem mais nada para levar.

O SEGUNDO GENERAL: É, já não tem mais nada para levar.

O PRIMEIRO: Que pena, um país tão rico!

O SEGUNDO: Esses alemães...!

O PRIMEIRO: Nos passaram a perna outra vez.

O SEGUNDO: Esses alemães...!

O PRIMEIRO: Pois é, devemos reconhecer que práticos eles são, embora a gente morra de inveja. Têm oficiais para dividir o saque, é tudo organizado. Inclusive com transportes coletivos. E a gente aqui juntando tudo a conta-gotas.

O SEGUNDO: Pois é, como são organizados. Assim que chegaram a Udine, dividiram-na logo em Udine S e Udine N. Em Udine S, havia seda, ou seja, ficou tudo para os alemães.

O PRIMEIRO: Em Udine N, não tinha nadica de nada, ou seja, sobrou pra gente.

O SEGUNDO: E ainda por cima nem deixam a gente cruzar a linha demarcatória.

O PRIMEIRO: Triste.

O SEGUNDO: Muito triste.

O PRIMEIRO: Os comerciantes de seda alemães chegaram antes da nossa investida.

O SEGUNDO: E os oficias de saque alemães são mais rápidos do que a tuberculose galopante na nossa terra. É de tirar o chapéu!

O PRIMEIRO: Mas os nossos conseguiram, pelo menos, pegar o vinho. E até hoje ainda não desapareceu.

O SEGUNDO: É, os nossos conseguiram desaparecer com o vinho. Foi uma verdadeira morte à russa.

O PRIMEIRO: Conseguiu alguma coisa? Umas coisinhas sem dono?

O SEGUNDO: Nada de mais, umas lembrancinhas do front, coisas em péssimo estado de conservação, estragadas, sem importância.

O PRIMEIRO: Hoje confisquei três tapetes, trinta quilos de arroz, um pouco de carne, dois sacos de café, três tapetes de porta e quatro retratos de santos, bem pintados, naturais!

O SEGUNDO: E eu hoje um gramofone, vinte quilos de macarrão, um pouco de cobre, cinco quilos de queijo, duas dúzias de latas de sardinha e alguns quadros a óleo! Adeus. (*Arranca.*)

O PRIMEIRO: Adeus... Estou vendo um infante nosso no campo carregando uma cesta de milho! Alto lá, roubando? (*Desce do carro e dá-lhe uma bofetada.*)

(*Muda a cena.*)

CENA 3

Circo Busch em Berlim. Comício de massas pela paz alemã.*

PASTOR PEITO CHEIO DE AR (*esticando o braço*): ... A oeste: Longwy* e Briey! E nada de devolver a costa flamenga! (*Aplausos ensurdecedores.*) A leste, a célebre linha fortificada, que nunca mais vai permitir que a Prússia oriental seja ameaçada, deve ficar, portanto, em nossas mãos seja como for! (*Aplausos intensos.*) Não vamos devolver nem a Curlândia* nem partes da Lituânia! (*Aplausos estrondosos.*) Além disso, precisamos de um grande império colonial na África! (*Aplausos ensurdecedores.*) Para garantir isso, precisamos de bases para nossa Marinha! Uma condição indispensável é a expulsão da Inglaterra do Mediterrâneo, de Gibraltar, Malta, Chipre, Egito e de suas novas conquistas no Mediterrâneo! Além disso...
(*Muda a cena.*)

CENA 4

Em uma escola primária. Algumas carteiras estão vazias. As crianças sobreviventes estão subnutridas. Todas vestem roupa de papel.

O PROFESSOR ZEHETBAUER: ... Não deem ouvidos aos boatos que correm por aí e não deixem de contestá-los. O plano vil do inimigo consiste em semear a confusão entre vocês, mas não vão conseguir. Não prestem atenção às insinuações a respeito de que não seremos capazes de resistir até o final glorioso e de que reina a fome em nosso país. Quem senão os inimigos é o culpado pela fome? Inclusive andam envenenando nossos poços... (*Um menino levanta a mão.*) O que quer, Gasselseder?

GASSELSEDER: Professor, quer dizer então que a gente não pode beber nada?

O PROFESSOR: Senta! É um bobo mesmo, não estou falando em sentido figurado, mas, sim, literal. O inimigo, incapaz de vencer no campo de batalha, procura nos enfraquecer na retaguarda. Por isso, não deem ouvidos aos boatos! Esforcem-se com todas as suas forças para sufocá-los! Eles fazem parte do arsenal dos nossos inimigos... (*Um menino levanta a mão.*) O que quer, Anderle?

ANDERLE: Professor, quer dizer então que nossos inimigos também têm um arsenal?

O PROFESSOR: É claro que têm, mas a única coisa que existe nele são boatos, e não poupam meios de minar as estruturas da monarquia e de afrouxar os laços de amor e admiração que nos unem à ancestral Casa Imperial. Kotzlik, você está perturbando, repita o que acabei de dizer.

KOTZLIK: Os inimigos... os inimigos... minaram o arsenal... e a gente não nota o amor... da ancestral prisão...

O PROFESSOR: Senta aí, seu malandro! Tenho certeza que vai acabar na forca quando de fato começar a ganhar o teu pão de cada dia. Senta aí, seu inútil! Os demais, aguentem firmes. Que o guerreiro de ferro sirva de exemplo neste sentido. Este autêntico símbolo parece construído para a eternidade, enquanto a águia bicéfala dos Habsburgo continuar a voar sobre nossas cabeças. Acreditem, vão até lá, com a permissão de seus pais ou tutores, e cravem rapidamente quantos pregos puderem. No caminho, não deem ouvidos às insinuações. De bom grado suportemos as provações a nós impostas pela pátria, enquanto a luta ainda não estiver definida e continua com seus altos e baixos. Merores, você está falando sem que ninguém tenha perguntado nada, e isso é sinal de que a disciplina anda relaxada graças às intrigas dos inimigos. Não gostaria de admitir que estão a serviço da propaganda inimiga, cuja antena atinge todo o lugar, mas devo dizer que um tal comportamento me parece muito suspeito, sobretudo agora que estamos à espera da iminente decisão final. O que vai acontecer se esmorecerem? O inimigo vai invadir nossa pátria, e, ai de vocês, suas irmãs e noivas, ai de vocês, seus pais e tutores! (*Um menino levanta a mão.*) O que quer, Sukfüll?

SUKFÜLL: Professor, meu pai me disse que já passou da hora de os estrangeiros virem!

O PROFESSOR: Claro que não! O trato com o estrangeiro é uma plantinha muito delicada que tem de ser bem cuidada! Vocês querem que venham os carcamanos?

A TURMA: Sim, queremos comer!

O PROFESSOR: Psiu! Que vergonha! O que vai pensar de vocês o saudoso e augusto monarca, cuja imagem outrora os contemplava do alto? Por certo não imaginou que a derrota seria o resultado, quando se viu obrigado a começar uma guerra defensiva provocada de má-fé e a desembainhar a espada contra forças superiores. E você, Zitterer, o que quer?

ZITTERER: Professor, a paz!

(*Muda a cena.*)

CENA 5

No escritório regional de turismo.

O REDATOR: ... para pedir algumas declarações sobre como será o turismo depois da guerra, ou seja, se já existem planos a respeito.

O FUNCIONÁRIO: Claro.

O REDATOR: O Adriático vai continuar em nossas mãos?

O FUNCIONÁRIO: Sem dúvida.

O REDATOR: Que atrações podemos oferecer aos estrangeiros que nos visitem depois da guerra? Ou melhor, que outras atrações, que alternativas podemos oferecer tendo em vista a quantidade de monumentos destruídos pela guerra? Com toda razão, seu prognóstico em relação ao Adriático é favorável. Mas que outras coisas podemos oferecer além disso?

O FUNCIONÁRIO: Além disso, as regiões alpinas, com suas magníficas recordações da guerra, vão constituir uma atração adicional para os turistas da Europa Central.

O REDATOR: Concretamente, em que tipo de recordações da guerra vocês estão pensando?

O FUNCIONÁRIO: Temos a esperança de que a piedosa visita dos túmulos dos heróis e dos cemitérios dos soldados terá como consequência um intenso movimento turístico. Precisamente neste ponto, pedimos a valiosa colaboração da imprensa, pois nossa tarefa consiste em extrair de cada época as atrações que ela mesma oferece, e os túmulos dos mortos em combate parecem feitos sob medida para ver com otimismo um incremento do turismo.

(*Muda a cena.*)

CENA 6

Um café na Ring. De tarde. Gente em pé e sentada, uma fauna de figuras metidas em discussões calorosas. A conversa gira em torno dos temas mais diversos, como o arroz, o açúcar, o couro, além das apostas feitas para as corridas de cavalo. Alguém desembala um quadro pintado a óleo, outro mostra um anel de brilhantes para um grupo que o admira com entusiasmo. Dentre os comerciantes existem também pessoas de uniforme; um tenente, por exemplo, está dando conselhos a um gigantesco agente comercial. Entre eles, dispersas, há mulheres, e garçons servindo as mesas. Vendedores de programas de corrida. Contrabandistas passam. O ambiente está cheio de cifras e podridão.

Quem entra é recebido por uma enorme gritaria na qual a princípio apenas alguns sons inarticulados são percebidos; em seguida, gritos agonizantes semelhantes a alaridos, berros, assobios na maior parte assertivos e proferidos todos eles nas mais diversas tonalidades. Prestando atenção, pode-se discerni-los com maior precisão.

GRITARIA: Diz pra mim!... Sim, disse a ele!... Então tá dito entre nós!... Eu disse!... Diga!... O que quer que te diga?... Então digo!... Não me diga!... Ele disse!... O que me diz dele?... Vou dizer uma coisa!... O que devo dizer?... Disse!

MAMUTE: Ei... psiu... tem chocolate?

UM GARÇOM: Desde a semana passada, tá proibido.

MAMUTE: Nunca consigo nada mesmo. Nada... nada, ok. Mas nadica de nada? (*A seu vizinho:*) Então como ia dizendo, por isso fui declarado inapto hoje.

ESQUILO: E dê graças a Deus a cada manhã.

MORSA: ... não conta comigo. Não aposto nem em Hindenburg nem no cavalo de corrida Primadonna. Olha, vou dizer em quem aposto: Doberdo*!...

MARMOTA: ... não tem mais preocupações, se abastece sozinho. Olha, sou íntimo do cara do milho lá da Oezeg*, ou seja, fui à Miag* e disse pra ele: sou eu, o Marmota...

RINOCERONTE: ... quem dá ouvidos a boatos? Não vou perder a cabeça por causa de uns boatos! Por quê? Porque, segundo dizem, a *Presse* participa de algumas negociações de paz. Bobagem! Tenho certeza, o negócio vai ser um estouro!...

ANTA: ... o que quer de mim? Por acaso sou o Ludendorff*?...

CHACAL: ... o que quer do Cervo? Não dou nem um centavo furado para um homem que prestou o serviço militar sem armas! Tinha que ter visto a recepção que me deram no Ministério da Guerra, que festa! Não digo mais nada!...

IGUANA: ... liras, quantas quiserem!...

CROCODILO: ... sem o carimbo de exportação nem pensar... Isso digo eu, Julius Crocodilo!...

BABUÍNO: ... Albânia? Não tem importância, uma guerra de gorilas!...

CONDOR: ... nos fiamos neles! Já ganhava dinheiro quando você nasceu! Se tivesse me escutado ao telefone há cinco minutos... palavra: oitenta quilates a cinquenta mil! Disponível na hora em Viena! Vai com tudo no açúcar que com as vendas não tem sorte!...

LEÃO: ... pode-se continuar existindo assim?...

CERVO: ... grito todo dia com a minha mulher...

LOBO: ... rasgaram a minha edição da tarde! Mas com certeza não é verdade!...

PASSAMANEIRO: ... sei lá! Burian* tá atento para ver se há paz!...

BARRIGUDO: Psiu... um chocolate... não... me traz um...

MALDADE: ... o brilhante tá entre irmãos...

VOZES DE PESSOAS ENTRANDO PRECIPITADAMENTE: Mas tenho certeza de que não é verdade!... Como o sol que nos alumia, sei de fontes seguras que é a pura verdade!... E se disser que não é verdade?... Mas digo com todas as letras que sim, é verdade, e ponto final!... Vem, aposto o que for que não é verdade!...

(*Alguém rouba um casaco de pele. Grande alvoroço.*)

VIRTUOSO: Mas quem precisa de um casaco de peles a essa altura do campeonato?

COLCHEIRO: Perguntem ao Mamute!

MAMUTE (*agonizando*): Teria dois vagões a mais...

MASTODONTE: ... gordura? Onde consigo gordura? Querem colocar minha cabeça a prêmio...?

LADRÃO: ... os preços tão malucos. Vou dizer uma coisa... tem que ir de uniforme, aí, sim, vai conseguir!...

EXCELENTE: ... sabe do que mais? Vou romper com o sabão e colocar retrós de linha na lista das perdas...

BENÉVOLO: ... ficou famoso! Com certeza, já deve ter seus milhões! O quer que diga? Um artigo de primeira linha!...

SINCERO: ... é a pura verdade, palavra de honra, mostrou a assinatura do Ticiano no quadro e disse: uma pechincha! Mas quando mais tarde provei a ele que não podia ser um autêntico Ticiano, me disse sem mais nem menos: olha só, eu não tava lá quando Ticiano o pintou! É isso que chamam de negócio?

CONSTANTE: ... se ele não garante a autenticidade do Ticiano...

ÚTIL: ... é para arrancar os cabelos, agora digo logo que deu o Ticiano em troca de quatro cavalos de corrida, mas como?

A EMPREGADA DO LAVABO (*gritando da sala*): Telefone para o senhor Polaquinho!

(*Polaquinho corre.*)

DIVERTIDO: Viu só...? Corre atrás dele...

(*Entra em cena um inválido tremendo. Sua cabeça treme sem parar. É retirado.*)

(*No fundo, está sentado um velho contrabandista, agachado e alquebrado. Os amigos o socorrem. Uma mulher apoia a mão em seu ombro. Uma garota fala com ele. Curiosos se aproximam.*)

UM AMIGO: Mas...! Não pode ser verdade!

OUTRO AMIGO: Ei... não sei o que pensar de você... acho que... é um cara estranho...!

O VELHO CONTRABANDISTA (*gemendo*): Me deixem... me deixem... eu sei... sou um azarado... meu Deus... meu Deus... uma vez na vida... mas o que aconteceu?... Tenho Schkoda*... tenho Schkoda.

A MULHER: Bernaad... se recomponha, homem de Deus... quem garante que é verdade... ficou maníaco por causa da guerra...

A FILHA: Não o deixe mais nervoso... todo mundo entra aqui...!

A MULHER: Meu Deus... seu coração!

O VELHO CONTRABANDISTA: Me deixe... me deixe... o coração... a edição da tarde... tenho Schkoda...

A FILHA: Olha como o Weitzner ficou contente... quer se aproveitar de você...! Tio, diz para ele ir embora... o papai fica nervoso só de vê-lo!

O TIO: Desculpe... não podemos impedir que um cliente... em um local público...

A MULHER: Sentimos sua falta!

O AMIGO: Moldauer... você... acho... olha, é um homem inteligente... a verdade é que não entendo você...

O VELHO CONTRABANDISTA: Mas... é verdade... eu sei... meu Deus... tenho Schkoda...

O OUTRO AMIGO: Aposto que não é verdade... então o que vamos apostar?... Vou fazer um bom negócio... e vai ficar feliz quando me pagar...!

(*O velho contrabandista irrompe em um soluço convulsivo. Todos o cercam com rostos deformados pelo medo.*)

UM JOVEM AGIOTA (*abrindo caminho*): Tem vagões...? Quantos?? Esclareço logo que estou disposto a ...

O TIO: Sai daqui, seu descarado!

O VELHO CONTRABANDISTA (*choramingando*): ... Schkoda...

O GERENTE (*entra em cena*): O que foi...? O que é que o senhor Moldauer tem...?

O AMIGO: Nada... um velhaco entrou feito uma flecha e disse... que soube... justo ele... sabe!

O GERENTE: Sim... e daí? Meu Deus, parece que morreu! O que aconteceu...?

O AMIGO: Nada... as pessoas falam... e ele acredita piamente.

O GERENTE: Bom... mas o que as pessoas falam?

O AMIGO: Ora...! Da paz!

(*Muda a cena.*)

CENA 7

Trem na Suíça. Duas gigantescas esferas de gordura, cujas formas indescritíveis não podem ser traçadas tendo em vista dimensões humanas, estão sentadas, ocupando um banco inteiro. Uma, vestindo calças esportivas de inverno e meias cano alto, deixa à mostra duas massas carnudas bem distintas entre si; tem imensas bochechas azuladas e um bigode recortado, que brilha debaixo de olhos parecidos com a lua, como um bosquezinho negro, deixando transparecer duas protuberâncias vermelhas. O outro ser veste um abrigo de inverno puído; é o sócio em visita. Não tem pescoço, apenas um queixo quádruplo faz a transição entre a esfera do corpo e a da cabeça, é todo um conjunto desmembrado e tem o aspecto de um porco-espinho. Ambos carregam bengalas de montanha; e um deles está acompanhado da esposa, sentada à sua frente, a qual usa um broche com a inscrição "Deus castigue a Inglaterra". São os gigantes Gog & Magog. Ao fundo, uma magnífica paisagem com neve e céu azul.*

GOG: O que ainda gostaria de ter são uns quadros bonitos. Não precisa ser nenhum Rembrandt ou Böcklin*...

MAGOG: Eu já tenho uns cem.

GOG: Um quadro bonito é algo bonito, não é mesmo? Não é verdade, Elzinha? Vem cá, me dá um beijo. (*Beija-a.*)

MAGOG (*depois de uma pausa*): Quem não ficou rico com esta guerra não merece ter um centavo.

GOG: Isso mesmo.

MAGOG: Agora me dedico às iluminuras, de preferência às do século XVI, e também aos gobelinos, às caixas, aos livros de brasões, enfim, essas quinquilharias me divertem. Em geral, na medida do possível, procuro adquirir cultura antiga.

GOG: E o que aconteceu com seus livros? Sua coleção foi formada por um dos mais refinados bibliófilos que temos agora no Reich...

MAGOG: É verdade, compramos tudo quando existe agora em edições numeradas em papel feito à mão. Em breve, não vai sobrar mais nada. Inclusive antes de deixar Berlim, comprei livros por sessenta mil marquinhos, com capa de couro e tudo. Prefiro as impressões Enschedé en Zonen* feitas à mão com papel Van Geldern. Aliás, papel tem que ser feito à mão.

GOG (*dá uma olhada no jornal*): O que acha? Agência de Notícias Wolff... "60.000 quilos de bombas em 24 horas! Toda Dunquerque em chamas! Estupenda operação de nossos esquadrões de bombardeio. Seu efeito foi até mesmo sentido na fortaleza de Londres."

MAGOG: A coisa no Ocidente já está resolvida.

GOG: Deve ser uma sensação e tanto, um avião de combate assim! A gente só entende isso após a leitura do nosso Richthofen* publicado pela Ullstein! Como acabou com as ferrovias russas... deve ser mesmo uma sensação e tanto, ter tudo a seus pés e destruí-lo... como um rei, carregado de bombas, como um Deus!

MAGOG: E os submarinos nem são feitos de papelão!

GOG: Claro que não. (*Dá uma olhada no jornal*). O que acha? Agência de Notícias Wolff... "Apenas alguns conseguem imaginar a façanha submarina que significa afundar estes 16 navios a vapor entre ontem e hoje."

MAGOG: Nossos meninos em azul conseguem.

GOG: Preste bem atenção! O grande canhão vai dar uma lição nessa gente! O estrondoso ataque à igreja outro dia, assim no meio dos festejos, caralho, eles vão ter que se esconder direitinho!

MAGOG: Você vai ver só que a Inglaterra vai cair de joelhos daqui a dois meses. No máximo, três. E ponto final.

GOG: Olha só... é sempre a mesma coisa! Sempre o mesmo pacote de negociação! Reuter nos acusa de nos desviarmos de um acordo claro e sério baseado nos princípios de uma futura ordem jurídica. Já ouviu alguma lorota maior que esta?

MAGOG: Ordem jurídica? Para isso temos gás!

ELZINHA (*apontando a janela*): Olha só isso, amorzinho...!

GOG: Claro. Enquanto a vontade destrutiva de nossos inimigos continuar intacta...

MAGOG: Ah, não enche meu saco com as pobres mentiras da Entente. Sempre com seu blá-blá-blá sobre a paz negociada e coisa e tal!

GOG: Tô por aqui com isso!

MAGOG: Exatamente!

GOG: Em breve, não vão aguentar mais. A coisa é simples assim: com o extraordinário golpe em Brest-Litowsk* liberamos uma massa enorme de tropas. Bom, quando a Rússia cair, todo o resto vem junto. Então é quando a cobra vai fumar pra eles. Vão ver só o que é bom pra tosse!

MAGOG: De qualquer maneira, ainda temos a Bélgica como garantia. Precisamos de boas bases marítima e aérea, do ultramar e, claro, bacias minerais. Sem mencionar todo o resto que precisamos. Sempre falo... paciência e trabalho! Os garotos vão ficar boquiabertos quando os berlinenses entrarem de supetão em Bagdá. E ainda por cima de trem!

GOG (*olhando pela janela*): O quê? Falta pouco?... Merda, a locomotiva ficou sem combustível?... Não pode ser!...

MAGOG: E o que acho dos nossos bravos compatriotas em

Lugano? Sim, senhor, arrancaram na marra os cônsules inimigos do hotel. O dono teve que dar o braço a torcer.

GOG: Pena que não são muitos assim. Temos que limpar a Suíça! Outro dia no trem para Zurique, um cara falando em francês! Arrumei um barraco que não pode imaginar e disse na cara dele que a neutralidade existe aqui. E a Elzinha? Em uma confeitaria em Berna insistiu para que a vendedora dissesse nata em vez de creme. A nata tinha acabado, mas não importa. Elzinha não cedeu um milímetro. Não é isso, Elzinha? Vem cá, me dá um beijo. (*Beija-a.*)

ELZINHA: Sim, amor da minha vida.

MAGOG: Que pena que são apenas casos isolados. Nossa embaixada deveria intervir com muito mais energia. De fato, fazemos muito pouco para conquistar a simpatia dos neutros.

GOG: Nossa propaganda fracassou. Claro que de vez em quando deixam cair uma bomba aqui, outra acolá... mas a informação é uma porcaria.

MAGOG: E ainda por cima tem todo este final para resolver... pagaremos caro por isso. Depois da guerra seremos de fato temidos como vencedores, mas para isso deveríamos começar a sondar o terreno e a tentar sermos um pouquinho mais populares.

GOG: Ah, as coisas não mudariam tanto assim.

MAGOG: O que acha? Qual vai ser a diferença entre a época antes da guerra e a de depois da guerra... assim por alto?

GOG: Muito simples. Antes da guerra trabalhávamos das oito até as sete horas; depois, das sete até as oito.

MAGOG: Claro, claro. A cobiça britânica...

GOG: ... nos impôs esta guerra.

MAGOG: Cuidado com o que diz! O estrangeiro é um fator que não pode ser desprezado! A desconstrução do ódio... isso, sim, é o que uma propaganda digna do nome deveria almejar. Embora suem sangue, não importa... as pessoas não podem esquecer que somos o povo de Goethe!

(*No compartimento ao lado, ouve-se uma canção francesa.*)

GOG: Que caras de pau! Em um país neutro! Vão ver só uma coisa com a gente!

(*Canta o hino nacional alemão. Magog e Elzinha se juntam ao canto. Param de cantar a música francesa no outro compartimento.*)

MAGOG: Bom... chegamos!

(*Saem rolando do compartimento.*)

GOG (*depois de descer do trem*): O que me diz deste sol e deste céu?

MAGOG: Fantástico! E a neve também vale quanto pesa!

GOG: E a geleira não é nada mal!

MAGOG: Não, e o ar...!

GOG: E aqui não precisamos de máscaras de gás! Ah... isso, sim, é um bronzear saudável...! Por fim, a Alemanha tem seu lugar ao sol! Isso é bom! Bom! (*Quase cantando.*) Não vão con-se-guir! O quê, Elzinha? Feliz que seu amorzinho não teve que defender a pátria?

ELZINHA: Sim, meu Siegfridzinho.

(*Quando o grupo se movimenta, por um instante tem-se a impressão de que existe uma gigantesca mancha negra que brilha sob as cores branca e azul cobrindo o universo.*)

(*Muda a cena.*)

CENA 8

A três mil metros de altitude.

O ALFERES (*meio dormindo*): Quatro anos... meu Deus, meu Deus, para que... tudo... isso... Helene... ai... onde... está...

(*Schalek entra em cena.*)

SCHALEK: Vem cá, o que está sentindo, pensando agora? Alguma coisa você tem que... (*Salva de bateria.*)

(*Muda a cena.*)

CENA 9

Uma rua deserta. Anoitece. De repente, precipitam-se figuras por todos os lados, cada uma delas com um maço de papel impresso. Ofegantes, correm para cima e para baixo pela rua, esbravejando. Parecem apregoar um assassinato. Os gritos são ininteligíveis. Algumas parecem dar a notícia literalmente com um gemido. Soa como se estivessem arrancando a dor da humanidade do fundo do poço.

... peciaal...! ção speciaal...! dição ciaal...! cobertura compleeeta...! tuuura...! pleeta...! extraaa...! ex traaa...! traaa...! ciaaal... aal...!

(*Desaparecem. A rua fica deserta.*)

(*Muda a cena.*)

CENA 10

Resmungão à escrivaninha. Ouve-se lá fora, bem ao longe, o grito: "... ciaaal!".

São cinco horas. A resposta é esta. O que me chega da criação devastada nada mais é do que o eco da minha sangrenta loucura, um som com que dez milhões de mortos me acusam de eu ainda estar vivo; eu, que tive olhos para ver assim o mundo, eu, cujo olhar acertou nele de tal modo que se converteu naquilo que via. Não foi por terem tido de morrer... não, terem tido de viver assim transforma em pecado todo o sono e toda a morte na cama do futuro. Não é a morte de vocês... mas a sua vida que quero vingar naqueles que lhes impuseram este fardo! Dei-lhes a forma de sombras que eles são e que mentindo quiseram transformar em aparência! Arranquei-lhes a carne! Mas dei corpo aos pensamentos da sua estupidez, aos sentimentos da sua maldade, ao ritmo terrível da sua insignificância, e deixo-os se moverem. Se a voz desta época tivesse sido gravada por um fonógrafo, a verdade exterior teria desmentido a interior, e o ouvido não teria reconhecido nem uma nem outra. Assim, o tempo torna irreconhecível a essência e concederia anistia ao maior dos crimes jamais cometido sob o sol, sob as estrelas. Preservei essa essência, e meu ouvido descobriu o som dos feitos, meus olhos, o gesto dos discursos, a minha voz, limitando-se a repetir, citou-os de tal modo que a tônica dominante ficou registrada para todo sempre.

E deixem que eu conte ao mundo, ainda ignorante,
Como tudo isto aconteceu. Ouvirão

Atos cruéis, sangrentos, monstruosos,
Juízos de acaso, cegos assassinatos,
Mortes pela astúcia e pela violência
E planos falidos, que por descuido
Caíram sobre a cabeça de seus autores. Isto tudo eu posso
Narrar com verdade.

E se os tempos não ouvissem mais, um ser que está acima deles seria capaz de ouvir! Nada mais fiz do que abreviar esta quantidade mortífera que, em sua incomensurabilidade, invocaria a vicissitude da época e dos jornais. Todo o seu sangue afinal não era mais do que tinta... pois agora se escreverá com sangue! Esta é a guerra mundial. Este é o meu manifesto. Ponderei sobre tudo detidamente. Assumi a tragédia que se desdobra nas cenas da humanidade em decomposição, para que a escutasse o espírito disposto a apiedar-se das vítimas, mesmo que ele próprio tivesse renunciado para sempre à ligação com o ouvido humano. Ele que receba a tônica dominante desta época, o eco da minha loucura sangrenta, que me torna cúmplice destes ruídos. Ele que a aceite como redenção!

(*Muda a cena.*)

CENA 11

Festim no posto de comando de um corpo do exército. A parede da sala virada para o público está ocupada de ponta a ponta pelo quadro monumental: A grande época*. *Servem carne de porco à vontade. Os músicos tocam: "O velho Noé bem sabia que para o peito nem todo xale aquecia"*. O banquete se aproxima do fim. Os oficiais dos exércitos aliados brindam. Ao longe, ouve-se o troar dos canhões. Um tenente hussardo arremessa um copo de champanhe contra a parede.*

O CORONEL PRUSSIANO (*ao lado do general, cantarolando e movendo a cabeça*): O velho Noé já bem sabia... Saúde!

O GENERAL (*levanta-se sob um coro de "viva!", bate no copo*): Meus senhores... bem... depois que nosso corpo de oficiais... superou... um cerco singular de quatro anos de duração... portanto, contra o poder superior de todo um mundo... deposito, pois, a confiança no meu Estado-Maior... porque estou convencido... de que continuaremos... destemidos... tanto quanto possível... resistindo. Nossos heroicos soldados... esses valentes... curtidos pelas batalhas... vão ao encontro de novas vitórias... não vacilaremos... conseguiremos derrotar o inimigo... ferido profundamente... onde quer que esteja... e o dia de hoje... o dia de hoje, meus senhores... será para sempre um marco... na história das nossas gloriosas Forças Armadas. (*Gritos de "viva!".*)... Força e avante! De vocês, porém, a quem compete a mais árdua tarefa neste combate ímpar... bem como de nossas tropas leais na penúria e na morte, obrigadas ao infatigável cumprimento do dever... portanto, espero de todos vocês... que cumpram desinteressadamente com o seu dever até o último suspiro dos homens e dos cavalos! Aqui estamos todos nós, cada um... cada um se mostra à altura... em seu posto para resistir... ali mesmo... onde nosso dever colocou o soldado... e o serviço de Sua Majestade nos colocou a nós (*Gritos de "viva!".*)... como compete a oficiais de carreira! Nesta hora, lembramos os nossos entes queridos na pátria... que estão distante e pensam em nós com fidelidade. E em especial as mães que deram o exemplo... ao sacrificarem com alegria, é evidente, seus filhos no altar da pátria! Em suma... não é fácil organizar todas as ideias neste momento... pois elas têm que estar todas voltadas para o mesmo fim. Trata-se... e pronuncio esta palavra com plena consciência do seu alcance... trata-se de vencer! Vencer, meus senhores... sabem o que isso significa? É a escolha que resta ao soldado... do contrário terá de morrer coberto de glória! Sendo assim... quero reprimir o pensamento... de que vocês, meus senhores... em vista disso e tendo em conta de que é preciso manter um contato mais estreito e cordial com eles... ou seja, os soldados... para diminuir na medida do possível o risco pessoal... portanto... de que vocês se sacrifiquem. (*Gritos de "viva!".*) Oh! Oh! Não tem quem possa com o nosso material humano! (*Gritos de "bravo!".*)... E nós que somos sangue do seu sangue, espírito do seu espírito... não, mil vezes não!... o oficial partilha os sentimentos do homem comum, do homem simples, que hoje em dia é o bastião no qual o inimigo vai rachar a cabeça... ao descobrir que somos osso duro de roer! E podem dizer o que quiserem, esses escrevinhadores... não se pode generalizar! (*Dá um murro na mesa.*)... Acham que podem? (*Gritos de "não!".*) Esses escrevinhadores... claro que não estou me referindo aos dois correspondentes de guerra que hoje nos deram a honra... e sabemos melhor do que ninguém o quanto as Forças Armadas têm a agradecer a uma notícia bem dada... a imprensa... que em cumprimento de seu supremo dever patriótico levanta o moral da retaguarda... sempre será bem recebida aqui! (*Gritos de "bravo!".*) Não estou me referindo a estes senhores e espero que os senhores não se sintam atingidos... pois sabemos apreciar na medida do possível esta atividade de alto interesse público. (*Gritos de "bravo!". Os correspondentes de guerra se inclinam.*) Estou me referindo a... esses anarquistas e derrotistas... que semeiam discórdia e que, espalhando boatos, contribuem para divulgá-los! Esses são os elementos subversivos! Essa é a gente que primeiro agita e depois intriga. E agora pergunto-lhes, senhores... precisamos disso? (*Gritos de "não!".*) No meu corpo de oficiais... onde todas as nações estão pacificamente representadas... temos no nosso Estado-Maior oficiais alemães e boêmios, poloneses e croatas, romenos e de confissão mosaica... Pois bem, até agora ninguém se queixou! É sempre a mesma história... nacionalidades para cá, nacionalidades para lá. Pergunto-lhes, meus senhores, por acaso se nota alguma coisa? Portanto... é como digo... o diabo não é tão feio quanto o pintam. Pelo menos entre nós! Mostrem então aos nossos aliados, que com orgulho recebemos hoje aqui ao redor da nossa mesa... (*Gritos de "viva!".*)... como reina entre nós uma perfeita harmonia! Cada qual ocupa seu lugar... sem mais considerações... pois todos nós sabemos por que e para que temos que resistir, todas as nacionalidades sem exceção, todos nós que aqui estamos, nesta guerra defensiva que nos impuseram, nesta guerra da raça germânica contra a eslava! (*Gritos de "viva!".*) Nossas armas neste combate sem precedentes se chamam confiança e disciplina! (*Gritos de "bravo!".*) Oh, sim, insisto na disciplina... mas, atenção, tem que ser de ferro! E todos nós... temos algo a dizer a respeito. O que essa gente quer mais? Viver para sempre? Não é o momento, meus senhores, para tais paixões... a pátria está em perigo, mas se Deus quiser... sairá desta guerra mundial tal qual fênix das cinzas! Agora é preciso resistir! (*Gritos de "bravo!".*) Meus senhores... acho isso abominável e ao menor sinal intervenho com rigor! Disciplina... os senhores sabem por acaso o que isso significa? Disciplina significa disciplina militar! É a autoridade... o pão nosso de cada dia para o soldado! Se a minam, então acabou-se a brincadeira! Se dependesse de mim, a censura deveria tomar medidas drásticas e enforcar toda essa gente! (*Gritos de "bravo!".*) *Auditor et altera parte!* Ou seja... não podemos permitir que surjam tais correntes subversivas... porque podem acabar minando o moral da tropa! Quem de nós não se recorda das façanhas extraordinárias com que nossas sempre experientes e destemidas tropas nos precederam... depois de, fiéis a nossas ordens, nos terem seguido na tempestade e no perigo! E de fato... os oficiais do Estado-Maior, tantas vezes sacrificados, assumiram sempre a responsabilidade de acordo com os planos e os executaram também de modo incomparável! Por acaso não conseguimos também belos feitos? Feitos que continuarão vivos nos anais das nossas Forças Armadas, quando nós mesmos um dia tivermos tombado cobertos de glória. A verdade, meus senhores, é que ninguém facilitou as coisas para nós. Estamos cercados de inimigos por todos os lados, e permanecemos fazendo frente a uma superioridade numérica! Vitória após vitória, meus senhores! Quem teria imaginado isso há quatro anos, quando marchamos rumo ao desconhecido para esmagar a Sérvia... de acordo com os planos e no compasso da "Marcha do Príncipe Eugen"! (*Vivas.*) E por acaso não conseguimos? Não esmagamos a Sérvia, meus senhores? Esmagamos! (*Vivas.*) Meus senhores... vivemos grandes tempos, e os inestimáveis frutos para nossa pátria ainda estão crescendo... seu prestígio no mundo... e sobretudo devemos agradecer a este banho de aço a horripilante elevação espiritual a que presenciamos. Por acaso isso é pouca coisa? Agora apenas um passo nos separa dos louros da vitória que, invencíveis, conseguiremos! Por isso digo — e isso vale tanto para o oficial quanto para o soldado raso — ânimo e sangue-frio, meus senhores! É disso que se trata em última instância... não esqueçam! Os senhores sabem por que estamos aqui! A serviço de Sua Majestade (*Vivas.*)... nosso Magnânimo Imperador (*Vivas.*)... a quem todos devem dar o melhor de si apesar do sofrimento e da morte que surgem durante tantos ataques, perigos e empresas de toda sorte, tal como compete a um valente guerreiro! (*Vivas.*) Que Deus continue a nos ajudar! Brindo à saúde dos nossos todo-poderosos aliados...

que vemos aqui do nosso lado, ombro a ombro, para o bem e para o mal, em sinal de sólida união germânica, experimentada nas batalhas! (*Vivas e hurras.*) Viva Sua Majestade, o Imperador Alemão, e Sua Majestade, nosso Comandante Supremo, nosso Magnânimo Imperador e Rei, assim como a Augusta Casa Imperial... Viva! Viva! Viva! (*Vivas e hurras ensurdecedores. Todos brindam. O general se senta.*)... Olha lá, o que é que estão servindo?

O ORDENANÇA: Às ordens, Excelência, granadas de mão.

O GENERAL (*se acabando de rir*): São bolas de sorvete... aqui a gente chama de granadas de mão! Então, pelo amor de Deus, que venham as granadas de mão!

O CORONEL PRUSSIANO: Que venham as granadas de mão!... Caramba, vocês, austríacos, são mesmo uns caras estranhos! Outro dia tivemos sopa carniceiro, depois pastel matança com linguiça de sangue (*risos*) e, para finalizar, torpedos com creme de leite. (*Canta:*)

Ninguém recebe melhor os convidados
Do que nós!
Matamos com frenesi...
E sempre alegremente!

(*Hurras e vivas. Risos.*)

O GENERAL: À saúde do submarino alemão!

(*Vivas e hurras. Brindes.*)

O CORONEL PRUSSIANO: Excelência, não sou homem de muitas palavras e para fazer um brinde... já sinto falta delas. Para isso... o seu vinho húngaro é bom demais. (*Risos.*) Mas ainda estou em condições de dizer... que suas palavras também tocaram este meu coração alemão! Onde falta a disciplina, as coisas só podem desandar. A frouxidão moral que reina entre vocês, austríacos, na sua retaguarda, até poderia também fazer cambalear infalivelmente o front...

(*Um capitão caiu embaixo da mesa. Agitação.*)

O GENERAL: A culpa é desses escrevinhadores! Mas o que é que querem, porra?... Somos mesmos uns verdadeiros cordeirinhos!

O CORONEL PRUSSIANO: Não, não. A choradeira de vocês em busca da paz foi uma falta de respeito. Pecaram contra si mesmos. E, agora, este espírito também ameaça contaminar o seu front.

O GENERAL: Tá ouvindo? Tem que ter disciplina e mais nada!

O CORONEL PRUSSIANO: Ludendorff tem plena confiança em você, Excelência.

O GENERAL: Muito gentil da parte dele. Oh, sim, tenho o material humano sob controle... mas também tenho sob controle os oficiais!

O CORONEL PRUSSIANO: Parece... que vai fazer calor hoje.

O GENERAL (*secando o suor da testa*): Faz um calor danado aqui dentro.

(*Um oficial de comunicações entra, aproxima-se do oficial de dia e entrega-lhe um telegrama. O oficial abre-o, levanta-se, dirige-se cambaleante ao general e sussurra-lhe algo ao ouvido.*)

O GENERAL: Idiotas!

O CORONEL PRUSSIANO: O que foi?

O GENERAL: Posição tomada. Retirada para a segunda linha. A culpa é desse jornalista, o Wottawa!

O CORONEL PRUSSIANO: Que azar! Então quer dizer que outra vez vocês gritaram hurra antes do tempo?! (*A orquestra toca uma canção vienense.*) Ah, delicioso! (*Canta também.*) Mais bebida... outra garrafa... dinheiro não falta... (*Olhando ao redor.*) Mas ainda não conheço alguns desses senhores... (*Aponta para um grupo de oficiais.*)

O GENERAL (*acena*): *Tu! Tu! Tu!*

(*Os oficias se levantam.*)

UM PRIMEIRO-TENENTE HUSSARDO: Géza von Lakkati de Némesfalva et Kutjafelegfaluszég.

O CORONEL PRUSSIANO: Que nome esquisito. Família engraçada.

O GENERAL: É um diabo vermelho.

O CORONEL PRUSSIANO: Um diabo vermelho... que elegante! Pois é, a magnífica Honvéd*!

UM CAPITÃO: Romuald Kurzbauer.

O CORONEL PRUSSIANO: Vienense?

O GENERAL: Não, de Salzburg.

UM PRIMEIRO-TENENTE: Stanislaus v. Zakychiewicz.

O CORONEL PRUSSIANO: Croata?

O GENERAL: Polaco, polaco.

O CORONEL PRUSSIANO: Ah, um polaco nobre!

UM TENENTE: Petričič.

O CORONEL PRUSSIANO: Romeno?

O GENERAL: Não, croata.

UM PRIMEIRO-TENENTE: Iwaschko.

O CORONEL PRUSSIANO: Boêmio?

O GENERAL: Romeno.

UM CAPITÃO: Koudjela.

O CORONEL PRUSSIANO: Italiano?

O GENERAL: Boêmio!

UM CAPITÃO DE CAVALARIA: Felix Bellak, responsável pelo transporte em trem.

O CORONEL PRUSSIANO: Aha. (*Os que se apresentaram se sentam. O médico-chefe brinda com o procurador-geral militar. O rabino, com o capelão.*) Alegria, sonhadores com a luz eterna! Sempre firmes, sempre firmes! Gosto assim!

UM CAPITÃO: É o nosso valente canhão de defesa antipecado! (*Gargalhadas, às quais se junta o capelão.*)

O CAPELÃO: Sim, senhor, sim, senhor... sou eu que faço eles se libertarem da selvageria!

O CORONEL PRUSSIANO: Liber... tar? Que palavra mais deliciosa! Suponho que significa liberar? Este homem é do campo, não é?

O CAPELÃO: Não, meu coronel, de Linz.

O CORONEL PRUSSIANO: Ah, a bela Linz na verde Estíria!

O GENERAL: Agora um dos meus mais talentosos jovens oficiais vai nos apresentar algo!

O INTENDENTE: Wowes!

O GENERAL: Wowes! Toque o piano! Rápido!

WOWES (*se senta ao piano, toca e canta*):

Quando te vejo... à janela...
Meu coração... se esfarela.
Sinto... saudade.
Pois você é... minha felicidade.

(*Gritos: "Bravo, Wowes!".*)

WOWES: Ainda não acabou!

O CORONEL PRUSSIANO (*cantarolando e mexendo a cabeça*): Pois você é... minha felicidade. Muito bem, garoto! (*Bebe à sua saúde.*)

O GENERAL: E também compõe! Inclusive é mágico. Um prestidigitador! Diverte todo mundo!

O CORONEL PRUSSIANO: Jura?!

O GENERAL: É papa-fina! Mas também não deixo ele ir para o front. Acabo de sugerir o nome dele para uma medalha de prata.

(*Estrondo de canhões.*)

UM OFICIAL DO ESTADO-MAIOR ALEMÃO: Viva a amabilidade austríaca!

(*Vivas e hurras. Brindes.*)

O MÉDICO-CHEFE: Viva a organização alemã!

(*Vivas e hurras. Brindes.*)

O GENERAL: Oh, oh! Nós também... meus senhores! Nós também!... Oh, oh! Não tem mais nada... Seguimos... nossa bandeira... (*A orquestra toca "Hoje tenho a minha bandeira". Risos e canto no extremo da mesa.*) Mas... o que é?

UM OFICIAL DE CAVALARIA (*cantando*): Hoje... levo...

O INTENDENTE: Mas quem é que tá vindo aí...? (*Risos.*)

(O oficial de comunicações entra, apressado, aproxima-se do oficial do Estado-Maior e entrega-lhe um telegrama. Este se levanta, e cambaleando sussurra algo ao ouvido do general.)

O GENERAL: Filhos da puta!

O CORONEL PRUSSIANO: O que foi?

O GENERAL (*lê*): Posição... destruída pelo fogo dos canhões. Zonas de aproximação se encontram... sob... fogo pesadíssimo de aniquilamento... Estes cornos...! Estão acabando com as nossas maiores conquistas...! (*Deixa cair o telegrama.*) Ah... melhor deixar pra lá.

O CORONEL PRUSSIANO (*apanhando o telegrama*): Oficiais da reserva obrigados a entrar em ação. Reservas do setor totalmente esgotados. Baterias têm que ser retiradas para as posições de recuo... Puta merda!

(*O estrondo dos canhões aumenta.*)

O OFICIAL DE DIA DO ESTADO-MAIOR (*a um ordenança*): Pare de servir sem parar. Hoje preciso... da cabeça... limpa.

O CORONEL PRUSSIANO: Pelo visto, vocês, meus caros austríacos, fazem mais sucesso nas ofensivas de paz. Vamos ver se Hindenburch toma conta do assunto. No fim, somos nós que vamos ter que tirar vocês do atoleiro outra vez!

O GENERAL: Meus senhores... estamos orgulhosos... de que... ombro a ombro com nossos aliados de muitas batalhas — de esplêndida couraça...

(*Vivas e hurras. A orquestra toca a "Guarda do Reno" e "Salve a Coroa da Vitória".*)

O CORONEL PRUSSIANO: Muito obrigado, meus senhores... muito obrigado! Mas agora, por favor, se acalmem, nada de tanto boato. Vamos guardar as comemorações para o dia da vitória final. Agora, por favor, outra das suas deliciosas canções austríacas... do seu magnífico Lehar, que tanto nos alegrou no front ocidental. (*Gritos de "bravo!".*)

O GENERAL: Toca "Diga, meu amoreco"*!

O CORONEL PRUSSIANO: Amoreco... mas o que é isso? Ah, entendi, amorzinho!

(*A orquestra toca a música.*)

O INTENDENTE: Que as garotas cantem o dueto!

(*Gritos: "Dueto!".*)

O TENENTE: Que o capelão e o rabino também cantem o dueto!

OUTRO TENENTE: E cantem à tirolesa: o rabino vai da voz em falsete para a do peito... e o capelão... bem... vice-versa...

(*Gargalhadas.*)

UM CAPITÃO PRUSSIANO: Excelente!

UM TERCEIRO-TENENTE: Você é mesmo porreta.

(*Violento estrondo de canhões.*)

UM OFICIAL DE ARTILHARIA: Mas hoje eles tão trabalhando duro... meus senhores...! A coisa tá compassada!

O CAPELÃO (*cantando*): Carcamano foi pros ares junto com as bombas! *Tchef, tchif*... carcamano é o teu fim!

(*Risos. Alguns cantam junto.*)

VÁRIOS: Saúde, padre!

(*Brindes.*)

O CORONEL PRUSSIANO: Acho que vai ser um dia quente!

O GENERAL (*secando a testa*): Sim, vai fazer um calor do cão!

(*A orquestra toca "À margem do Manzanares**".*)

(*O oficial de comunicações entra precipitadamente, aproxima-se direto do general e sussurra-lhe algo ao ouvido.*)

O GENERAL: O quê? Miseráveis... miseráveis... essa corja do front...!

O CORONEL PRUSSIANO: O que foi?

O GENERAL: Não... entendo. Se... eu... expressamente...

O CORONEL PRUSSIANO: Vamos lá, rapazes... não é hora de fazer essa cara de desânimo. Agora temos a vitória no bolso! (*Ao oficial de comunicações:*) O que foi?

O OFICIAL DE COMUNICAÇÕES (*visivelmente nervoso, gaguejando*): As vanguardas das divisões em retirada chegaram à sede do comando do corpo militar... toda a artilharia foi abandonada... as estradas estão bloqueadas pelos trens... as tropas desmoralizadas... a cavalaria inimiga em franca perseguição. (*Sai.*)

UM TENENTE (*a um coronel que está dormindo*): Ei, meu coronel!

O CORONEL AUSTRÍACO (*acordando*): O que foi?...

O TENENTE: Nada!

(*Risos.*)

UM TENENTE (*a um outro sentado, absorto*): Ei... tá pensando em quê? Grande pensador!

O OUTRO: Sabe, tô pensando... na esquina da Sirk a esta hora. E a gente aqui comendo mosca...

O PRIMEIRO: Sabe que eu também.

O CORONEL PRUSSIANO: Meninos, é verdade que vocês já receberam aqui a visita do famoso balé do teatro nacional?

O GENERAL: Sim... e na próxima semana vamos ter um cabaré de primeira linha!

O PRIMEIRO CORRESPONDENTE DE GUERRA: Senhor coronel, e isso se deve a mim!

O SEGUNDO CORRESPONDENTE DE GUERRA: Como assim? Quem deu a ideia fui eu!

UM TENENTE: ... Bem, o coronel tá reclamando do barulho dos canhões. Não tá conseguindo dormir de noite. Antes, os quartéis eram bem melhores. Faz tempo que ando repetindo que a situação não é favorável. Hoje vai ser outra vez uma noite daquelas! Acontecer mesmo não acontece nada, mas o barulho é uma merda.

(*Um forte estrondo.*)

O OFICIAL DE ARTILHARIA: Isso é que é estrondo!

UM MAJOR: Um viva ao nosso oficial cozinheiro!

(*Gritos de "viva!". Brindes.*)

UM GENERAL DE DIVISÃO: Grande Pschierer! Não para! Doze pratos... é de tirar o chapéu. (*Bebe à sua saúde.*)

O PROCURADOR-GERAL: Bom, eu dei conta de mais de doze (*Risos.*)... mas tenho que reconhecer... saúde, Pschierer!

O MAJOR: Ei, tem notícia do Haschka?

O PROCURADOR-GERAL: Haschka continua o mesmo. Muito aplicado! É um cara incrível. Continua com a mania de sempre. Guarda a sentença de morte até acabar a sopa. Olha para o relógio, dá um pulo, diz para não servirem o assado... e, pronto, já está na sala de bilhar para pronunciar a sentença. Sempre aplica um castigo exemplar.

O MAJOR: Escuta, uma vez o Tersztszyansky* resolveu tudo de uma vez só. Quer dizer... não fez processo nenhum.

O PROCURADOR-GERAL: Como assim?

O MAJOR: Sabe, uma vez, um desses humanitários... se negou a processar um cara conforme a lei marcial. Disse que se tratava apenas de um assunto disciplinar e coisa e tal. Pois bem, no refeitório... entrou o Tersztszyansky, se sentou, começou a comer sua sopa... olha que nunca tinha visto ele assim tão calmo!... e disse: senhor capitão-procurador, não é mais necessário processar seu delinquente. Por quê?, perguntou o capitão. Dá uma olhada nele ali fora no jardim... olha bem... está ali estendido. Tersztszyansky tinha apenas dito ao comandante do pelotão que desse cabo do cara com a baioneta... e pum!

O PROCURADOR-GERAL: É claro... A propósito, outro dia tive uma discussão a respeito dele. É verdade que o Tersztszyansky é doutor *honoris causa* de Filosofia?

O MAJOR: Acho que sim!... Mas não é hora deste falatório! Sabe do que mais? No regimento 92 amarravam os soldados que roubavam uma lata de conserva da despensa na frente da cerca de arame farpado para que os russos fuzilassem...

O PROCURADOR-GERAL: Mas se roubavam da despensa...

O MAJOR: A minha divisa: a guerra... não apenas contra o inimigo, os nossos também têm que senti-la! Ah! Naquela época, a gente mandava fazerem fila para serem executados! Uma vez, veio uma mulher que trazia manteiga para o Estado-Maior e teve que esperar... então disseram-lhe para ir para a fila... e no final também foi enforcada junto com os outros! (*Gargalhadas.*) ... Mas... por favor... não é hora de rir... errar é humano... são coisas que acontecem... com os subordinados! (*A orquestra toca "Mais uma garrafa de vinho, Holloderoh!"* E não será a última, Holloderoh! O tenente hussardo Lakkati joga uma taça de champanhe contra a parede.*)

O CORONEL PRUSSIANO: Como era mesmo que se chamava aquele prato? Matança? Uma palavra deliciosa! Quase morro de rir com seus nomes engraçados. Ah... vocês, austríacos...! Mas infelizmente devo dizer também que falta a vocês a necessária seriedade para encarar a vida. A guerra é um banho de aço! Desde que o seu velho e cavalheiresco imperador morreu, as coisas andam largadas. Não tão firmes quanto antes, não tão firmes, uma pena. Mas o que é que aquele diabo vermelho está falando ali?

GÉZA VON LAKKATI DE NÉMESFALVA ET KUTJAFELEGFALUSZÉG (*a um grupo*): ... Por favor... logo percebi que tinha dado merda no casco. O cara disse que o casco tava limpo, deve ter acontecido no caminho do estábulo até aqui! Que nada, pego meu sabre ... a merda do casco... e esfrego na cara daquele porco. (*Risos. Gritos de "bravo!".*) Sim, tinha ali um... desses cachorros da reserva... se meteu... eu disse ao safado que ia levar ele à corte marcial! Tenha santa paciência! (*Gritos de "bravo!".*)

O OFICIAL DE CAVALARIA: E o outro? Disse algo?

GÉZA VON LAKKATI DE NÉMESFALVA ET KUTJAFELEGFALUSZÉG: Não... não podia... afinal tinha coisa errada no casco...! (*Gargalhadas. Forte explosão.*)

O OFICIAL DE ARTILHARIA: Calma, calma! Mais devagarzinho... Acabaram de nos bombardear!

O CORONEL PRUSSIANO: ... não, sem mas nem meio mas... a sua retirada da Galícia não ficou famosa. O seu arquiduque...

O GENERAL: Desculpe... mas não havia nada a ser feito. Sua Alteza Imperial fez o humanamente possível... mas a escassa combatividade da tropa... e depois... bem, as pessoas se suicidaram! O que podemos fazer? Só à metralhadora ou dizimando-os, claro... sabe era um corpo muito fraquinho. Às vezes, acontece com a gente. Os homens não tinham dormido o suficiente e coisa e tal.

O CORONEL PRUSSIANO: Como assim?

O GENERAL: Sim... olhe... Sua Excelência Borewitsch* teve que admitir que as mortes dos soldados durante o sono devido ao frio, foi o que escreveu, provocaram o medo de dormir.

O CORONEL PRUSSIANO: Entendo. Bem, nesse caso, não é culpa do seu arquiduque José, claro. Bom, tanto faz. Mas agora têm que estar atentos. Fizeram bem em adaptar a atual ofensiva à estação do ano. A época não é desfavorável. A derrota no seu front...

O GENERAL: Bem, com os outros as coisas também não estão muito melhor...

O CORONEL PRUSSIANO: Vamos esperar pelo melhor. Claro que é chato que o inimigo pareça ter passado à ofensiva nesta parte do front. Mas assim aumentam as chances de cercá-lo. Nós, alemães, concentramos todos os nossos pensamentos na vitória final e definitiva... portanto digo apenas: vamos lá.

O GENERAL: Claro que sim, estamos juntos nessa.

(*Lakkati joga uma taça de champanhe contra a parede.*)

UM TENENTE PRUSSIANO: Olha só... o cara da música está dormindo!

UM CAPITÃO PRUSSIANO: Toca "No cemitério La Bassée"*!

O MAJOR: Não... pera aí... toca "Mizzerl, Mizzerl, seja mais doce"*!

O CAPITÃO PRUSSIANO: Tá bem... Mizzal! Ah, isso é muito legal!

O OFICIAL INTENDENTE: Toca "Uma taça de champanhe"*!

(*Gritos: "Uma taça de champanhe! Bravo!".*)

O OFICIAL DE CAVALARIA: Toca "O mundo vai acabar com elegância"*!

O PROCURADOR-GERAL: Toca "A dança é boa, só falta a música"*!

(*Gritos de "bravo!". A orquestra toca. Os oficiais acompanham cantando.*)

O OFICIAL INTENDENTE (*repetindo*): ... só falta a música!

(*O oficial de comunicações, branco como a neve, aproxima-se diretamente do general e sussurra-lhe algo ao ouvido.*)

O GENERAL: O quê...? Amotinados? Acabem com toda essa gentalha! Mandem regimentos frescos entrar em ação! Vamos, vamos! Depressa!

O CORONEL PRUSSIANO: O que foi?

(*O oficial de comunicações sussurra de novo algo ao ouvido do general.*)

O GENERAL: O quê?! As granadas de gás também não estão funcionando? É tudo uma bagunça mesmo!!

O CORONEL PRUSSIANO: Escuta, isso não pode ser possível!... Entre nós uma coisa assim nunca...

O GENERAL: É uma... bagunça!... Que azar!... O que se há de fazer...

O CORONEL PRUSSIANO: Que fiasco! Um pouquinho desleixados, os queridos austríacos, um pouquinho desleixados!

O PRIMEIRO CORRESPONDENTE DE GUERRA: Olha só o general, então o que foi que te disse...!?

O SEGUNDO CORRESPONDENTE DE GUERRA: Senhor major, poderia me dizer como vai a batalha...?

O MAJOR: O inimigo lançou uma ofensiva.

O PRIMEIRO CORRESPONDENTE DE GUERRA: Ai, ai!

O MAJOR: O inimigo rompeu um pouco as suas próprias posições do front...

O SEGUNDO CORRESPONDENTE DE GUERRA: As suas próprias? Para quê...?

O MAJOR: Esperamos conseguir aniquilar este plano ardiloso. Peço-lhes, por favor, que não me citem.

O PRIMEIRO: O nosso superior poder de fogo...

O SEGUNDO: Tudo menos um ataque pelo flanco!

ENFERMEIRA PAULA: ... Ai!... Atrevido!

O OFICIAL DE CAVALARIA: Epa, pera aí... por acaso não se pode atacar?

ENFERMEIRA LUDMILLA: Pare com isso! Sempre com as suas...

UM CAPITÃO: Cara, presta atenção onde tá se metendo!

O CAPITÃO PRUSSIANO: Cara, presta atenção onde tá se metendo!

O PRIMEIRO-TENENTE: Ei, cadê a sua garota?

(*A orquestra toca uma czarda. Lakkati e uma enfermeira dançam. Gritos entusiasmados de "bravo!".*)

O CORONEL PRUSSIANO: Ah, maravilhoso! Fantástico! Um verdadeiro diabo vermelho!

O OFICIAL DO ESTADO-MAIOR ALEMÃO: ... Ah, parem com essa história do seu gás! Nosso gás amarelo, nosso gás verde, nosso gás azul... na França, a gente tinha a semana do arco-íris!

O OFICIAL DO ESTADO-MAIOR: Olha que em Tolmein* conseguimos um efeito bem bom. Caíram feito moscas ...

O OFICIAL INTENDENTE: Toca a "Morena de Isonzo"*!

(*Gritos de "Morena de Isonzo"! e de "bravo!". A orquestra começa a tocar.*)

OS OFICIAIS (*cantam*):

Morena... de Isonzo...
Teus olhos... brilham... para... mim...
Morena... de Isonzo...
Você é... a mais bela... sim.
Outra vez... me deixa... te beijar,
Outra vez... me deixa... te abraçar,
Morena... de Isonzo... sim...
Pois você foi feita... para mim...

O CORONEL PRUSSIANO (cantarolando e assentindo com a cabeça): Pois você foi feita... para mim... Caralho, que doce! Mas me diz... de quem é esta canção maravilhosa?

O OFICIAL INTENDENTE: De Egon Schubert.

O CORONEL PRUSSIANO: Ah, mas é claro... isso qualquer um sabe. Sim, o seu Schubert! A esse respeito, vocês vienenses levam vantagem sobre nós, não tem discussão. Ah, sobretudo... sua magnífica Viena! Sim, sim! Um daqueles verdadeiros fiacres vienenses com rodas de borracha e as bodegas no Prater... realmente não há nada a dizer. E as lavadeiras de Viena... ah, sim... conhecemos! Já andei por lá. Passavam o tempo cantando... (*canta e bate palmas*) sou um velho gozador... ou algo parecido. Papai Strauss ainda estava em seu apogeu com seu trio... não, não... era um quarteto! O bom Johann. Bem, suponho que agora muita coisa tenha mudado.

(*O barulho dos canhões vai diminuindo cada vez mais.*)

O OFICIAL DO ESTADO-MAIOR: ... mas em Tolmein...

O OFICIAL DO ESTADO-MAIOR ALEMÃO: Ah, isso é passado. Jogamos mais gás em um dia do que vocês em um ano inteiro! Atingindo os últimos ninhos dos franceses, ingleses brancos e negros e assim por diante. Sim, senhor... nossa bomba manual alemã de gás B! A substância venenosa se espalha provocando feridas purulentas que geram uma secreção parecida como a de uma boa sífilis. (*Risos.*) O quê? Pois sim, foi demonstrado cientificamente de modo incontestável! O homem só no dia seguinte é que estica as canelas.

A ORQUESTRA (*toca e canta ao mesmo tempo*):

Jesus, que bom...
Vamos bem...
Está no sangue,
Sim, senhor, no sangue!

(*Os oficiais repetem.*)

O GENERAL (*balbuciando*): Sim... senhor... no sangue...

(*O barulho dos canhões cessa.*)

VÁRIAS VOZES: Oh! O que foi? O que foi?

O CORRESPONDENTE DE GUERRA: O que significa isso...?

O GENERAL (*com a cabeça vermelha de raiva, levanta-se de um salto e dá um murro na mesa*): Oh, céus! Mas dei ordens expressas... Realmente isso só acontece com a gente... O que... o que mandei esta gentalha fazer? (*Urrando:*) Se faltarem cartuchos, ajam como canibais! ... Avançando contra o inimigo com ímpeto e aos gritos de hurra! ... À queima-roupa dar-lhes uns sopapos e logo em seguida enfiar a baioneta no meio das costas! ... Acabar com os desleais sem remorso! ... E o que eles fizeram... esses porcos do front, esses cachorros do front, esses... esses... (*soluçando*) colocaram tudo a perder... o Wottawa! Esse escrevinhador! ... Não por ação do inimigo, mas pela fome! ... a fome... foi assim que começaram... (*apertando os punhos*) a minar o moral...

enforque-os! ... Fui eu quem... sempre previ que a desgraça de nosso exército... vai acabar arrastando consigo todos os meus regimentos! ... Esta inaudita... frivolidade... indestrutível... não mais do que comer e foder... desmora... (*Cai.*)

O OFICIAL DO ESTADO-MAIOR (*levanta-se de um salto*): A culpa é desses vadios... do front... esses porcos do front... esses...

O CORONEL AUSTRÍACO (*acordando*): O que foi que aconteceu?

O TENENTE-CORONEL: Nadica de nada!

O GENERAL: Onde... estavam as metralhadoras... para estimulá-los?!... O que aconteceu com o nosso superior poder de fogo?!... Esses canalhas!!... Depois de uma luta de quatro anos sem precedentes... contra forças... exemplares... dando o exemplo... as nossas glo... (*cai na cadeira, gemendo*)... estão vendo... ao final... entram... aqui...

O CORONEL PRUSSIANO: Não, Excelência, não, cabeça erguida! Meus senhores... não devemos nem podemos desanimar... agora que a vitória final está próxima... devemos e podemos de cabeça erguida... Podem ter certeza, meus senhores, de que se trata apenas da típica vitória inicial de qualquer ofensiva inimiga... Não vale a pena ter medo. O que ainda nos resta é uma retirada estratégica... e uma retirada estratégica sempre dá certo! (*Vivas e hurras isolados.*) Simplesmente nos separarmos do inimigo e depois arrastá-lo atrás da gente! Sempre firme com eles! O moral de nossas tropas não podia ser mais elevado. Meus senhores, não hesitaremos nem cederemos! Quanto mais oportunidades dermos ao inimigo de avançar, mais chances temos de desgastá-lo! Foi essa a tática que usamos no Somme. E é ela que vai funcionar no Piave*. Nada de derrotismos agora! Deus está conosco! Vamos conseguir... mesmo que o mundo esteja cheio de demônios! O inimigo... e disso os senhores podem ter certeza... vai se chocar contra a gente como contra um férreo muro de fogo...

(O horizonte é uma parede de fogo. Gritos de pânico. Muitos dos presentes estão debaixo da mesa. Vários deles correm hesitantes até a saída, alguns voltam com o rosto aterrorizado e desfigurado.)

GRITOS: O que foi que aconteceu? ... O que... foi...

O GENERAL (*balbuciando*): Romperam... as linhas...! Continuem... tocando!

(Todas as luzes se apagam. Tumulto lá fora. Ouvem-se bombas de avião caindo. Em seguida, o silêncio. Os presentes dormem. Sonolentos e completamente atônitos veem surgir na parede, onde está pendurado o quadro A grande época, *as seguintes visões: Caminho estreito de montanha na direção de Mitrovica*. Tempestade de neve. Entre milhares de carroças, uma massa humana a perder de vista, velhos e mulheres, crianças seminuas dando a mão para suas mães, muitas das quais carregam bebês no colo. Um rapazinho, junto a uma camponesa do vale do Morava*, estende a mãozinha e diz: "Tschitscha, daj mi hebla ..."*.)*

(A cena é substituída por outra imagem. O expresso dos Balcãs cruza a paisagem a toda velocidade. O ritmo diminui. Vê-se o vagão--restaurante de cujas janelas se inclinam os dois correspondentes de guerra, parecem brindar a seus pares na sala. Um deles grita: "Existe algo de belo na guerra...".)

(Volta a imagem anterior. Os refugiados esgotados, quase congelados, jazem sobre pedras cobertas de gelo. A luz da manhã se projeta sobre os rostos pálidos e macilentos, nos quais ainda está a marca do horror da noite anterior. Um grito: um cavalo cai no precipício. Outro grito, ainda mais estridente: seu cavaleiro se jogou atrás dele. À beira do caminho um cavalo morto de cansaço; mais adiante um boi com as tripas para fora, um homem com o crânio destroçado. O cortejo se põe em movimento. Animais extenuados ficam para trás, imóveis. Seguem o cortejo com um olhar triste como a morte. Lívida, encostada em um pinheiro, está sentada uma camponesa — aquela do vale do Morava — com um corpinho sem vida nos braços, junto a cuja cabeça arde uma pequena vela com chama trêmula.)

(A visão desaparece.)

(O capitão Prasch está diante do seu abrigo, todo coberto de sangue, erguendo uma cabeça que espetou em um pau. Fala:)*

Este é o meu primeiro prisioneiro italiano, foi com minha própria espada que fiz isto. Antes mandei torturar meu primeiro prisioneiro russo. Mas gosto mais é dos tchecos. Nasci em Graz. Na Sérvia, quando alguém cruzava o meu caminho, levava logo um tiro. Matei umas vinte pessoas com minhas próprias mãos, dentre elas civis e prisioneiros, e mandei fuzilar pelo menos umas cento e cinquenta. Eu mesmo me encarreguei de matar qualquer soldado atrasado na hora do ataque ou que se escondesse durante o fogo cruzado. Sempre bati na cara dos meus subordinados ou com o bastão ou com o punho. Mas também fiz muito por eles. Na Sérvia, estuprei uma garota, mas logo em seguida a deixei para os soldados e, no dia seguinte, mandei enforcá-la junto com a mãe nas grades de uma ponte. A corda se rompeu, e a garota caiu ainda viva na água. Peguei meu revólver e atirei, e ela desapareceu morta debaixo da água. Sempre cumpri com meu dever até o último suspiro dos meus homens e do meu cavalo. Fui condecorado e promovido. Sempre estive no meu posto. A guerra requer uma perfeita concentração de todas as forças. Não se pode perder a coragem. Cabeça erguida!

(A visão desaparece.)

(Fuga. Chove. O general do festim está sentado no automóvel e manda que tirem o toldo da maca de um ferido para estendê-lo sobre o carro. Acena para seu par e parte.)

(A visão desaparece.)

(Pausa nos combates nas margens do Drina. Um camponês sérvio vai buscar água. Na margem oposta, um tenente aponta-lhe uma arma. Mata o camponês com um disparo.)*

(A visão desaparece.)

(Sexta-feira Santa em uma igreja em Paris. Um projetil de um canhão de cento e vinte quilômetros de alcance acerta-a em cheio.)

(A visão desaparece.)

(Cai uma bomba de um avião sobre uma sala de aula.)

(A visão desaparece.)

(Deserto do Somme. Incêndios. Nuvens de fumaça parecidas a gigantescas bandeiras enlutadas. Os edifícios caem. Trincheiras são destruídas com explosivos e entulhadas pelos soldados. Evacuação. Velhos expulsos de suas casas. Gente tremendo de frio durante a fuga. Mulheres caem de joelhos diante dos oficiais. Deportação para os trabalhos forçados.)

(A visão desaparece.)

(Flandres. Em uma cabana saqueada há uma máscara de gás sentada diante de um fogão a lenha. No colo, uma máscara de gás menor.)

(A visão desaparece.)

(Barracas na Sibéria. Homens envelhecidos, desnutridos ao extremo, descalços, com uniformes puídos, acocorados no chão, olhos fundos fitando o vazio. Uns dormem, outros escrevem, alguns se exercitam com pás ou armas.)

(A visão desaparece.)

(Milhares de cruzes em um campo nevado.)

(A visão desaparece.)

(Agora surge um cortejo de máscaras de gás, que formam uma linha diante dos presentes na sala e parecem aproximar-se da mesa.)

AS MÁSCARAS DE GÁS:

Bom apetite! Nossa tromba meteram
Por curiosidade em alheia ração.
A nossa estava estragada.
Hoje nos serviram,
Preparados no estilo alemão,
Legumes secos com gás de granada.

(A visão desaparece.)

(No front mais avançado dos Cárpatos. Tudo calmo. Nas trincheiras, cadáveres de pé. Homens lado a lado de fuzil em punho.)

OS SOLDADOS QUE MORRERAM DE FRIO:

A noite era gelada.
Por quem esta morte foi imaginada?
Pelos que dormiam em camas...
Não estão destroçadas suas almas!
Não nos salvaram os gélidos astros.
E nada salvará vocês!

(A visão desaparece.)

(Um velho camponês sérvio está cavando sua sepultura.)

O VELHO CAMPONÊS SÉRVIO:

Aí estávamos ao redor do baú encurralados.
Aos berros gritando os soldados.
Nós... nem um centavo no bolso. Eles... pilhando.
Por isso minha cova estou cavando.
Pobres e nus,
A nós é que vieram prender.
Meus filhos a um muro encostados,
Na minha frente assassinados.
Meu chão, meus bens, tudo queimado.
Por isso cavo a cova onde serei sepultado.
Meus filhos me chamam... já vou embora!
Senhor, no reino dos céus estou agora!

(A visão desaparece.)
(O príncipe herdeiro com os lança-chamas do Quinto Exército. As chamas desenham um "W" para saudá-lo.)*

AS CHAMAS:

Somos as chamas! Muitos morreram
Em nosso tormento infernal.
Dos filhos, que de partos dolorosos nasceram,
Somos uma inicial!

Ai deste tempo! Ai deste sangrento paspalho!
Que mesmo com a cabeça vazia,
Algum manejo, não obstante, trazia.
Assim levou a humanidade à chacina.
Criado à imagem e à semelhança do diabo,
Tinha em mente uma carnificina!

(*A visão desaparece.*)
(*Mil e duzentos cavalos surgem do mar, chegam até a terra e começam a trotar. A água escorre dos seus olhos.*)

OS MIL E DUZENTOS CAVALOS:

Aqui estamos, estamos, estamos, estamos...
Os mil e duzentos cavalos!
Aqui estão os cavalos de Dohna, ó Dohna...*
À terra subimos, à terra chegamos.

Ó Dohna, em sonhos te buscamos,
Porque não gostamos desse lugar.
Luz não tem, mas água em excesso há
Nos olhos de mil e duzentos cavalos.

(*O conde Dohna cercado por doze jornalistas. De repente, em vez destes, é rodeado por doze cavalos. Atacam-no e matam-no.*)

(A visão desaparece.)

(Uma antiga oficina de inventor.)

LEONARDO DA VINCI: ... não vou escrever sobre minha técnica de permanecer debaixo da água por todo o tempo que se consiga; e isso não publico nem explico devido à natureza perversa do ser humano que utilizaria este método para matar no fundo do mar, rompendo o casco dos navios e afundando-os junto com as pessoas que estão lá dentro...

(A visão desaparece.)

(Ouve-se uma doce melodia. Calmaria depois do naufrágio do Lusitania*. *Dois cadáveres de criança sobre uma tábua boiando.)*

AS CRIANÇAS DO *LUSITANIA*:

No balanço da onda...
Sem saber onde estamos...
Quão fugaz é a vida...
Como crianças festejamos...

(A visão desaparece.)

(Dois cães de guerra presos a uma metralhadora.)

OS CÃES DE GUERRA:

Puxamos algo vil. No entanto, puxamos.
Pois fiéis somos até o derradeiro final.

Quanta beleza quando o sol de Deus contemplamos!
Chamou o diabo, e o cão seguiu seu sinal.

(A visão desaparece.)

(Uma floresta morta. Tudo destruído a tiros, cortado, serrado. Terra arrasada onde se erguem aqui e ali algumas árvores decrépitas. Centenas de troncos sem vida cortados e serrados jazem sobre o chão, rodeados por alguns já com a casca podre. Um caminho em ruínas atravessa a paisagem.)

(A visão desaparece.)

A FLORESTA MORTA:

Pela sua força e seu trabalho
Envelheci. Verdes eram meus galhos.
Agora olha que forma é esta.
Já fui floresta, já fui floresta!

A alma estava na minha catedral,
Ouçam, cristãos, Roma eternal!
Meu silêncio a palavra guardava.
Sua ação a morte significava!

Malditos os que comigo isso fizeram!
Nunca mais aos céus meus galhos cresceram.

Que verde eu era, hoje nada me resta.
Já fui floresta, já fui floresta!

(A visão desaparece.)
(Um coronel manda prender uma mulher da Dalmácia junto com o filho louro de doze anos de idade. Enquanto a mulher é arrastada dali para fora, o coronel dá ordem de matar o menino com um tiro na cabeça. Ele assiste a tudo fumando, enquanto os soldados se ajoelham em cima das mãos da criança e executam-na.)

A MÃE:

Nunca, por mais que o tempo passe,
Seus olhos da imagem se afaste!
E no fim da viagem funesta,
Os aguarde fantasmagórica festa!
Que os nacos da fronte inocente
Penetrem em corações e mentes!
Vida longa! Que levem sempre consigo
Nas noites o materno grito!

(A visão desaparece.)
(Irrompe uma típica música vienense tocada de forma distorcida em ritmo febril. Regência de Battisti. Soldados rindo cercam o cadáver, curiosos esticam o pescoço. O jovial carrasco tem as mãos sobre a cabeça do morto.)*

O SEMBLANTE AUSTRÍACO:

Morte vira dança,
Ódio, alegria,
Miséria, festança,
Mas que lindo dia!
Se nada passa,
Tanto faz,
A gente cá está
Não fica pra trás.
Um bom cristão
Diz a sua oração,
Ser algoz é
Para quem quer agitação.

(A visão desaparece.)

(Os sons se transformam em uma música terrível durante a visão seguinte. Monte Gabriele. Cadáveres não sepultados, quase decompostos, amontoados em uma imensa pilha. Um bando de corvos voa agourando ao redor dos despojos.)*

OS CORVOS:

Tiramos sempre nosso sustento
Da carne destes corpos pela glória caídos,
Pois segundo seu entendimento,
Sempre nós, os corvos, nunca estamos bem servidos.

Nunca nada temos pedido.
O alimento nos vai dando.
E com tanto homem apodrecido,
Nossa e sua fome saciando.

Triunfos ambos celebramos
Se as vítimas aumentam.
Com grunhidos as chamamos
Loucas, a nós e a vocês replicam.

Corvos são generais,
Grasnando pelos salões rudes verbos,
Onde cadáveres sepultais.
Generais são corvos!

Se esta guerra a gente perder,
Vergonha por quê?
Vocês e nós
Lucramos todos!

Sim, bem vivos estamos.
No entanto, os mesmos continuamos.
Da festa disfrutamos.
Esta guerra em que perseveramos.

Se vocês se juntam para a comilança,
Nós à míngua não ficamos.
Indo atrás da sua matança,
Fome nunca passamos.

Fome não é a nossa vocação.
É como pária morrer.
Por isso nossa gratidão
De aqui no front viver.

Miséria lá em casa.
Velhos e novos se acabam,
Porque aqui a morte arrasa
Os que por nós matam.

Seu açougue nunca falha
À clientela acostumada.
Com os mortos na batalha,
Os corvos se saciam à farta.

(A visão desaparece.)

(A música abafada ao longe vai pouco a pouco se silenciando, enquanto acompanha o espetáculo que agora começa. Um cortejo

interminável de mulheres pálidas passa marchando, escoltado por soldados com baionetas caladas.)

AS MULHERES DO EXÉRCITO:

Prostitutas militares,
Mobilizadas rameiras,
Voltemos a nossos lares,
Regimento de fuleiras.

Aos heróis sacrificadas,
Contagiadas pela bravura,
De bochechas bem rosadas,
E uma sífilis sem cura.

Sangue, vinho, sêmen, choro
Corriam na bacanal.
O que recebemos do namoro
Levamos para o hospital.

Hoje nos veem com nojo:
Tão magras que cai a farda,
Levamos nosso despojo
Lá longe na retaguarda.

Cresceremos em decênios!
Um vendaval há de vir,
E, nesse terrível milênio,
A humanidade extinguir!

(*A visão desaparece.*)
(*Agora uma luz fosforescente enche a sala.*)

O FILHO QUE NÃO NASCEU:

Nós, testemunhas tardias da podridão,
Pedimos-lhes para não nascer.
Por ser vergonha a traição,
Não nos deixem aparecer!
Pais heróis não querer.
Antes sem glória viver!

Dor e gozo nesta terra!
Por herança o mal venéreo
Legou-me o pai, o animal.
Assim, ao reino não vamos!
Filhos de cadáver somos.
E aqui o ar cheira mal.

ÍNDICE DE NOMES, LUGARES, PUBLICAÇÕES E ACONTECIMENTOS HISTÓRICOS

"A DANÇA É BOA, SÓ FALTA A MÚSICA" ["Schön war der Tanz, aber spieln tan s' 'n net"]: canção vienense com letra de Franz Allmeder (1872-1941) e música de Ludwig Prechtl (1865-1931).

A GRANDE ÉPOCA [*Die große Zeit*]: pintura colossal de Ludwig Koch (1866-1934) retratando o imperador austro-húngaro Francisco José, o imperador alemão Guilherme II e Conrad Hötzendorf a cavalo. A expressão se transformou em *leitmotiv* no início do século XX.

"À MARGEM DO MANZANARES" ["Am Manzanares"]: rio espanhol que corta Madri. Canção com letra de Emanuel Geibel (1815-1884) e música de Adolf Jensen (1837-1879).

AABEEEND [*Abendblatt* — Folha da Tarde]: edição vespertina da *Neue Freie Presse*.

AACHTUHRBLAAAD [*8 Uhr Abendblatt* — Folha das 8 horas]: jornal berlinense.

AGÊNCIA DE NOTÍCIAS WILHELM [Wiener Nachrichtenagentur für Hof- und Polizeiberichte]: agência oficial de notícias vienense especializada em informações sobre a corte. Fundada em 1865 por Ignaz Wilhelm.

AGÊNCIA DE NOTÍCIAS WOLFF [Wolffs Telegrafische Büro AG (WTB) ou Wolffbüro ou Wolff'sches Büro]: fundada em 1849 por Bernhard Wolff. Foi responsável durante a Primeira Guerra Mundial pelos comunicados oficiais de guerra.

"AH, BONECA, NÃO SEJA TÃO FRIA!" ["Ach Puppe sei nicht so neutral!"]: dueto da opereta *Wenn zwei Hochzeit machen* [Quando dois se casam] de Walter Kollo (1878-1940).

AH, AMÁLIA, O QUE VOCÊ FEZ? [*Ach, Amalia, was hast du gemacht?*] e **NINGUÉM ESCAPA DE MIM** [*Mir kommt keiner aus*]: filmes austríacos de 1917.

ALLDARIN: marca de um tipo de banha. Feita a partir da mistura de gordura, leite desnatado, farinha de batata e suco de cebola.

ALLMER, ANTON (1881-1946): padre na diocese de Gurk, na Galícia, entre 1914 e 1915. Depois, na Itália, de 1916 a 1917.

ANNUNZIATA, MARIA (1876-1961): arquiduquesa. Meia-irmã do herdeiro do trono imperial Francisco Ferdinando [Franz Ferdinand] (1863-1914), assassinado em Sarajevo, em 1914.

AOKA ou **AOK** ou **AOKAH:** siglas de Armeeoberkommando [Alto Comando do Exército].

APEGUE-SE A SUA CARA PÁTRIA [*Ans Vaterland ans teure schließ dir an*]: trecho da obra *Wilhelm Tell* (II,1) [*Guilherme Tell*] (1804) de Friedrich Schiller.

"AQUI ESTÁ O ÚLTIMO CENTAVO" ["Da habts mein letztes Kranl"]: refrão da canção "Heut hab i schon mein Fahnl" [Hoje tenho a minha bandeira] de Josef Hornig (1861--1911) e Johann Sioly (1843-1911).

ASTRÔNOMO... ASTRÔNOMO... PRESTE ATENÇÃO... [*Sterngucker... Sterngucker... nimm Dich in Acht*]: trecho da opereta *Der Sterngucker* [O astrônomo] de 1916 do compositor austro--húngaro Franz Lehar (1870-1941).

AUFFENBERG, MORITZ (1852-1928): ministro da Guerra (1911-1912). **Brudermann**, Rudolf von (1851-1941): general austríaco que perdeu Lemberg em 1914 para os russos. **Dankl** von Krasnick, Viktor (1854-1941), e **Pflanzer-Baltin**, Karl von (1855-1925): comandaram diferentes frentes durante a Primeira Guerra Mundial.

BAD GASTEIN: estância termal austríaca perto de Salzburg.

BANDEIRA NEGRA, BRANCA E VERMELHA: desde 1871, cores da bandeira do Império Alemão.

BANDEIRA NEGRA, VERMELHA E DOURADA: cores da bandeira da revolução republicana de 1848 no Império Austro--húngaro em contraste com a negra e dourada, cores da bandeira imperial.

BATALHÃO DOS AUTOMÓVEIS: possibilidade de um serviço militar mais brando, pois o dono seria integrado junto com o carro ao pelotão.

BATTISTI, CAESARE (1875-1916): diretor do jornal social-democrata *Il Popolo* [O Povo] em Trento. Foi deputado junto ao Parlamento austro-húngaro na legislatura 1911-1917, representando a região de Trento. Durante a Primeira Guerra Mundial, fugiu para a Itália, onde se alistou no exército italiano. Foi preso e condenado à forca por alta traição. Uma foto da execução virou cartão-postal e foi exposta como documento na primeira edição de *Os últimos dias da humanidade*. Karl Kraus a designava como o "semblante austríaco".

BENEDEK, LUDWIG AUGUST (1804-1881): general austríaco que se demitiu logo após a vitória prussiana na batalha de Sadowa em 1866.

BERCHTOLD, FERDINANDINE (1868-1955): esposa do conde Leopold Berchtold (1863-1942), renomado diplomata austríaco. Foi embaixador e chanceler.

BERLINER TAGEBLATT [Folha de Berlim]: editado por Rudolf Mosse de 1911 a 1936. Jornal de cunho democrático.

BERLINER ZEITUNG [Jornal de Berlim]: fundado em 1877 por Leopold Ullstein. Tinha cunho democrático.

BEWER, MAX (1861-1921): escritor e jornalista alemão.

BIENERTH, ANKA (1869-1937): esposa do conde Richard Bienerth von Schmerling, presidente de honra do programa de alimentação dos desempregados [Ausspeisungsaktion der Arbeitslosen].

BLUMAU: cidade austríaca da região da Estíria.

BLUMENTEUFEL [diabo de flores]: designação para as forças terrestres tirolesas. Era uma tropa de elite do exército do Império Austro-húngaro.

BOAS, ISMAR ISIDOR (1858-1938): médico ilustre de doenças relacionadas ao estômago e ao intestino.

BÖCKLIN, ARNOLD (1872-1901): pintor suíço.

"BONEQUINHA, ESTRELA DOS MEUS OLHOS" ["Puppchen, du mein Augenstern"]: canção de 1912 com letra de Alfred Schönfeld (1859-1916) e música de Jean Gilbert (1879-1942).

BORE(V)WITSCH/BOROEVIC, SWETOZAR VON BONJA (1856-1920): general de infantaria que comandou a retomada de Przemysl pelas Potências Centrais e participou de várias batalhas em Isonzo, na Itália.

BREST-LITOWSK: cidade na Polônia onde, entre dezembro de 1917 e março de 1918, negociações de paz começaram a ser realizadas entre a Rússia e as Potências Centrais. Com o acordo de paz de 1918, a Rússia renuncia ao Báltico, Polônia, Finlândia e Ucrânia.

BRÜNN: maior cidade da região da Morávia, no leste europeu.

BUDWEIS: cidade na região da Boêmia.

BUQUOY: importante família nobre a serviço dos Habsburgo desde a Guerra dos Trinta Anos.

BURIAN, STEFAN (1851-1922): conde e famoso político austro-

-húngaro. Foi ministro das Relações Exteriores de 1915 a 1916 e das Finanças de 1916 a 1918.

BURGEFF-GRÜN: conhecida marca alemã de espumante.

CADORNA, LUIGI (1850-1928): conde. Chefe do Estado-Maior italiano de julho de 1914 a novembro de 1917.

CARLOS FRANCISCO JOSÉ [Karl Franz Josef] (1887-1922): arquiduque. A partir de 1916, imperador Carlos I, filho do imperador austro-húngaro Francisco José I [Franz Josef I] (1830-1916).

CAVIAR PARA O POVO: expressão da peça *Hamlet* (II, 2) de Shakespeare.

CIRCO BUSCH [Zirkus Busch]: suntuosa casa de espetáculo em Berlim.

COLUNA DA PESTE [Pestsäule]: erguida pelo imperador Leopold I em 1679.

CONSELHEIRO ÁULICO NERO-OURO [Hofrat Schwarz-Gelber]: literalmente negro e amarelo. Trata-se em alemão de um sobrenome frequente entre famílias judaicas. Porém, na peça, pode ser considerado uma paródia sob muitos aspectos. Primeiro, com as cores da bandeira imperial (amarela e preta); segundo, com uma das maiores distinções do Império Austro-húngaro: a Cruz Negro-amarela [*Schwarzgelbes Kreuz*], conferida em troca de donativos para entidades beneficentes durante a Primeira Guerra Mundial.

COMISSÃO DOS NOVE: gíria austríaca para designar a comissão ambulante de alistamento militar criada em 1915.

CUPOM DE GUERRA [*Kriegsanleihe*]: obtenção de títulos do governo a juros altos a fim de financiar a guerra. Adquirir um cupom deste tipo tanto no Império Austro-húngaro quanto na Alemanha representava um ato patriótico.

CURLÂNDIA: região da Letônia entre o Mar Báltico e o Golfo de Riga.

CZERNOWITZ: capital de Bukowina, província do Império Austro-húngaro entre a fronteira romena e russa. Foi ocupada pelos russos em agosto de 1914. Em seguida, retomada pelos austríacos em outubro do mesmo ano, sendo palco de guerra até 1916, quando foi recuperada a segunda vez pelos russos em junho. Em agosto de 1917, o exército alemão a tomou.

DAS INTERESSANTE BLATT [A Folha Interessante]: revista ilustrada semanal da época. Publicada em Viena a partir de 1880.

DEBRECZIN: cidade na Hungria.

DEI OURO POR FERRO [*Gold gab ich für Eisen*]: opereta de 1914 de Emmerich Kálmán (1882-1953) com libreto de Viktor Léon (1858-1940). A expressão também alude à doação de joias de ouro, como anéis ou broches, para cobrir os custos das guerras napoleônicas. O costume foi retomado durante a Primeira Guerra Mundial em Viena.

"DEUS CASTIGUE A INGLATERRA!": saudação coloquial a partir de 1914. A este cumprimento, a resposta era: "Sim, Ele vai castigar!".

"DEUS CONSERVE, DEUS PROTEJA": versos iniciais do hino nacional do Império Austro-húngaro.

DIE WOCHE [A Semana]: revista ilustrada semanal da época. Publicada em Berlim a partir de 1899.

"DIGA, MEU AMORECO" ["Sag Schnucki zu mir"]: dueto da opereta *Die Rose von Stambul* [A Rosa de Istambul] de Leo Fall (1873-1925).

DOBERDO: importante posição austríaca no Golfo de Trieste. Caiu nas mãos dos italianos em março de 1916.

DOHNA-SCHLODIEN, NIKOLAUS (1879-1965): conde e comandante da Marinha alemã. Rompeu o bloqueio inglês em 1916 e participou da destruição de navios da marinha mercante no Oceano Atlântico.

DOLOROSA: possível alusão a Hedwig Dohm (1831-1919). Famosa feminista e escritora da época em Berlim. Dentre suas obras destaca-se *Die Ritter der mater dolorosa* (1897) [Os cavaleiros da mater dolorosa].

DOTTOFIX: marca de uma mistura que substituía o ovo.

DRINA: rio dos Balcãs. É a fronteira entre a Bósnia e a Sérvia. Um dos fronts mais disputados contra os sérvios durante a Primeira Guerra Mundial.

DOBRUDESCU [Dobrudschul ou Dobruscha]: paisagem na Romênia entre o Mar Negro e o Vale do Danúbio.

ENFERMEIRA ADELE: designação genérica para aristocratas que trabalhavam como enfermeiras nos hospitais militares em Viena.

ENTENTE: aliança militar entre França, Reino Unido e Rússia durante a Primeira Guerra Mundial, em oposição às Potências Centrais [*Mittelmächte*], composta por Império Alemão, Império Austro-húngaro, Império Otomano e Bulgária.

ENSCHEDÉ EN ZONEN: famosa editora de livros holandesa fundada em 1703.

ESTÍRIA: região da Áustria.

ESTÚDIOS SASCHA [Sascha Filmgesellschaft]: primeiro estúdio cinematográfico austríaco fundado em 1910 por Sascha Kolowrat (1886-1927). Ficou famoso por filmar batalhas da Primeira Guerra Mundial. Um de seus maiores sucessos foi *Isonzoschlachten* [Batalhas em Isonzo]. Também foi responsável pela propaganda oficial da guerra.

EXNER, WILHELM (1841-1931): professor emérito de Tecnologia junto a Universidade de Ciências Naturais em Viena [Hochschule für Bodenkultur].

FEINER & CO: grande comércio de cobertores de lã em Berlim.

FERNANDO [Ferdinand] (1861-1948): rei da Bulgária.

FLORIDSDORF E JOSEFSTADT: bairros em Viena. Hoje correspondem a Viena 21 [Wien XXI] e Viena 8 [Wien VIII], respectivamente.

FREDERICO [Friedrich Maria Albrecht Wilhelm Karl von Österreich-Toskana] (1856-1936): arquiduque, general de infantaria comandante-chefe das forças austro-húngaras.

FÜRSTENBERG: família nobre alemã existente desde o século XI. Maximilian Egon (1863-1941) era amigo pessoal do imperador alemão Guilherme II.

GANGHOFER, LUDWIG (1855-1920): escritor bávaro que publicou durante a Primeira Guerra Mundial poemas bélicos e reportagens sobre o front.

GARTENBAU: antigo parque de diversões em Viena. Durante a Primeira Guerra Mundial, funcionou como hospital. Foi destruído na Segunda Guerra Mundial.

GEORGE, LLOYD (1863-1945): chanceler britânico de 1916 a 1922.

GOG & MAGOG: nome de um povo que, sob a liderança de seu rei Gog, marcha contra a Palestina. Mais tarde os nomes Gog e Magog passam a se referir a todos os inimigos do Reino de Deus.

GORIZIA: capital da província de Görz, perto de Trieste.

GRABEN: famosa rua do centro de Viena onde se encontra a Coluna da Peste.

GRADISKA: cidade na província de Görz, na Itália.

GREY, EDWARD (1862-1950): chanceler britânico de 1905 a 1916.

GRODNO: cidade polonesa sob domínio russo na época da Primeira Guerra Mundial. Em 1915, foi ocupada pelo exército austro-húngaro. Hoje, pertence à Polônia.

GRÜNFELD, ALFRED (1852-1924): compositor e pianista austríaco.

"GUARDA DO RENO" ["Wacht am Rhein"]: canção popular antifrancesa, composta em 1840 por Max Schneckenburger (1819-1849).

GUERREIRO DE FERRO [Wehrmann in Eisen]: escultura de madeira na qual a população austríaca podia cravar um prego em troca de uma doação para soldados feridos, viúvas e órfãos.

GUILHERME II [Wilhelm II] (1859-1941): rei da Prússia e imperador da Alemanha.

HEIDSIECK: marca de espumante alemão.

HINDENBURCH: pronúncia prussiana para o nome Hindenburg, Paul von (1847-1934), comandante-chefe do Oitavo Exército Alemão.

HIRSCH, JULIUS FERDINAND (1874-1942): repórter vienense judeu e redator da *Neue Freie Presse*.

HOCHSINGER, CARL (1860-1942): médico judeu.

HÖFER VON FELDSTURM, FRANZ (1861-1918): marechal responsável durante a Primeira Guerra Mundial pelos comunicados do Estado-Maior.

HONVÉD: designação para milícia húngara.

HÖTZENDORF, CONRAD VON (1852-1925): chefe do Estado-Maior do exército do Império Austro-húngaro de 1912 a 1917.

HYGIAMA: alimento feito à base de farinha de trigo, leite condensado e cacau.

IMPERIAL CAÇADOR DA MORTE [*Kaiserjägertod*]: apelido de Ludwig von Fabini, marechal do exército austro-húngaro, responsável pela ofensiva oriental e comandante da Oitava Divisão de Infantaria, conhecida como Caçador Imperial [*Kaiserjäger*].

ISONZO: rio na fronteira entre a Itália e o então Império Austro-húngaro.

KARLOVA/KARLOVAC: na Eslovênia. Parte das províncias autônomas da Croácia-Eslovênia.

KERNSTOCK, OTTOKAR (1848-1928): poeta austríaco.

KERR, ALFRED (1867-1948): escritor e crítico literário alemão. Publicou, sob o pseudônimo de "Gottlieb", poemas bélicos no jornal *Der Tag* [O Dia].

KLOSTERNEUBURG: cidade austríaca ao norte de Viena.

KOHLMARKT: elegante rua de comércio em Viena.

KORNGOLD, ERICH WOLFGANG (1897-1975): compositor austríaco.

KRAGUJEVAC/KRAKUJEFAZ: cidade no norte da Sérvia. Ponto de partida da luta dos sérvios pela independência do Império Austro-húngaro.

KREMS: cidade austríaca à beira do Danúbio.

KRUPP, FRIEDRICH (1787-1826): fundador em 1811 da siderúrgica Kruppsche, famosa pela produção do canhão Krupp.

KULKA, GEORG (1897-1929): escritor austríaco.

KURFÜRSTENDAMM ou **KURFÜRST** (abreviatura): famoso boulevard em Berlim.

LEBERL: dono do restaurante Leber em Viena. *Leber* significa fígado.

LEMBERG (Lviv/Lvov): atualmente parte da Ucrânia. Na época, capital da Galícia, na posse da Áustria desde a primeira partilha da Polônia em 1772.

LEOPOLDSTADT: bairro popular de Viena, local do gueto judaico.

LINHA SIEGFRIED: linha de trincheiras do exército alemão no front oeste entre Arras e Soissons, na França. Erguida entre 1916-1917, foi destruída pela Entente em 1918.

LISSAUER, ERNST (1882-1937): escritor alemão de tendência nacionalista. Em 1914, escreveu *Haßgesang gegen England* [Canto de ódio contra a Inglaterra].

LONGWY: cidade francesa da região de Briey, na fronteira belga.

LÖWY, SIEGFRIED (1857-1931): jornalista austríaco, redator do *Österreichische Volkszeitung* [Jornal Popular Austríaco]. Ao lado de Alice Schalek, era o diretor da Previdência Social oficial da guerra.

LUBOMIRSKA, MARIA (1841-1922): nobre de origem polonesa, presidente da Anglo American Society of Vienna [Sociedade anglo-americana de Viena].

LUBLIN: importante front na Polônia onde os quatro generais da cena (I, 4) lutaram durante a Primeira Guerra Mundial.

LUDENDORFF, ERICH (1865-1937): general e político alemão. Foi um grande comandante militar durante a Primeira Guerra Mundial ao lado de Hindenburg.

***LUSITANIA*:** navio inglês de passageiros, afundado por um submarino alemão em maio de 1915 na costa irlandesa. Mil cento e noventa e oito passageiros morreram.

"MAIS UMA GARRAFA DE VINHO" ["Jetzt trink mr noch a Flascherl Wein"]: primeira linha da "Marcha Holloderoh" ["Holloderoh Marsch"]. Letra e música de Carl Lorens (1851-1909).

MANOBRA DE OUTONO [*Herbstmanöver*]: opereta de Emmerich Kálmán (1882-1953) que estreou em Viena em 1909.

"MARCHA DO PRÍNCIPE EUGEN" ["Prinz Eugen Marsch"]: composta por Josef Strauss (1827-1870) a partir de uma canção popular.

"MARCHA DE RADETZKY": composta em 1849 por Johann Strauss (1804-1849). Dedicada ao conde de mesmo nome.

"MARCHA DE RAKOCZY": hino nacional dos húngaros. De compositor desconhecido, sua concepção ao final do século XIX foi elaborada por Wenzel Ruzicka (1757-1823) com letra de Gábor Mátray (1797-1875). Rakoczy foi líder do movimento de libertação dos húngaros em 1700.

MIAG [Milch-Industrie AG]: Indústria do Leite e Sociedade Anônima.

MITROVICA: pequena cidade perto de Kosovo. Os austríacos são derrotados aqui em setembro de 1914 por uma divisão sérvia.

"MIZZERL, MIZZERL, SEJA MAIS DOCE" ["Mizzerl, Mizzerl, sei doch netter"]: valsa com letra de Beda [apelido de Fritz Löhner (1883-1942 em Auschwitz)] e música de Béla Laszky (1867-1935).

MONTE GABRIELE: montanha italiana famosa durante a batalha de Isonzo. Uma das maiores matanças na Primeira Guerra Mundial.

MORAVA: rio da Europa Central, afluente do Danúbio.

"MORENA DE ISONZO" ["Braunes Isonzomädel"]: letra de Egon Schubert e música de René Richard Schmal.

MOSSUL [Rudolf Mosse (1843-1920)]: editor de jornal alemão.

MÜLLER, HANS (1882-1950): dramaturgo austríaco defensor do belicismo. Cronista da *Neue Freie Presse*.

... NA PÁTRIA, NA PÁTRIA VAMOS NOS REVER... [*... in der Heimat, in der Heimat, da gibts ein Wiedersehen...*]: trecho da canção "Das deutsche Soldatenlied im Felde" [A canção alemã do soldado no campo de batalha].

NETTOYEURS [faxineiros]: em francês, no original. Soldados que entravam dentro das trincheiras à procura dos inimigos para matá-los à queima-roupa.

NEUE FREIE PRESSE [Nova Imprensa Livre]: jornal liberal dos mais influentes no começo do século XX em Viena.

NIKOLAJEWITSCH: apelido de Nikolai (1856-1929), grão-duque russo e comandante-chefe do exército russo durante a Primeira Guerra Mundial.

"NO CEMITÉRIO LA BASSÉE" ["Auf dem Friedhof La Bassée"]: cidade no norte da França, onde em 1915 houve um grande massacre. Letra de Jucundus Fröhlich [pseudônimo de Alfred Henschke (1890-1928)]; música de Erwin Kurz.

NORNA: deusa da mitologia nórdica responsável pelo controle da sorte e do azar.

NOVENTA E TRÊS INTELECTUAIS: ilustres representantes da ciência e da arte alemãs. Assinaram, no início de outubro de 1914, o *Aufruf an die Kulturwelt* [Manifesto para o mundo culto], no qual justificam o ataque à Bélgica neutra e protestam em seis parágrafos, cuja fórmula inicial é sempre a mesma ("Não é verdade"), contra as mentiras e as difamações dos inimigos da Alemanha.

NOWOGEORGIEWSK: fortaleza à beira do rio Weichsel, perto de Varsóvia. Em 1915, tomada pelas Potências Centrais.

"O MUNDO VAI ACABAR COM ELEGÂNCIA" ["Nobel geht die Welt zugrund"]: canção em forma de dueto de 1910 com letra e música de Franz Allmeder (1872-1941).

"O PERDULÁRIO" ["Der Verschwender"]: conto fantástico de Ferdinand Raimund.

OEZEG [Österreichische Zentraleinkaufsgesellschaft]: central de compras austríaca. Responsável pelo fornecimento de alimentos durante a Primeira Guerra Mundial.

Ó ROSENBAUM, Ó ROSENBAUM... [*Der Rosenbaum, Der Rosenbaum...*]: brincadeira com a conhecida canção de Natal "O Tannenbaum, O Tannenbaum" (1824).

ORTELSBURG: importante cidade do Império Austro-húngaro situada no centro da Prússia oriental entre Tannenberg e Lötzen. Hoje pertence à Polônia.

OSTDEUTSCHE POST [Jornal Alemão do Leste]: possivelmente o *Ostdeutsche Rundschau* [Correio Alemão do Leste] de Viena que funcionou entre 1890 a 1920 e era de cunho antissemita.

"O VELHO NOÉ BEM SABIA QUE PARA O PEITO NEM TODO XALE AQUECIA" ["Der alte Noah hats gewußt, die schönste Boa wärmt nicht die Brust"]: marcha lenta da opereta *Die Faschingfee* [A fada do Carnaval] de Emmerich Kálmán (1882-1953).

PIAVE: rio no norte da Itália. Palco de uma das batalhas mais sangrentas (novembro de 1917 a junho de 1918) da Primeira Guerra Mundial.

PICCAVER, ALFRED (1883-1958): Tenor na ópera vienense.

PODGORA: vilarejo na colina da margem direita do rio Isonzo. Front de Gorizia.

POEMA DO SUBMARINO DO GOETHE: nesta cena, a melodia de uma poesia de Goethe (1749-1832) é usada para servir a novo arranjo de palavras em que o termo submarino se sobressai. No caso, a poesia em questão é "Wanderers Nachtlied (Ein Gleiches)" [Canção noturna de um viajante – um igual], de 1780.

POINCARÉ, RAYMOND (1860-1934): presidente da França de 1913 a 1920.

POSTABITZ: vilarejo na Boêmia, ao sul de Praga.

PRATER: originalmente, local de caça. Em 1776, o imperador José II cedeu-o à população de Viena como parque, acabando por se tornar um dos lugares mais animados da cidade.

PRASCH, ERWIN (1879-?): capitão do regimento de infantaria nº 18 do exército austro-húngaro. Foi comandante na Batalha de Isonzo entre 1915-1917.

PRESBER, RUDOLF (1868-1935): escritor e jornalista alemão.

PRINCESA DAS CZARDAS [*Csardasfürstin*]: opereta de 1915 de Emmerich Kálmán (1882-1953) com libreto de Leo Stein (1861-1921) e Bela Jenbach (1871-1943).

"PRÍNCIPE EUGEN: O NOBRE CAVALEIRO" ["Prinz Eugen, der

edle Ritter"]: letra de Ferdinand Freiligrath (1810-1876) e música de Carl Loewe (1796-1869).

PRZEMYSL/PRZEMISEL: cidade com importante forte da monarquia austro-húngara à beira do rio San, na Galícia. Em setembro e novembro de 1914, foi cercada pelos russos, capitulando no ano seguinte. Reconquistada pelas Potências Centrais em junho de 1915.

"QUANDO O ÚLTIMO BONDE AZUL PASSAR, O ESPERTO GENT SE PERDE EM UM BAR" ["Wenn die letzte Blaue geht..."]: canção de cabaré e *ragtime* com letra de Artur Rebner (1890-1949) e música de Willy Engel-Berger (1890-1946).

"QUEM QUER SER SOLDADO" ["Wer will unter die Soldaten"]: letra de Friedrich Güll (1812-1879); música de Friedrich Silcher (1789-1860).

QUERUSCOS: povo de origem germânica que infligiu uma histórica derrota às legiões romanas. O termo foi apropriado pela mitologia nacionalista alemã no século XIX. Em 1908, foi criada uma liga nacionalista na Alemanha com este nome.

RASPUTIN, GREGORI (1864-1916): monge russo com influência no governo do czar Nicolau II. Morreu assassinado.

RAVA-RUSKA: antiga cidade na Galícia perto de Lemberg. Hoje, pertence à Ucrânia.

REICHSPOST [Jornal do Império]: jornal diário vienense, órgão do Partido Social-Cristão.

REUTER: agência de notícias inglesa.

RICHTHOFEN, MANFRED FREIHERR VON (1892-1918): célebre aviador alemão. Publicou pela editora Ullstein em 1917 *Der rote Kampfflieger* [O aviador vermelho].

RIEDL, LUDWIG (1858-1919): dono do elegante Café l'Europe em Viena.

RING [anel]: uma das maiores avenidas de Viena. Circunda o centro e possui os prédios mais monumentais da cidade.

RODA RODA, ALEXANDER (1872-1945): correspondente de guerra da *Neue Freie Presse* durante a Primeira Guerra Mundial.

SAARBURG: cidade no oeste da Alemanha.

SALVATOR, LEOPOLD (1863-1931): arquiduque. Importante general de artilharia na Primeira Guerra Mundial, responsável pela modernização desta arma.

"SALVE A COROA DA VITÓRIA" ["Heil dir im Siegerkranz"]: antigo hino nacional da Prússia.

SANGUE DE HUSSARDOS [*Husarenblut*]: opereta de Hugo Felix (1866-1934) que estreou em 1894 em Viena.

SCHAABAAZ [Schabatz]: cidade sérvia de Šabac, à beira do rio Sava.

SCHALEK, ALICE (1874-1956): jornalista austríaca da *Neue Freie Presse* desde 1903. Única correspondente mulher do lado austríaco durante a Primeira Guerra Mundial.

SCHERUL [August Scherl (1849-1921)]: influente editor de jornal em Berlim.

SCHKODA [Skoda-Werke]: maior indústria armamentista do Império Austro-húngaro com sede em Pilsen.

"SE VAI ATRÁS DAS MULHERES, ENTÃO NÃO SE ESQUEÇA DO CHICOTE!" [*Du gehst zu Frauen? Vergiß die Peitsche nicht*]: ditado popular citado por Nietzsche (1844-1900) em *Assim falou Zaratustra* (publicado em 1883).

SETE COMUNAS: região ao redor do vilarejo de Asiago no meio do caminho entre Trento e Vicenza.

SIRK: esquina famosa no centro de Viena. Deve seu nome a um conhecido negócio de couro. Situava-se em frente à Ópera de Viena.

SKAGERRAK: maior batalha naval travada entre ingleses e alemães no Mar do Norte durante a Primeira Guerra Mundial em 1916, em que tomou parte o almirante e doutor *honoris causa* em Filosofia pela Universidade de Jena, Reinhard Scheer (1863-1923). Em inglês, denomina-se *Battle of Jutland* [Batalha de Jutlândia].

SKOLIK ou **SCOLIK, CHARLES** (1854-1928): fotógrafo oficial da corte de Viena.

SLEEZAAK [Leo Slezak (1873-1946)]: cantor e ator austríaco. Membro da Ópera de Viena.

SOMME: rio no norte da França. Uma das batalhas mais disputadas no front ocidental na Primeira Guerra Mundial.

"SOMOS DO REAL-IMPERIAL REGIMENTO DE INFANTARIA" ["Wir

sind vom k.u.k. Infanterie-Regiment"]: marcha do Deutschmeister-Regimentsmarsch [Regimento dos Mestres Alemães] de 1893, também conhecido como regimento de infantaria nº 4, um dos regimentos da casa dos Habsburgo. Letra e música de Wilhelm August Jurek (1870-1934).

SONN UND MON (SONN- UND MONTAGS-ZEITUNG) [Jornal de Domingo e Segunda]: jornal ilustrado vienense fundado em 1871.

STIASSNY-ELZHAIM, FELIX (1867-1938): judeu de família rica. Foi cônsul-geral da Venezuela em Viena.

SURROGAT: palavra de origem latina que significa substituto; *Ersatz* (em alemão): substituto; *Ich bin ein Deutscher*: eu sou um alemão.

TAGBLATT (*Neues Wiener Tagblatt)* [Novo Diário Vienense]: influente jornal vienense aberto em 1867, muitas vezes chamado *Tagblatt*.

TEISINGER VON TÜLLENBURG, JOSEF (1856-1920): marechal. Chefe da comissão dos nove, responsável pelo recrutamento para o front.

TERSZTSZYANSKY VON NÁDAS, KARL (1854-1921): general austríaco, comandante da batalha dos Balcãs em 1915 e em Wolhynien na Rússia em 1916.

TIBER, BEN (1867-1925): sobrenome de origem judaica. Diretor teatral e proprietário do teatro de variedades e operetas Apollo em Viena. Administrava também o Lunapark, no Prater.

TIVE UM CAMARADA [*Ich hatt einen Kameraden*]: trecho da opereta de 1911 *Der gute Kamerad* [O bom camarada] de Emmerich Kálmán (1882-1953). Alusão também a trecho da canção popular "Der gute Kamerad" [O bom camarada] de 1809 com letra de Ludwig Uhland (1787-1862) e música de Friedrich Silcher (1789-1860).

TOLMEIN: região entre a Itália e a Eslovênia. Na época, pertencente ao Império Austro-húngaro. Em 1917, sofreu enorme ataque com gás venenoso.

TRONCO DE FERRO [Stock im Eisen]: tronco de árvore cheio de pregos que se encontra em uma praça no centro de Viena desde a Idade Média. Aprendizes de serralheiro de passagem cravavam um prego na árvore para garantir um retorno seguro para casa.

TSCHITSCHA, DAJ MI HEBLA: em sérvio, "tiozinho, me dá pão".

TUTRAKESCU [Tutrakan]: cidade na Bulgária às margens do rio Danúbio.

UDINE: cidade no norte da Itália, sede do Alto Comando Militar italiano. Foi ocupada pelos alemães em outubro de 1917.

UMA PONTE POR ONDE SE CHEGA A BELGRADO FOI DERRUBADA... [*Er ließ schlageen eene Bruckn*]: trecho da "Marcha do Príncipe Eugen".

"UMA TAÇA DE CHAMPANHE" ["Ein Tampus (Rausch) vom Schampus"]: marcha de 1914 com letra de Franz Allmeder (1872-1941) e música de Ludwig Prechtl (1865-1931).

UZSOK ou **USCHOOK:** passo entre a Galícia e a Hungria (desde 1918, Eslováquia) perto de Lemberg. Tomado pelas tropas russas em 1914 e recuperado pelos alemães em 1915.

"VAMOS FAZER PICADINHO DOS RUSSOS E DOS SÉRVIOS" ["Die Russen und Serben, die hau'n wir jetzt in Scherben"]: criação do libretista de ópera Felix Dörmann (1870-1928).

VERDUN: cidade no nordeste francês. Uma das batalhas mais sangrentas da Primeira Guerra Mundial que durou de fevereiro até dezembro de 1916. Ao final, setecentos mil soldados perderam a vida.

VINDOBONA: nome de Viena na época da dominação romana na Áustria.

"VIVA OS HABSBURGO" ["Hoch Habsburg Marsch"]: marcha composta em 1879 por Johann Nepomuk Kral (1839-1896) para as bodas de prata do casal imperial.

VIVE EM SCHÖNBRUNN UM VELHO MUITO BOM [*Der gute alte Herr in Schönbrunn*]: refrão da canção "Draußen im Schönbrunner Park" [Lá fora no parque Schönbrunn] de 1914.

WALDE, GERDA (1882-1928): cantora de ópera.

W: referência a Wilhelm [Guilherme] (1882-1951) príncipe herdeiro alemão. Em 1918, renunciou a seu direito à coroa e partiu para o exílio na ilha holandesa de Wieringen.

WALDSTÄTTEN, ALFRED FREIHERR VON (1872-1952): chefe do Estado-Maior e de operações do Primeiro Exército Austríaco.

WALHALLA: refere-se à mitologia germânica. Lugar para onde iam os guerreiros mais gloriosos após a morte. É também o nome de um templo erguido por Ludwig I da Baviera entre 1832 e 1840, perto da cidade alemã de Regensburg.

WEISKIRCHNER, RICHARD (1862-1926): importante político social-cristão austríaco. Foi ministro do Comércio e prefeito de Viena.

WERKMANN, KARL FREIHERR VON (1878-1952): chefe do Serviço de Imprensa de Sua Majestade Imperial. Seguiu o imperador Carlos no exílio.

WLADIMIR-WOLINSKY: cidade onde houve uma decisiva resistência das tropas austro-húngaras frente aos russos de 1914 a 1915. Situada na Ucrânia.

WOTHE, ANNY (1858-1919): escritora de diversos romances bélicos. Dentre eles, destaca-se *Deutsche Frauen* [Mulheres alemãs] de 1914.

ZNAIM [Znojmo]: cidade na Morávia do Sul, na República Tcheca.

ZUNTZ, NATHAN (1847-1920): psicólogo, professor na Universidade de Berlim.

POSFÁCIO

KARL KRAUS – SOBRE A LÍNGUA, A MENTIRA E O SER HUMANO

Ruth Bohunovsky
Docente e pesquisadora de literatura austríaca e tradução na Universidade Federal do Paraná (UFPR).

O drama *Os últimos dias da humanidade* foi destinado por Karl Kraus a ser encenado para a população do planeta Marte, já que a espécie humana — estamos em plena Primeira Guerra Mundial — parecia prestes a se autoextinguir. Contrariando a previsão do autor, a humanidade sobreviveu – e não só à Primeira Guerra, como também a outras catástrofes ainda maiores – e a obra do grande satírico vienense pode ser encenada e lida pelos terráqueos até os dias de hoje.

Cem anos após sua primeira publicação em língua alemã, esse drama *sui generis* nos conta algo sobre um contexto geográfico e histórico distante, a Áustria no início do século XX, seus protagonistas políticos e seu povo. Esse é um dos vários aspectos que podemos enxergar nesse drama, que também aborda temas universais e atuais, tais como a língua, a mentira (sobretudo aquela veiculada pela imprensa) e o homem constituído pela língua e pela mentira. Diz um tanto, desse modo, sobre nós mesmos: presos, assim como os personagens krausianos, numa rede de discursos que repetimos sem perceber as contradições entre aquilo que dizemos e aquilo que fazemos e somos, e o complexo entrelaçamento entre a língua que usamos e o mundo que nos cerca.

Die Sprache ist die Mutter, nicht die Magd des Gedanken.
A língua é a mãe das ideias, não sua serva.
Wie ich den Gedanken beim Wort nehme, so kommt er.
As ideias surgem quando sigo as palavras ao pé da letra[1].

Os últimos dias da humanidade é um apanhado de citações extraídas da imprensa e de outros discursos em circulação durante os anos da Primeira Guerra Mundial. Para Kraus, a citação é um método para desmascarar o funcionamento da língua e sua instrumentalização com fins políticos e ideológicos. Ao reproduzir falas correntes da língua alemã nas primeiras décadas do século XX, Kraus não somente representa um contexto geográfica e historicamente definido, mas também ilustra aquilo que acredita ser o funcionamento da língua, seja qual for o contexto.

1 | Todos os aforismos citados são da autoria de Karl Kraus.

Os personagens do drama — políticos, jornalistas, soldados, malandros, intelectuais, prostitutas, patriotas, artistas, meros transeuntes ou religiosos — usam a língua sem expressar reflexões desenvolvidas por conta própria a partir daquilo que veem e vivem. Não há lugar no palco de Kraus para sujeitos cartesianos, indivíduos que pensem e ponderem e que tenham certo cuidado com a relação entre aquilo que dizem e aquilo que de fato ocorre. Cada um dos personagens está preso no próprio discurso, seguindo sua lógica interna. Os políticos reproduzem asserções oficiais de vitória militar e creem nelas, ainda que o inimigo esteja avançando e batendo à porta; os jornalistas, ao mesmo tempo em que fazem acordos sobre o teor de seus artigos com os donos do jornal e com os políticos, continuam acreditando em jargões acerca de seu suposto papel moral e ético em prol da verdade; os intelectuais, passando por fileiras de feridos e mutilados em combate, afirmam com convicção que a guerra "desperta as mais nobres virtudes humanas e é uma prometeica conquistadora de luz e claridade"; o poeta, que se retirou dos combates para passar o restante da guerra recluso nos bosques silenciosos e pacíficos no interior da Áustria, dedica-se com fervor à redação de versos furiosos, bélicos e de ódio contra os inimigos de batalha, convocando os patriotas ao alistamento; o capelão evoca Deus e o amor ao próximo, sem deixar dúvida de que seu verdadeiro interesse é usar o canhão para acertar "em cheio o inimigo".

Mesmo tendo diante dos olhos as contraprovas das próprias palavras, ninguém se dá conta das contradições entre o dito e o feito, entre as palavras e os fatos. A língua assoma forte, os homens são meras máquinas da linguagem, que se dedicam a repetir frases prontas.

Os últimos dias da humanidade não é um drama didático, no sentido de apresentar ao leitor ou ao espectador instruções de atuação para evitar cair nas mesmas ciladas da língua como os personagens krausianos. Ao extrair frases de seu contexto original e citá-las ao lado de outros discursos, expondo assim as contradições inerentes às expressões ditas com pretensão de verdade, o contraste entre palavras sublimes (a guerra é "uma mestra rigorosa dos povos sobre os quais brande sua palmatória") e suas sórdidas motivações, Kraus cria em muitos momentos um efeito cômico, o qual, porém, nunca tem como objetivo a mera diversão, não produz alívio, não tranquiliza. O riso que essa comicidade provoca no leitor/espectador vem acompanhado de uma sensação de incômodo, causada pela certeza de ter sido flagrado. Pois é um riso não só sobre esses "outros" que estão presos nas redes da própria língua, mas que inclui também aquele que ri e que vai percebendo que não está imune aos limites impostos pelo idioma, mesmo que se encontre em um contexto histórico diferente. Surge a dúvida sobre em que medida os nossos discursos, as palavras que dizemos e lemos em nosso dia a dia, com tanta convicção quanto os personagens krausianos, não são também frases prontas a serviço de interesses políticos e ideológicos dos quais nem sempre temos consciência. Ou seja, num sentido mais amplo, *Os últimos dias da humanidade* se torna, sim, um drama didático, pelo potencial de instigar o leitor/espectador a refletir sobre o funcionamento da língua, do poder dos discursos, do perigo de cair nas redes das lógicas fáceis, baseadas nas classificações aparentemente convincentes em "bem" e "mal", em "nós" e "inimigo".

Antes de Kraus, Nietzsche já havia dito que "não há fatos, há apenas versões". O dramaturgo vienense não parece negar por completo a realidade e os fatos: apenas se vê inserido num contexto histórico em que as versões mais irracionais e incongruentes estão sobrepujando aquilo que se apresenta como real. Mais tarde, o potencial crítico da obra de Karl Kraus foi percebido e ressaltado por pensadores como Theodor W. Adorno, Walter Benjamin e Max Horkheimer. Nos dias correntes, em tempos de "pós-verdades", "*fake news*" e "fatos alternativos", a obra se apresenta como um texto de atualidade assustadora.

Schwarz auf Weiss, so hat man jetzt die Lüge.
Hoje, as mentiras circulam impressas e em negrito.
Wie wird die Welt regiert und in den Krieg geführt? Diplomaten belügen Journalisten und glauben es, wenn sie's lesen.
Como é que se governa o mundo em direção à guerra? Os diplomatas mentem para os jornalistas e, então, acreditam no que leem nos jornais.

Todos os personagens de *Os últimos dias da humanidade* acreditam dizer a verdade e contribuem para a divulgação de discursos altamente questionáveis, senão mentirosos. A imprensa – supostamente encarregada de lançar luz sobre os fatos – é aqui fonte e propagadora da maioria dessas mentiras. Em vez de relatar fatos, o objetivo das manchetes é vender o maior número possível de exemplares de jornal e atender aos interesses da política. No drama de Kraus, o General sabe muito bem "quanto as Forças Armadas têm a agradecer a uma notícia bem dada", mas também não hesita em atribuir aos jornalistas a culpa por uma derrota militar que sofreu; o repórter, por sua vez, não tem dúvida sobre sua função de "despertar o apetite do público pela guerra e pelo jornal, as duas coisas caminham juntas". O que se apresenta como fatual é uma mera construção. Um exemplo é a cena em que o fotógrafo dá instruções exatas ao Major sobre como este deve se posicionar diante da câmera, para não passar a impressão de que esteja fazendo pose ("Fique à vontade, Excelência, continue com o estudo do mapa... assim... bem suave... bem descontraído... assim... não, assim fica pouco natural, alguém pode desconfiar que é pose... Senhor major, por favor, um pouco mais para trás... a cabeça... assim tá bom...").

Recentemente, o afamado escritor estadunidense Jonathan Franzen, autor de *best-sellers* como *Liberdade*, *As correções* e *Pureza*, chamou atenção para a atualidade e a pertinência das críticas da literatura de Karl Kraus com a publicação de um livro peculiar: *The Kraus Project* (Ferrar, Straus e Giroux, Nova York, 2013), ainda sem tradução brasileira. Os coautores do livro são Paul Reitter, especialista em Karl Kraus, e o austríaco-alemão Daniel Kehlmann, outro escritor de *best-sellers*. Franzen reuniu nesse livro quatro ensaios de Kraus (na sua versão original em língua alemã), as traduções para o inglês (de autoria de Franzen) e muitas e extensas notas explicativas. É nessas notas (que por vezes ocupam várias páginas) que Franzen parte do pensamento do satírico vienense do *fin de siècle* para apresentar sua própria crítica ao jornalismo atual, às redes sociais e à nossa dependência das tecnologias e das banalidades veiculadas pela imprensa. Segundo Franzen, "neste nosso momento histórico tão saturado pelas mídias, tão dominado pela tecnologia e assombrado pelo apocalipse", Kraus se revela um pensador mais relevante do que muitos dos nossos contemporâneos, um "profeta clarividente cujo trabalho sempre se concentrou naquilo que estava bem na sua frente" (2013, p. 5). É um autor "que faz a diferença no mundo em que estamos vivendo" (ibidem).

Originalmente, os quatro ensaios reunidos em *The Kraus Project* foram publicados na revista *A Tocha* [Die Fackel], que Karl Kraus editou de 1899 a 1936 e na qual, a partir de 1922, editou quase somente textos de sua própria autoria. O objetivo principal da revista era o desmascaramento dos discursos veiculados em jornais burgueses da época. Kraus não se limitava a argumentar contra esses discursos: servia-se igualmente da sátira e dedicou-se à crítica da "forma" e do uso instrumental da língua. Formas linguísticas estabelecidas e propaladas constantemente na imprensa reduziriam, assim acreditava Kraus, o raciocínio e a força associativa dos leitores a meras "opiniões" e "frases fixas". Segundo Kraus, a maneira como se expõem os acontecimentos políticos e históricos em artigos jornalísticos antecipa a reação dos leitores e contribui para formar uma massa homogênea de receptores. No fundo, temos aqui a mesma visão de linguagem representada no drama *Os últimos dias da humanidade*.

O que Franzen procura fazer no seu *The Kraus Project* é adotar um olhar semelhante ao de Kraus para chamar a atenção para as absurdidades do jornalismo atual: a jornalista Schalek de *Os últimos dias da humanidade*, que quer saber do tenente, responsável por milhares de mortos, o que ele "sente quando lança bombas" e o que "sentiu quando mandou para o fundo do mar aquele tremendo colosso com todos os passageiros a bordo", talvez atenda a um público leitor não tão diferente daquele ao qual se refere Franzen quando critica o *site* de notícias da AOL, que justapõe – sugerindo um mesmo grau de relevância – notícias sobre eventos de grande impacto da política internacional à vida pessoal de um presidente ou novidades sobre celebridades midiáticas, por exemplo.

O tênue limite entre verdade e mentira e a ideia falaciosa de que o jornalismo cumpriria a função de tornar mais clara essa fronteira é exposto aqui de modo exemplar. Por exemplo, num diálogo entre dois personagens-tipo: o assinante e o patriota. Melhor que qualquer análise crítico-argumentativa, a sátira krausiana lança luz sobre a formação de "verdades" em prol de interesses políticos e sua divulgação e repetição acrítica pelo leitor do jornal, que – mais uma vez – não percebe a contradição contida numa única frase:

O ASSINANTE: Ou seja, a Alemanha estava totalmente preparada para uma guerra defensiva, a qual há muito tempo desejava empreender, enquanto que a Entente queria fazer há muito tempo uma guerra ofensiva, para a qual, no entanto, não estava preparada.

Der Teufel ist ein Optimist, wenn er glaubt, dass er die Menschen schlechter machen kann.

O diabo é otimista quando acredita que pode piorar o homem.

Die schlecht verdrängte Sexualität hat manchen Haushalt verwirrt; die gut verdrängte aber die Weltordnung.

A sexualidade mal reprimida já conturbou muitos lares; a sexualidade bem reprimida, toda a ordem mundial.

Em *Os últimos dias da humanidade*, o leitor não encontrará figura alguma de alta complexidade psicológica. Embora Kraus tenha se inspirado em modelos empíricos para criar seus personagens, transformou-os todos em personagens-tipo satíricos, por trás dos quais se revela um olhar bastante pessimista acerca do ser humano, longe de pretensões humanistas ou iluministas.

Se não é o homem que domina a língua, mas, sim, esta àquele, extingue-se a possibilidade de acreditar no ser humano como ser racional, autoconsciente e controlador de suas ações. Isso traz consequências também em nível político: para Kraus, a guerra é fruto não apenas de grandes, complexas e inevitáveis constelações políticas mundiais, mas também – ou sobretudo – de instintos e impulsos animais do homem (muito mais do que da mulher, embora ela também não seja inocentada por Kraus). Com isso, põe em xeque as premissas da historiografia positivista, tão conveniente para a lógica bélica da época de

Kraus, mas também para os nossos tempos. Quem ilustra isso é, por exemplo, o Tenente de Fragata:

O TENENTE DE FRAGATA: Pois bem, é algo estranho... é como se um rei se transformasse de repente em mendigo. A gente se sente quase como um rei quando sobrevoamos uma cidade inimiga a uma altura tão inalcançável. Lá embaixo estão todos indefesos... abandonados à própria sorte. Ninguém pode escapar, ninguém pode se salvar nem se proteger. A gente tem o poder absoluto. É algo majestoso, todo o resto fica em segundo plano; algo parecido com o que Nero deve ter sentido.

A lógica da guerra, além de anular o valor da vida do inimigo, sobrepõe-se às relações humanas mesmo entre companheiros de caserna – e, assim, relatos do Major sobre o cotidiano dos combates, como aquele em que narra que "no regimento 92 amarravam os soldados que roubavam uma lata de conserva da despensa na frente da cerca de arame farpado para que os russos fuzilassem", já não são capazes de indignar ninguém; ao contrário, no final, rendem apenas gargalhadas. Na última cena da peça – a mais sombria da obra –, surgem finalmente vozes capazes de transmitir um sentimento de humanidade diante das atrocidades levadas a efeito em época de guerra: a da mãe que testemunhou o assassinato cruel do filho, e a do filho que não nasceu. São dele os últimos versos da obra, tristes, sem esperança e resignados – aqui, até Karl Kraus parece perder sua capacidade irônica e seu potencial satírico.

A visão que o dramaturgo austríaco defende do ser humano é pessimista. Não devemos esquecer que Kraus foi conterrâneo e contemporâneo de Sigmund Freud, que também colocou em questão a imagem do homem como ser racional, controlador de suas ações e capaz de agir de modo coerente. Para ambos, o homem é dominado em grande medida pela sexualidade, e a repressão desta traz não apenas consequências psíquicas para o ser humano, como também implicações negativas para a sociedade como um todo. Freud se interessa primordialmente pelo primeiro aspecto, e Kraus enfoca o segundo. Segundo Kraus, quanto maior a repressão da sexualidade, piores as consequências para a sociedade.

Foi justamente essa visada pessimista em relação ao homem – considerado como um ser à mercê dos seus instintos mais primitivos e das forças discursivas – que possibilitou a Karl Kraus ser um dos pouquíssimos intelectuais da época a se posicionar claramente contra a euforia inicial da Primeira Guerra Mundial. Foi esse olhar que lhe viabilizou entender melhor o que subjazia às explicações dos políticos, das manchetes dos jornais e das convicções ideológicos dos seus contemporâneos.

Somado a um humor arrebatador e a uma originalidade literária incomum, esse olhar se apresenta no drama *Os últimos dias da humanidade* em grande estilo, prometendo-nos uma leitura prazerosa, instigante e proveitosa.

***

Resta acrescentar um agradecimento à tradutora Mariana Ribeiro da Souza, por ter encarado o desafio de trazer essa obra dramática de altíssimo nível literário para o leitor brasileiro. A tradução vem acompanhada por um glossário abrangente com informações históricas que ajudam o leitor interessado a contextualizar falas e discursos no seu ambiente histórico. Porém, a obra certamente se sustenta por si; seu teor crítico, seu humor e seu potencial analítico são universais.

ESTE LIVRO FOI IMPRESSO
EM PAPEL POLEN NATURAL 80G/M²
PELA UM LIVRO